HEYNE <

Das Buch

Die Zukunft. In mehreren Auswanderungswellen hat sich die Menschheit im Weltall ausgebreitet, hat ferne Planeten besiedelt und sich an deren Flora und Fauna angepasst. Doch die Menschen selbst sind dieselben geblieben: wissbegierig, ehrgeizig, machtgetrieben und oft auch verblendet. Und so leben auf Hot Edge, einem sonnennahen Planeten mit riesigen Wüsten und mörderischen Temperaturen, nicht nur gewöhnliche Kolonisten, sondern auch die Anhänger einer Sekte, die einst für etliche Anschläge auf Unschuldige verantwortlich war und nun auf dieser unwirtlichen Welt ihr Exil gefunden hat. Man nennt sie die »Dschiheads«. Lange Zeit fristeten sie auf Hot Edge ihr stilles Dasein – bis eines Tages zwei Exobiologen von einem Nachbarplaneten eintreffen, um die rätselhaften Lebensformen auf Hot Edge zu erforschen. Für die gläubigen Dschiheads ist Wissenschaft des Teufels, und es dauert nicht lange, da sehen sich die Forscher einer tödlichen Gefahr gegenüber …

Der Autor

Wolfgang Jeschke, 1936 geboren, studierte Germanistik, Anglistik und Philosophie und war lange Jahre als Lektor und Herausgeber tätig. Daneben schrieb er zahlreiche Erzählungen und Romane, die das Bild der Science Fiction in Deutschland nachhaltig prägten. Jeschke wurde mehrmals mit dem renommierten Kurd-Lasswitz-Preis ausgezeichnet. Zuletzt sind im Heyne-Verlag seine Romane *Der letzte Tag der Schöpfung*, *Midas* und *Das Cusanus-Spiel* erschienen.

WOLFGANG JESCHKE

DSCHIHEADS

Roman

WILHELM HEYNE VERLAG
MÜNCHEN

MIX
Papier aus verantwortungsvollen Quellen
FSC® C014496

Verlagsgruppe Random House FSC® N001967
Das für dieses Buch verwendete
FSC®-zertifizierte Papier *Holmen Book Cream*
liefert Holmen Paper, Hallstavik, Schweden.

Originalausgabe 09/2013

Printed in Germany 2013
Redaktion: Alexander Martin
Umschlaggestaltung: Nele Schütz Design, München
Satz: C. Schaber Datentechnik, Wels
Druck und Bindung: GGP Media GmbH, Pößneck

ISBN 978-3-453-31491-7

www.heyne-fantastisch.de

Für Rosi, Julian und Sascha –
mit herzlichem Dank

»Wir sind die Reinen, auserkoren,
Verdammt sind alle andern,
Die dürfen in der Hölle schmoren,
Wir in den Himmel wandern.«

Kirchenlied

»Wenn die heiligen Monate abgelaufen sind,
dann tötet die Polytheisten, wo immer
ihr sie findet, greift sie, belagert sie
und lauert ihnen auf jedem Weg auf.«

Koran, Sure 9:5 (der »Schwertvers«)

»Nimm hin, Herr, und empfange
meine ganze Freiheit, mein Gedächtnis, meinen
Verstand und meinen ganzen Willen.«

Ignatius von Loyola

|01|

Der junge Morgen steigt herauf. Die Luft ist glasklar. Es ist absolut windstill. Zwei blasse Himmelsbarken reffen die Segel und verschwinden im unendlichen Blau.

Der Vorhang ist aufgezogen. Noch ist die Bühne leer. Der Bann ist gebrochen. Das Auge, nächtlichen Täuschungen entronnen, findet zurück zu Ordnung und Maß.

Auf dem Fluss funkelt erster Widerschein, gibt Blinkzeichen neuer Zuversicht und Kraft nach dem lähmenden Alb der schrecklichen Monde, dem Tanz der verrückten Apostel, den Heimsuchungen der Nacht.

Dann hebt der Tag an. Es dauert Stunden, bis ihr Auftritt beginnt, doch schließlich quillt ein gleißender Funke am Horizont auf. Dröhnend stemmt sich die Sonne aus den Dünen und peitscht das Land mit ihrem unerbittlichen Licht. Jähe Hitze bricht herab. Die Luft beginnt zu flirren. Der Horizont gerät wabernd in Aufruhr, verliert seine Konturen. Schwebende Spiegelungen zeichnen sich ab, werden deutlicher, zerfallen wieder, lösen sich auf.

Das Leben flieht in die Schatten. Hier verläuft die innere Grenze des Bereichs, in dem es geduldet wird. Der innere Rand von Goldilock.

Hot Edge.

|02|

Fast alle Männer hatten sich auf dem Tempelplatz versammelt und bildeten ein Halbrund. In der Mitte Seine Heiligkeit, der Großarchon, in seiner Sänfte. Ich hatte mich nach vorne durchgedrängt, um bessere Sicht zu haben. Für uns Jungen war es ein prickelndes Ereignis, das ich immer wieder mit einer Mischung aus Faszination und Grausen verfolgte. Auf der Seite gegenüber erkannte ich meinen Freund Anzo. Ich winkte ihm zu, aber er reagierte nicht. Er wirkte nach innen gekehrt; sein Blick war starr.

Sie hatten den Dongo mit Stricken umwunden. Er musste sich in der Nacht in den Netzen am Flussufer verfangen haben. Die Fischer schleiften ihn mit großem Geschrei auf den Tempelplatz. Er war nicht groß, kaum einen Meter, sah aber mächtig aus und schwer. Doch er war täppisch und voller Angst. Die gekrümmten plumpen Beine, die an Land nur einen grotesk watschelnden, wankenden Gang erlaubten, aber ideal geeignet waren, sich auf dem Grund des Flusses gegen die Strömung zu stemmen, waren grau und rissig wie die einer Schildkröte und endeten in drei kräftigen Zehen mit fingerlangen schwarzen Krallen.

Grote, der Schlachter, stand mit Gabriel und Michael, seinen beiden Gehilfen, bereit und hatte das Messer in der Hand. Plötzlich war ein gurgelnder Schrei zu hören. Mein Freund Anzo hatte ihn ausgestoßen. Er fuchtelte aufgeregt mit den Händen. »Urg, urg, urg«, krächzte er und machte abwehrende Gesten.

Grote zögerte. »Was will er?«, fragte er irritiert.

»Er fleht um Gnade«, sagte ich, denn ich hatte gelernt, Anzos Gesten zu lesen. »Tut ihm nichts.«

Einige der Umstehenden sahen mich befremdet an.

»Wer fleht um Gnade?«, fragte der Großarchon streng. Sein Blähhals, der aus dem Kragen der lilafarbenen Soutane hervorwuchs wie ein zweiter, aus geäderter Haut geformter Kopf, hatte sich vor Aufregung gerötet und hüpfte hin und her.

»Der Dongo.« Ich wies mit einem Nicken auf meinen Freund. »Er kann ihn hören«, sagte ich und biss mir auf die Lippe.

Anzo sah mich mit seinen dunklen Augen entsetzt an, als wollte er sagen: ›Bist du verrückt geworden, Suk? Du verrätst unser Geheimnis.‹

»So ein Unfug!«, rief der Großarchon. »Dongos können nicht sprechen. Sie sind Tiere. Stich das Vieh schon ab!«, befahl er, an Grote gewandt. »Worauf wartest du noch?« Und als Grote noch immer zögerte, sprang Seine Heiligkeit von seinem Sessel auf, stieg aus der Sänfte, entwand ihm das Schlachtermesser und stieß es dem Dongo zwischen Kopfschild und Rückenpanzer in den Hals. Blut spritzte. Die Leute wichen zurück, und Anzo stieß einen weiteren gurgelnden Schrei aus, als hätte man ihm und nicht dem Dongo die tödliche Wunde zugefügt.

Der Großarchon strich sich mit dem Ärmel über das Gesicht und den Bart, fischte einen Augenlöffel aus den Falten seiner Soutane und stieß ihn dem Dongo in die linke Augenhöhle. Ich hörte das Knirschen der scharfen Löffelkante, mit der die Augäpfel herausgeschält wurden, erst der eine, dann der andere. Das Geräusch grub sich mir unter die Schulterblätter. Ich zog den Kopf ein, hielt die Luft an und krümmte mich zusammen. Der Großarchon ließ die Augen in die hohle Hand gleiten und in seinem Gewand verschwinden. Der Dongo gab ein blubberndes Keuchen von sich.

»Nun macht schon!«, knurrte der Großarchon. Sein Blähhals wippte erregt. Er verzog das Gesicht zu einem Grinsen, gab Grote das Messer zurück und nahm wieder in der Sänfte Platz. Die beiden Gehilfen des Schlachters stießen Haken durch die Fersen des Dongos und zogen ihn am Gerüst vor der seitlichen Umfassungsmauer des Tempels hoch, dann machte sich Grote daran, mit tiefen Schnitten den Leib zu öffnen. Blaue Gedärme quollen hervor und sanken herab aufs Pflaster. Das obere Herz am Hals hatte der Großarchon aufgestochen, die beiden kleineren an den Hüften schlugen noch kräftig. Grote schnitt sie heraus; sie platschten mit einem ekligen Geräusch zu Boden. Die heiße Luft über dem Tempelplatz war gesättigt vom dumpfen Gestank aufgeschlitzter Gedärme. Aber selbst als die Leibeshöhle ausgeräumt war, machten die plumpen Hände des Dongos immer noch hilflos greifende Bewegungen, als wollte er sich an etwas festhalten, schwang er seinen Rüssel immer noch hin und her, hin und her, und seine leeren Augenhöhlen weinten Blut.

»Zähes Biest«, rief Seine Heiligkeit anerkennend. »Unbeseelt, aber von Dämonen bewohnt. Seht euch das an, meine Brüder. Sehen so Geschöpfe Gottes aus? Nimmer und niemals! Und die Wissenschaftler wollen uns weismachen, wir hätten es hier mit intelligenten Wesen zu tun.« Er lachte. Einige der Umstehenden stimmten pflichtschuldigst in sein Lachen ein. »Unsere Vorfahren wussten es besser, Brüder, bei Gott! Als sie sich hier niederließen und bitteren Hunger litten, haben sie sich von ihnen ernährt.«

›Hat er tatsächlich um Gnade gebettelt?‹, fragte ich Anzo später in unserer Sprache.

Er war noch immer blass und atmete heftig. Dann schluckte er und nickte energisch.

›Ich habe nichts gehört‹, gestand ich. ›Und die anderen scheinen auch nichts gehört zu haben.‹

Anzo sah mich mit seinen dunklen Augen traurig an und zuckte mit den Achseln. Dann sagte er in unserer Sprache: ›Ich glaube nicht, dass ich der Einzige bin, der sie hört. Vielleicht geben sie es nur nicht zu, weil sie Angst haben, sie könnten vom heiligen Abendmahl oder gar vom Gottesdienst ausgeschlossen werden.‹

›Und du fürchtest das nicht?‹

Er schüttelte den Kopf und machte eine entschiedene Geste mit der Hand.

›Nein.‹

In der darauffolgenden Nacht hörte auch ich die Dongos, doch sie sprachen nicht zu mir. Ich hörte ihr Winseln und Heulen flussaufwärts und flussabwärts. Es mussten Hunderte sein, die sich in Ufernähe versammelt hatten, um den gewaltsamen Tod eines der ihren zu beklagen. Ihr Wehgeschrei hallte über den Fluss bis zum Morgen.

Ich blickte lange aus dem Fenster. Die Nacht war hell. Lichter glitzerten auf dem Fluss und bildeten wechselnde Muster. War es der Widerschein der Monde, oder waren es Augen? Sie erloschen erst, als der Nebel kam.

Nur wenigen in der Gemeinde war es vergönnt gewesen, bei dem Geheul ein Auge zuzutun. Und als am frühen Morgen der Schlachter das Fleisch verteilte, stieß er auf Zurückhaltung und Ablehnung. Er musste es dem Großarchon berichtet haben, denn der grollte in seiner Morgenpredigt: »Brüder, hört zu! Hört mir gut zu! Es hat noch nie einem frommen Menschen geschadet, das Fleisch eines Dongos zu essen. Wenn es gut ausgeblutet und abgehangen ist, dann ist nichts Dämonisches mehr in ihm. Es ist gutes Fleisch, fett und nahrhaft, gesundes Fleisch. Unsere Vorfahren haben sich manchmal ausschließlich davon ernährt, wenn ihnen kein Fisch ins Netz ging, weil diese gepanzerten Scheusale sie vertrieben oder sie ihnen weggefressen haben. Ich habe es stets mit Genuss verzehrt – und das werde ich auch heute tun. Aber wenn es unter euch welche gibt, die sich nicht dazu überwinden können, davon zu essen, Gott steh mir bei, dann werft es zurück in den Fluss!«, fügte er wutentbrannt schnaufend hinzu und hob die Faust, als wollte er die versammelte Gemeinde züchtigen. Einige der Anwesenden duckten sich unwillkürlich vor seinem Zorn. Sein Blähhals leuchtete wie ein Lampion im Frühlicht, das durch das hintere Fenster des Altarraums hereinschien.

Es war brütend heiß in der Versammlungshalle des Tempels, obwohl es noch früh am Morgen war, und es roch nach abgestandenem Weihrauch und dem Bartöl der versammelten Brüder. Ich musste mich an der Kirchenbank festhalten, als alle aufstanden und sich auf die Knie niederließen, um den Segen entgegenzunehmen. Ja, mir wurden die Knie weich, wenn ich daran dachte, wie der Großarchon Anzo und mich züchtigen würde, wenn wir ihm am späten Nachmittag in der Tempelschule Rede und Antwort zu stehen hatten über das, was sich bei der Schlachtung des Dongos zugetragen hatte.

|03|

»Hier ist es wenigstens warm«, sagte er, schob die Kapuze in den Nacken und zog den Reißverschluss seines Overalls ein Stück weit auf.

»Was bist du schlecht gelaunt, Ailif!«, sagte die junge Frau etwas genervt, die nach ihm den Passagierraum des Shuttles durch den Einstieg betrat.

»Du weißt, wie ich es hasse zu frieren, Maurya. Kälte macht mich zornig und aggressiv. Seit zwölf Stunden sitzen wir in dieser eisigen Station herum und warten darauf, dass sich dieses Shuttle endlich bequemt, hier anzulegen, um uns runterzubringen.«

»Jetzt ist es ja da. Also beruhige dich. Und halte deine Heerscharen im Zaum. Du scheinst sie angesteckt zu haben mit deiner Nervosität. Sie schauen zum Hals heraus und an deinen Handgelenken.«

Er blickte auf die Hände hinab. Tatsächlich waren seine Moving Tattoos vorgerückt und aus den Ärmeln gekrochen, fingergroße farbige Eidechsen, die träge auf seinen Handrücken Stellung bezogen hatten. Eine hatte sich aus dem Kragen seines Overalls hervorgewagt und bewegte sich unterhalb seines Ohrs. Er strich sie mit den Fingerspitzen unter seine Kleidung zurück und schnaubte grollend.

Der Pilot war ein junger Mann in hellblauem Fliegeroverall mit dünnem braunem Haar, das er zu einem strähnigen Zopf geflochten hatte, und einem schütteren Vollbart, der ihm bis zum Gürtel herabhing. Ailif musterte ihn grimmig und mit sichtlichem Missfallen.

»Ich bin Leutnant Jerome Geddes. Ich habe den Auftrag, Sie abzuholen und in den Glast hinunterzubringen.«

»Und warum haben Sie sich so viel Zeit gelassen, Leutnant? Das Shuttle aus dem Ontos-Delta war schon vor sieben Stunden da und ist vor sechs Stunden wieder abgeflogen. Uns haben Sie hier in der Eiseskälte der Station ausharren lassen.«

»Es wird Ihnen bald wärmer werden, als Ihnen lieb ist, Sir.«

»Das ist keine Antwort auf meine Frage, Leutnant.«

Der Pilot ging nicht darauf ein. Er warf einen Blick auf seinen Personal Assistant am Handgelenk.

»Sie sind Professor Ailif Avrams von der James Joyce University auf New Belfast.«

»Allerdings«, erwiderte Ailif hoheitsvoll und zwirbelte seinen gewaltigen Schnauzbart.

»Und Sie, Madam, sind Professor Maurya Fitzpatrick von derselben Universität.«

»Korrekt.«

Der Pilot deutete eine Verbeugung an. »Es freut mich, Sie an Bord begrüßen zu dürfen.«

»Sie haben meine Frage noch nicht beantwortet«, insistierte Ailif.

»Wissen Sie über Shuttle-Flüge Bescheid, Professor Avrams?«

»Allerdings. Während meiner Militärzeit bin ich wiederholt mit einem Shuttle im Orbit gewesen.«

Maurya musterte Ailif überrascht von der Seite und lächelte spöttisch.

»Dann wissen Sie auch, dass man von einem äquatornahen Startplatz wie der Glast-Station weit weniger Startfenster hat als von einem polnahen wie dem Ontos-Delta. Nämlich nur zwei pro Tag.«

»Sind wir die einzigen Passagiere, die in den Glast wollen?«, fragte Maurya, um dem müßigen Disput ein Ende zu machen.

»Wir haben selten Besuch«, erwiderte der Pilot. »Die Station im Glast ist kein Ferienparadies, Madam, das kann ich Ihnen versichern.« Er blickte erneut auf seinen PA. »Es fehlt noch ein weiterer Passagier. Ein Sir Jonathan Swift, ebenfalls von der James Joyce University.«

Maurya drehte sich um und erklärte lächelnd: »Oh, der ist längst an Bord, Leutnant. Er ruht in seinem Spezialabteil.«

Der Pilot sah irritiert nach hinten und fasste den Reisecontainer aus Hartplastik ins Auge, der auf den rückwärtigen Sitzen im Passagierabteil festgelascht war. »Was ist da drin? Ein Tier?«

»Wie kommen Sie auf so etwas?«, fragte Ailif.

»Eine Maschine?«

»Teils, teils. Wir kommen der Sache näher.«

»Hören Sie, Professor. Ich muss wissen, was ich an Bord habe.«

»Das ist der ehrenwerte Sir Jonathan Swift, wie er in Ihren Unterlagen verzeichnet ist.«

»Geht von ihm irgendeine Gefahr aus?«

»Keine Spur!«, sagte Maurya. »Er ist mein Forschungsassistent.«

»Weshalb reist er in einem Container?«

»Ach, wissen Sie, Leutnant, er tut sich etwas schwer mit dem Festhalten.«

»Ist er behindert?«

Aus dem Container war ein dumpfes Grollen zu hören.

»Keineswegs. Er hat nur keine Hände.«

Der Pilot starrte sie verblüfft an. »Aha«, sagte er dann und nahm in seinem Pilotensessel Platz.

»Ist alles okay, Jo?«, erkundigte sich Maurya über die Schulter.

»Bisschen eng«, kam es aus dem Container. »Aber es geht schon.«

»Schnallen Sie sich bitte an«, sagte der Pilot. »Wir starten in wenigen Minuten.«

»Ja, höchste Zeit, dass wir von dieser Gefriertruhe hier wegkommen«, murrte Ailif. »Hot Edge. Der heißeste Ort im System ...«

»Fang doch nicht wieder an, Ailif«, mahnte Maurya seufzend. »Lass endlich gut sein.«

»Nicht Hot Edge«, sagte der Pilot. »Sie meinen Paradise.«

»Ich meine Hot Edge«, erwiderte Ailif. »Goldilocks Hot Edge.«

»Goldilocks?«

»War im Lehrkranz für Astronomie, den man Ihnen aufgesetzt hat, offenbar nicht enthalten.«

»Was soll das heißen?«

»Kennen Sie nicht das Märchen von Goldlöckchen? Dem kleinen Mädchen, das zu einer Hütte kommt, in der drei Bären wohnen. Sie findet drei Schüsseln mit Porridge vor. Der Brei in der einen ist zu kalt, der in der anderen zu heiß, aber der in der Mitte ist genau richtig … Zwischen Cold Edge und Hot Edge erstreckt sich jeweils die habitable Zone um eine Sonne. Eine Zone, in der es Wasser in flüssiger Form geben kann. Voraussetzung für die Existenz von biologischen Lebensformen.«

»Was soll das? Sie brauchen mir keine Kindermärchen zu erzählen, Professor. Ich weiß, wo wir uns befinden.«

»Nun, dies ist das Hot Edge dieses Systems, der heißeste Planet hier, aber in seiner Orbitalstation herrscht eine Temperatur wie ein Lichtjahr weiter draußen.«

»Der Planet unter uns heißt Paradise«, beharrte der Pilot.

»Nennen Sie ihn, wie Sie wollen, junger Mann. Ich werde mich mit Ihnen nicht streiten. Die Astronauten, die dieses System erkundeten, nannten ihn Hot Edge.« Ailif fuhr sich mit der Hand missgelaunt über den frisch rasierten Schädel.

»Das ist eine Weile her, Sir.«

»Hm. Das kann man wohl sagen.«

»Was regst du dich auf, Ailif?«, sagte Maurya. »Paradise klingt doch viel schöner.«

»Wir wollen uns doch an die Tatsachen halten.« Ailif zerrte schnaubend an den Gurten, die seinen mächtigen Oberkörper einschnürten. Plötzlich hielt er inne, beugte sich vor und tippte dem Piloten auf den Rücken.

»Ist was, Sir?«, fragte Leutnant Geddes und drehte sich um.

»Ich … äh … wusste nicht …«

»Ja?«

»Nun, es ist das erste Mal, dass ich einen Flottenoffizier mit Vollbart und Pferdeschwanz sehe.«

Der Pilot gab keine Antwort. Er wandte sich wieder seinen Instrumenten zu.

Ailif starrte auf das dünne braune Schwänzchen, in dem das schüttere Haupthaar zusammengefasst war; es baumelte über den Stehkragen des hellblauen Flottenoveralls herab. Er öffnete den Mund und wollte offenbar noch etwas sagen, aber Maurya stieß ihn mit dem Ellbogen in die Seite und zischte: »Ailif, hör endlich auf! Lass ihn in Ruhe!«

Ailif hob beide Hände und sagte mit gedämpfter Stimme: »Oh, ich sehe das Grün in deinen Augen blitzen. Ich sag ja schon nichts mehr, meine Liebe, aber …«

»Lass gut sein, bitte.«

Ailif ließ missbilligend grunzend die Hände sinken. Eine Feuerechse schob sich gemächlich aus seiner Manschette und kroch auf den Handrücken. Maurya runzelte die Stirn und deutete mit einem Kopfnicken darauf.

»Verschwinde!«, knurrte er, schloss die Augen und atmete tief durch. Die Echse zog sich zögernd zurück und verschwand wieder im Ärmel.

Der Pilot gab Steuerkommandos ein. Die Gyros setzten sich leise surrend in Bewegung, das Shuttle löste sich aus der Andockbucht der Station und fiel langsam hinter sie zurück. Die Gyros drehten es in den gewünschten Eintrittswinkel.

»Könnten Sie die Schwerkraft an Bord etwas erhöhen, Leutnant?«

»Tut mir leid, Sir. In dieser Phase nicht mehr. Ich habe die Startsequenz eingeleitet.«

Als das Shuttle den Sicherheitsabstand erreicht hatte, zündete der Pilot für zwei Minuten das Triebwerk, und sie gingen auf Abstiegskurs. Die Sonne wanderte über das Kabinenfenster. Obwohl sich die Scheiben automatisch abdunkelten, stach ihr Lichtschein durch das Glas wie ein Schweißbrenner. Dann ging sie unter. Sie sanken in die nächtliche Dunkelheit hinein.

»Zu essen gibt es hier wohl nichts an Bord. Die Orbitalstation war sehr zurückhaltend, was einen Imbiss betrifft.«

»Es ist besser, Sie nehmen nichts zu sich, bis wir unten sind, Professor.«

»Und wie lange dauert das?«

»Von jetzt an noch zweiundfünfzig Minuten. Ich hoffe, Sie halten das aus.«

Nach zwanzig Minuten hatten sie die obersten Atmosphäreschichten erreicht, und kurz darauf waren sie in einen Mantel aus fließendem Feuer gehüllt.

Als das Aerobraking beendet war, steuerte der Pilot einen Polarkurs an. Sie überquerten den Südpol, und bald darauf stiegen rechts die Sicheln dreier Monde über dem östlichen Horizont auf. Unter ihnen erstreckten sich mächtige Wolkenlandschaften, aus denen Türme emporwuchsen, getaucht in kaltes Licht. Zuweilen waren in den Wolkenlücken steile Felszacken zu erkennen. Das Eis an ihren fast senkrechten Flanken glitzerte fahl wie die Reißzähne im Unterkiefer eines gewaltigen Raubtiers.

»Die Gipfel des Marunga-Massivs«, sagte Maurya. »Fast vierzehntausend Meter hoch.«

Ailif nickte. Das Shuttle wurde jetzt von Turbulenzen geschüttelt, hochgehoben und wieder fallen gelassen. Zehn Minuten später ging die Sonne auf.

Der Pilot hatte auf Automatik geschaltet – sie überflogen eine geschlossene graue Wolkendecke, die sich nun zunehmend aufhellte.

»Das Haar«, sagte der Pilot und deutete nach unten.

»Das was?«, fragte Ailif. »Meinen Sie Ihren Rauschebart?«

Leutnant Geddes ließ sich zu keiner Antwort herab. Maurya sah zu Ailif und hob fragend die Schultern.

»Sie sind also beide Professoren«, sagte der Pilot nach einer Weile.

»Ja. Für Exobiologie und nichtmenschliche Zivilisationen«, erklärte Maurya sachlich.

»Nichtmenschliche Zivilisationen? Und Sie meinen, hier auf Paradise so etwas zu finden?«

»Allerdings«, erwiderte Ailif.

»Lächerlich. Und dafür sind Sie fünfhundert Millionen Kilometer weit geflogen?«

»Nun, Leutnant, das zu beurteilen dürfen Sie getrost uns überlassen«, schnaubte Ailif.

»Hat die Flotte Sie beauftragt?«

»Ja. Aber ich wüsste nicht, was Sie das angeht.«

Der Pilot zuckte mit den Achseln. »Das muss der verrückte Commander gewesen sein, der Sie angefordert hat.«

»Der verrückte Commander? Ist das Ihr Vorgesetzter?«

»Gott sei Dank nicht mehr.«

Sie flogen genau Richtung Süden. Die Sonne brannte aus einem fast schwarzen Himmel.

Dann tauchte vor ihnen eine weite grau-gelbe Fläche auf, die sich wie ein Schild vom westlichen zum östlichen Horizont wölbte: der Glast, das riesige Sandmeer des Kontinents. Plötzlich endeten die Wolken wie mit einem Skalpell abgeschnitten, und unter der Kante strömte der mächtige Ontos hervor. Sein Tal erstreckte sich wie ein Meridian in Nord-Süd-Richtung durch die Wüste, teilte den Kontinent in zwei Hälften, bevor er weit im Süden, jenseits des breit gefächerten Deltas, ins polare Eismeer mündete. Entlang dieser Bruchlinie würde sich in den nächsten Jahrmillionen der Superkontinent von Hot Edge teilen und sich dem Meer öffnen, das schon jetzt bei Springfluten tief ins Delta strömte und den Fluss bis zu fünfhundert Kilometer weit zurückstaute.

Eine Viertelstunde später hatten sie den Äquator überquert, aber nirgends war ein Ende des Glast abzusehen. Das Shuttle folgte der grünen Schnur des Flusses und ging tiefer, obwohl weit und breit keine Spuren von Ansiedlungen auszumachen waren. Am westlichen Horizont war Rauch zu sehen.

»Die Ölfelder von Tarkut«, erklärte der Pilot knapp.

»Dann muss früher hier ein Kontinentalsockel geendet haben und die Mündung eines Stromtals gewesen sein«, sagte Ailif mehr zu sich selbst und spähte durch die seitliche Luke. »Die Mündung des Ur-Ontos, bevor die Kontinentalplatten sich zusammenschoben und den Glast bildeten. Hier wird er auch wieder auseinanderbrechen.«

»Wie konnten Menschen auf die Idee kommen, sich in dieser schrecklichen Einöde niederzulassen?«, fragte Maurya.

»Die Ersten taten es nicht freiwillig«, erwiderte der Pilot. »Sie mussten hier notlanden, aber es gelang ihnen zu überleben. Es war nicht einfach, Madam, das können Sie mir glauben. Es kamen viele um.«

»Das war vor mehr als hundert Jahren.«

»Ziemlich genau.«

»Und die Menschen hatten lange keinen Kontakt zur Flotte.«

»Das ist richtig. Aber Gott hat die Hand über sie gehalten.«

»Frommes Arschloch«, murmelte Ailif.

Maurya warf ihm einen tadelnden Blick zu. Er hob die Schultern und lächelte gequält.

»Durch den Fluss haben sie überlebt«, sagte der Pilot. »Er hat sie ernährt.«

»Und immer wieder werden die Siedler hier von diesen merkwürdigen Ungeheuern angegriffen?«, fragte Maurya.

Der Pilot nickte. »Ja. Das sind harte Prüfungen für die Gläubigen. Aber Gott gibt uns die Kraft durchzuhalten.«

»Was sind das für Ungeheuer? Wo kommen sie her?«, fragte Ailif.

»Das herauszufinden sind Sie doch hierhergekommen. Jedenfalls hat man mir das gesagt.«

»Unter anderem, ja. Wir wollen versuchen, mit den Eingeborenen Kontakt aufzunehmen und ihre Kultur zu studieren.«

»Kultur?« Der Pilot wandte den Kopf und lachte schnaubend. »Einen Dongo können Sie jagen, Professor. Sie können ihn essen, wenn Sie fettes, ranzig schmeckendes Fleisch mögen. Aber mit ihm Kontakt aufzunehmen, das dürfte etwas schwierig sein.«

»Ihr habt nach hundert Jahren noch immer keine Ahnung, was das für Ungeheuer sind, die nachts über die Siedlung herfallen? Das werden doch wohl kaum Dämonen sein, die sich unsichtbar machen, sondern mächtige Lebewesen. Eine Art Würmer oder Raupen, wie ich gehört habe. Turmhoch sollen sie sein, groß wie Saurier. Die müssen doch irgendwo leben, sich ernähren, fortpflanzen, Spuren hinterlassen.«

»Keine Ahnung, Professor. Riesenraupen aus dem Marunga-Massiv, sagen die einen. Sandwürmer aus dem

Glast die anderen. Wieder andere behaupten, sie lebten auf dem Grund des Flusses. Der Großarchon sagt, Gott habe sie geschaffen, um uns zu züchtigen, um uns zu prüfen und die Frevler auszumerzen.«

»Frevler? Was haben die sich denn zu Schulden kommen lassen?«, fragte Ailif spöttisch.

»Das dürfen Sie nicht mich fragen, Professor. Gott allein blickt in die Herzen der Gläubigen und entscheidet, wessen Gebete er erhört und wessen nicht.«

»Aha!« Ailif verdrehte die Augen und blies die Backen auf. »Nicht zu fassen«, murmelte er kopfschüttelnd.

»Man hat nie eines von ihnen tot aufgefunden, nicht wahr?«, sagte Maurya. »Es wurde aber doch verschiedentlich auf sie geschossen. Wurde dabei nie eines getötet?«

»Sie scheinen sich in Luft aufzulösen wie ein Spuk. Geschöpfe des Teufels, wenn Sie mich fragen.«

»Sie sind hier auf Hot Edge geboren?«, fragte Ailif.

»Auf Paradise. Ja, Professor«, erwiderte Leutnant Geddes herablassend.

Sie flogen nun über dem westlichen Ufer des Flusses, gingen tiefer und setzten zur Landung an. Von der Bugkamera übertragen, war voraus auf ihrem Kurs eine dunkle Linie zu sehen, eine schmale Piste, an deren Ende die Flottenstation auszumachen war: ein vierstöckiges Gebäude, mit Keramik verkleidet, hellgrau, von den Stürmen aus der Wüste sandgestrahlt und vermutlich tief im Untergrund verankert, wo sich die Hangars und Werkstätten befanden.

Das Shuttle glitt auf seinem Antigravitationskissen über die Landebahn, wirbelte eine Sandwolke auf und flocht Zöpfe hinein.

Die Flottenstation hatte ein weit hervorkragendes Dach nach Osten, zum Fluss hin. Sie sah aus wie eine keck nach hinten geschobene Baseballmütze mit einem überdimensionalen Schirm, der sich den heranbrandenden Sandmassen entgegenstemmte, sie teilte und zur Seite ableitete.

Weiße Sandzungen leckten von Westen her über den schwarzen Asphalt. Dahinter ragten Dünen bis zu siebzig, achtzig Metern Höhe auf.

Der Glast machte seinem Namen alle Ehre. Wie ein Sturm fegte das Licht über die Wüste hinweg, und auf den Graten der Dünen schienen die Photonen in den Sandkörnern eine Art Kettenreaktion auszulösen. Die Kanten zeichneten sich als gleißende Lichtlinien vor dem blassblauen Himmel ab, als würde Magnesium darauf abgebrannt, aber es waren die Sandkörner, deren Facetten wie winzige Spiegel wirkten.

Sie hielten auf die Station zu. Vor der Ostseite des Gebäudes erstreckte sich eine große Terrasse zum Fluss hin, die durch das steil aufragende Dach gegen Flugsand geschützt war. Sie kamen an drei Kehrrobotern vorbei, die den angewehten Sand vom Asphalt saugten und zurück in die Wüste schleuderten.

»Eine Sisyphusarbeit«, murmelte Ailif.

Der Pilot wandte den Kopf und sah ihn fragend an. »Eine was?«

»Ach, vergessen Sie's!«

Das Shuttle sauste eine Rampe hinunter auf ein unterirdisches Tor zu, das sich erst öffnete, als sie schon fast dagegenknallten, und sich blitzschnell hinter ihnen wieder schloss.

Das Geräusch der Triebwerke ebbte ab und erstarb.

Nach der Helligkeit draußen war es in dem Hangar stockdunkel, obwohl breite Leuchtbänder an der Decke entlangliefen. Erst allmählich wurden Einzelheiten sichtbar. Zwei weitere Shuttles standen in der Halle, an denen bärtige Mechaniker in ölfleckigen grauen Overalls Wartungsarbeiten durchführten. Die Männer nahmen keine Notiz von den Ankömmlingen, und Leutnant Geddes machte auch keinerlei Anstalten, sie vorzustellen.

Die Wände waren mit Postern bedeckt. Eines zeigte überlebensgroß einen Mann im Raumanzug mit Helm und dunklem Visier, der auf einer Art fliegendem Teppich stand, den er über schroffe Berggipfel hinweg durch Sturmwolken steuerte. AG-FLYER NO. 1 stand in dicken Buchstaben darüber.

»Willkommen im Glast!«

Ein breitschultriger sportlicher Typ von einem Mann, etwa fünfunddreißig oder vierzig Jahre alt, war aus einer Aufzugtür getreten und machte sich daran, seinen Hitzeschutzanzug, eine Art verspiegelte Burkha, abzulegen. Zwei der Mechaniker halfen ihm dabei.

Der Mann verströmte intensiven Schweißgeruch. Sandfarbene Bermudashorts entblößten muskulöse braungebrannte Beine. Er hatte einen dunkelblonden Bürstenhaarschnitt und einen Drei-Tage-Bart, der seine

Wangen verschattete. An Stirn, Schläfen und im Nacken sah man in der Haut die Abdrücke, die das Netzwerk aus dünnen Kühlschläuchen seiner Burkha hinterlassen hatte. Er hatte dunkle, weit auseinanderstehende Augen, was seinem Gesicht etwas Koboldhaftes gab. Seine buschigen Brauen waren über der Nasenwurzel zusammengewachsen, bildeten eine Klammer, wie um die Augen an einem weiteren Auseinanderdriften zu hindern. Er grinste und entblößte breite Zähne. Wie ein Tier, das kräftig zubeißen und unerbittlich festhalten kann, dachte Maurya und lächelte zurück. Ein ansehnlicher Kropf quoll dem Mann aus dem Ausschnitt seines schweißfleckigen T-Shirts. Auch am Hals des Piloten war Maurya eine Verdickung aufgefallen – Struma schien hier endemisch zu sein.

»Sind Sie der Commander hier?«, erkundigte sich Ailif.

»Sehe ich so aus?«, fragte der Mann zurück und lachte. »Nein, Sir, entschuldigen Sie bitte. Ich bin Master Chief Petty Frank Jespersen. Früher hätte man mich wohl einen Bootsmann, Deckoffizier oder Proviantmeister genannt. Jedenfalls bin ich so eine Art Mädchen für alles hier. Unterbringung, Verpflegung, Kühlung. Vor allem Kühlung. Es geht ständig etwas kaputt in der Air Condition. Und dann wird's hier schwierig, vor allem für Leute wie Sie, die von draußen kommen und nicht an unser Klima gewöhnt sind.«

»Kommt öfter jemand hierher, Mr. Jespersen?«, fragte Maurya.

Jespersen schüttelte den Kopf. »Eher selten, Madam. Es ist ziemlich einsam hier.«

»Scheint nicht der große Bahnhof für uns zu sein«, murmelte Ailif und deutete mit einem Nicken auf die Mechaniker, die nun den Frachtraum des Shuttles entluden. »Ist der Kommandant des Stützpunkts anderweitig beschäftigt?«, fragte er laut.

Jespersen lachte keuchend. »Er wird noch unten im Kühlbunker sein. Wir hatten heute fast achtzig Grad, Sir. Und es sind zwei Schiffe im Orbit. Die mussten versorgt und eines davon startfertig gemacht werden. Es gab viel zu tun. Commander Cayley wird Sie später begrüßen. Wenn Sie sich frisch gemacht haben, kommen Sie doch einfach runter in die Cafeteria im Erdgeschoss.« Er deutete zum Aufzug. »Ich bringe Sie nach oben und zeige Ihnen Ihre Unterkünfte.« Er griff nach den Schlaufen des Reisecontainers, den die Mechaniker ausgeladen hatten. »Wow«, sagte er überrascht. »Der hat's aber in sich!«

»Lassen Sie nur«, sagte Maurya. »Der kann selber gehen. Kommst du raus, Jonathan?«

Aus dem Container war ein Schnauben zu hören, dann sprangen klickend die Verschlüsse am vorderen Ende auf. Zunächst erschien eine große schwarze Knubbelnase, die in einem weißen, auf beiden Seiten von einer dunkelbraunen Maske begrenzten Gesicht saß, aus dem kluge hellbraune Augen blickten. Es folgte eine mächtige weiße Brust und weiße Vorderbeine, die in faustgroßen, mit perlfarbenen Krallen bewehrten Pfoten endeten. Ein hellbraunes Fell bedeckte den breiten Rücken wie ein Überwurf, dunkelbraune Schlappohren vervollständigten die Erscheinung.

Als er sich vollends aus dem Container gezwängt hatte, fiel es schwer, sich vorzustellen, wie der Hund in dem Gepäckstück hatte Platz finden können. »Hrrm«, machte er, schüttelte seine Wolle, schob die Pfoten weit vor, streckte sich, riss gähnend das Maul auf und entblößte ein furchterregendes Gebiss.

»Mein Gott, ist das ein Riesenvieh!«, sagte Jespersen mit geweiteten Augen und Bewunderung in der Stimme.

»Um das gleich von Anfang an klarzustellen, Mr. Jespersen«, sagte Maurya. »Sir Jonathan Swift ist kein Tier. Jo ist mein persönlicher Assistent. Und mein Freund.«

Jespersen starrte sie verblüfft an und hob beschwichtigend die Hände.

»Also doch, ein Hund!«, sagte Leutnant Geddes empört, der hinzugetreten war. »Sie haben mich irregeführt, Professor Avrams.« Er starrte Jonathan an, als wäre er etwas über die Maßen Unappetitliches, ja Scheußliches.

»Was dachten Sie denn, was sich in dem Container befindet?«, fragte Ailif spöttisch. »Eine Mumie?«

»Die Frachtdaten wiesen den Inhalt als einen gewissen Sir Jonathan Swift aus. Was weiß ich, wer das ist.«

»Nun, da hätten Sie mit der Vermutung einer Mumie gar nicht so falsch gelegen. Sir Jonathan Swift ist seit mehr als fünfhundert Jahren tot. Er war ein passabler Philosoph und ein hinreißender Schriftsteller aus Irland. Auf der Erde.«

»Und nach ihm haben Sie den Hund benannt?«

Ein verhaltenes Schwanzwedeln signalisierte Belustigung.

»Bist du ein Hund, Jo?«, fragte Ailif mit ironischem Unterton. »Leutnant Rauschebärtchen fragt dich, ob du ein Hund bist.«

»Mit Leib und Seele«, erwiderte Jonathan mit dumpf grollender Stimme. »Aber mein Geist ist anderer Art. Er ist eine KI.«

»Teufelswerk!«, zischte Geddes und wich zwei, drei Schritte zurück.

»Nur die Ruhe, junger Mann«, wies Jonathan ihn zurecht. »Da hat kein Teufel die Hand im Spiel gehabt. Ich wurde an der James Joyce University auf New Belfast gezüchtet und modifiziert.«

»Solch monströse Chimären sind in der Schöpfung nicht vorgesehen«, erwiderte der Pilot empört. »Sonst hätte Gott sie geschaffen.«

»Oh«, warf Ailif spöttisch ein, »der war vielleicht gerade anderweitig beschäftigt. Zum Beispiel damit, sich Typen wie Sie auszudenken.«

»Ailif, bitte!«, ging Maurya energisch dazwischen.

»Werden Sie nicht beleidigend, Professor Avrams!«, zischte Geddes.

»Lass gut sein, Jerome«, sagte Jespersen ruhig und kraulte Jonathans Kopf. Maurya beobachtete ihn interessiert und fragte sich, ob sich da eine Freundschaft anbahnte. »Die Leute haben eine weite Reise hinter sich«, fuhr Jespersen fort. »Ich bringe Sie jetzt in Ihre Unterkunft. Die Gästezimmer sind im vierten Stock. Da drüben sind die Aufzüge.«

Ailif sah Geddes an und hob die Hand. Der Pilot blickte angewidert auf die Tattoos an seinem Handgelenk und erwiderte die Geste nicht.

Jespersen wandte sich Maurya zu. »Und was vertilgt Ihr Freund Jonathan so am Tag, Madam? Ich frage deshalb, weil ich ja auch für seine Verpflegung sorgen muss.«

»Er verzehrt alles, was ein Hundeherz so mag. Vorzugsweise Fleisch natürlich, zwei bis drei Kilo pro Tag, und gelegentlich einen Kauknochen gegen Langeweile. Aber er liebt auch Süßigkeiten. Außerdem – je nach Aufgabenstellung – einiges an Elektrizität für seinen Hochleistungsrechner, den er hier mit sich herumschleppt.« Maurya kraulte Jonathans dickes Nackenfell. »Seine integrierte KI.«

»Aha. Und in welcher Form nimmt er die zu sich?«

»Darum kümmert er sich selbst. Ebenso um seinen Bedarf an Kühlung.«

»Benötigt er eine eigene Unterkunft?«

»Hm«, brummte Jonathan. »Es wäre nicht schlecht, wenn Sie für mich eine eigene Räumlichkeit hätten. Nur sollten die Türen – auch die von Professor Fitzpatrick und Professor Avrams – mit elektronischen Schlössern ausgestattet sein, damit ich sie mit einem Signal öffnen kann.«

Jespersen nickte. »Dann brauche ich einen Augenscan von dir … Darf ich überhaupt du zu Ihnen sagen, Sir?«

»Klar.« Jonathan, der sich auf den Betonboden gelegt hatte, ließ hechelnd die Zunge herabhängen und blickte fragend zu ihnen auf. »Sonst noch was, Mr. Jespersen?«

»N… nein«, erwiderte Jespersen und sah Sir Jonathan Swift, den sprechenden Hund, irritiert an.

»Die Leute hier scheinen alle Probleme mit der Schilddrüse zu haben«, sagte Maurya eine Stunde später, als sie geduscht und sich umgezogen hatten und bei einem kühlen Drink in der Cafeteria saßen. Wasser rieselte an den Wänden herab und kühlte die Luft. Durch die große Glasfront hatte man einen Ausblick nach Osten auf den Fluss, der sich unterhalb der Terrasse vorbeiwälzte. Die Wassermassen glänzten unter einem kupferfarbenen Abendhimmel. Die riesigen Leiber der Dünen versanken bereits in ihren eigenen Schatten.

»Kein Wunder«, sagte Ailif. »Die nächste Meeresküste ist mehr als zehntausend Kilometer entfernt.«

»Ist die Flotte nicht in der Lage, ihre Leute mit Jodtabletten zu versorgen? Ich bitte dich.«

Ailif lachte leise. »Vielleicht halten sie ihre Blähhälse ja für ein Gottesgeschenk.«

Maurya nickte. »Das ist hier zu befürchten. Übrigens, hast du die Treppe gesehen?«

»Nein, ich bin mit dem Aufzug heruntergefahren.«

»Unglaublich! Alles aus edlen Hölzern. Die Stufen, die Geländer, die vertäfelten Wände. Wie in einer teuren Lodge. So luxuriös habe ich mir eine Flottenstation nicht vorgestellt. Und das hier am Ende der Welt!

Die müssen unheimlich reich sein. Glaubst du, sie sind dick drin im Ölgeschäft?«

Ailif zuckte mit den Achseln. »Keine Ahnung. Diese Anlage von Tarkut in der Wüste wirkte eher klein.«

»Vielleicht gibt es ja weitere in der Gegend, die ergiebiger sind.«

»Ich werde Jo mal recherchieren lassen.«

»Hast du einen Blick auf die Vorräte hier geworfen?« Maurya deutete auf die mit Aluminium und Plastik verkleideten Schränke, die die Wand säumten.

»Nein.«

»Essen vom Feinsten. Verpackte Fertiggerichte wie in der Küche eines Luxushotels. Man sollte es nicht für möglich halten.«

»Offensichtlich sind das reiche Leute hier. Auf jeden Fall kein Kasernenfraß – das ist doch schon mal was.«

Der Kommandant des Stützpunkts betrat die Cafeteria, ein mittelgroßer schlanker Mann in den Fünfzigern mit sorgfältig ausrasiertem Oberlippenbart. Die Stirn erstreckte sich weit nach hinten und wurde von einem grauen, kurz geschorenen Haarkranz begrenzt. Seine Haut war auffallend blass. Wie konnte man sich bei dem Klima dieses Planeten eine so vornehme Blässe bewahren?, fragte sich Maurya.

Der Kommandant kam mit federnden Schritten auf sie zu und verbeugte sich vor Maurya. Er hatte sich ganz offensichtlich gewaschen und eine frische Uniform angezogen. Sein Aftershave war herb und ausdrucksstark. »Professor Fitzpatrick?« Er neigte den Kopf.

»Professor Avrams?« Er reichte Ailif die Hand, zog sie aber rasch wieder zurück. »Ich bin Commander Josuah Cayley, der Leiter dieser Flottenstation. Es ist mir eine Ehre und ein Vergnügen, Sie auf Paradise begrüßen zu dürfen. Der Name des Planeten ist irreführend, das kann ich Ihnen versichern.« Er lächelte. »Aber seine Bewohner bestehen nun einmal darauf. Es ist eher die Hölle. Eine schreckliche Welt. Es freut mich, dass Sie trotzdem hierhergekommen sind.«

»Danke, Commander«, erwiderte Maurya höflich.

»Ich bitte Sie. Kommen Sie mit, gehen wir in mein Büro.« Cayley ging voraus. »Sie sind Kunsthistoriker?«

»Nein, Exobiologen.«

»Ach. Wie interessant. Ich dachte, man hat Sie hergeschickt, um die angeblichen … Kunstwerke der einheimischen Wasserbewohner zu begutachten.«

Cayley öffnete die Tür zu einem kleinen klimatisierten Saal. Vor ihnen tat sich ein abstrakter geometrischer Raum auf, der unwillkürlich an das Doppelspaltexperiment in der Quantenphysik erinnerte: regelmäßige Streifen, bei denen sich Schwarz und Karmin abwechselten, wie eine waagrecht geschlitzte Wand, hinter der Brände wüteten. Dann gewöhnte sich das Auge daran. Der Raum war mit Jalousien abgedunkelt, aber die Schlitze zwischen den Lamellen ließen das Licht des Abendhimmels herein, das die Wände und das Mobiliar mit roten Streifen linierte.

Der Kommandant öffnete die Jalousien. Der westliche Himmel glühte bis in die hohe Atmosphäre in einem prachtvollen Rot.

»Wir hatten einen Sandsturm im Westen«, erklärte er, dann schloss er die Jalousien wieder, die Beleuchtung sprang an, und man konnte erkennen, dass auch hier die Wände mit erlesenen Hölzern getäfelt waren. Der Boden war mit einem zweifarbigen Parkett ausgelegt, das honigfarben lasiert war. Cayley nahm hinter der leeren Fläche eines mächtigen Schreibtisches Platz, dessen Platte aus zweierlei verklebten Hölzern gefertigt war, die unter der Politur goldene und weiße Streifen bildeten.

Ailif musterte ihn skeptisch. Menschen, die an so peinlich aufgeräumten Schreibtischen saßen, misstraute er grundsätzlich. Das hatte ihn seine Erfahrung im Institut gelehrt. Er hing dem Glauben an das kreative Chaos an und vertraute der Ordnung in Form von Ablagerungen, die ihm eine hinlänglich stratigrafische historische Orientierung boten.

Maurya war staunend stehen geblieben und sah sich um. »Was für wunderbare Hölzer«, sagte sie mit begeisterter Stimme. »Wo wächst so etwas?«

»Im Haar«, erwiderte der Kommandant.

»Im Haar?«, fragte Ailif. »Was ist das? Der Pilot gebrauchte das Wort, als wir das Marunga-Massiv überflogen.«

»Sehen Sie selbst.« Cayley drückte einen kleinen Touchscreen auf seinem Schreibtisch. Plötzlich erfüllte das Rauschen von Wasser den Raum, und auf den Monitoren an den Wänden waren hohe Bäume zu sehen, deren Wipfel in Nebel gehüllt waren. Zwischen ihnen brach schäumendes Wasser hervor und stürzte in die

Tiefe hinab. »Das ist die Südseite des Marunga-Massivs, wo das Gletscherwasser in Millionen Strähnen und Wasserfällen über Tausende von Metern durch dichte Wälder herabströmt. Es sind die Quellflüsse des Ontos. Eine düstere nebelige Landschaft.« Der Kommandant verzog leicht angewidert das Gesicht. »Wolken, durch die nur selten die Sonne bricht. Aber nicht ohne Reiz. Zumindest für manche Siedler auf dieser Welt.« Er nickte und berührte erneut den Touchscreen. Jetzt zeigten die Bildschirme die Orbitalstation. »Bitte nehmen Sie doch Platz.«

Maurya und Ailif setzten sich auf die lederbespannten Stühle vor dem Schreibtisch. Es sah wie Schlangenleder aus. War es Dongohaut?

Ein halbes Dutzend mannshoher Topfpflanzen mit mehr als kopfgroßen Blüten stand im Raum verteilt. Sie waren pinkfarben mit roten Punkten und einem violetten Rand und sahen aus wie eine Kreuzung zwischen Orchideen und Sonnenblumen. Allerdings ziemlich erschlafft und vergammelt – eine Rafflesia war eine Schönheit dagegen.

Wie kann man einen so schönen, mit erlesenem Holz getäfelten Raum nur mit so scheußlichen Pflanzen vollstellen?, fragte sich Maurya. Das Wort »Muhme« kam ihr in den Sinn. Ja, sie sahen aus wie alte Weiber mit dunkelbraunen Kopftüchern, die eingefallenen, abgehärmten Gesichter mit schlaffem Mund und runzeligen Hängebacken übertrieben geschminkt. Sie sahen grausig aus. Maurya glaubte Fäulnis zu riechen.

Die Wände dagegen waren mit prächtigen Trophäen behängt: schwarze, blaue und rote Schilde mit vielfältigen Mustern wie von Riesenschildkröten. Rückenpanzer von Dongos, mutmaßte Ailif.

Dazwischen die großen Monitore, die Cayley mit seinem Touchscreen steuerte. Sie zeigten, dass die *Ballymena*, mit der Maurya und Ailif angereist waren, immer noch an der Station angedockt war und ihre Ladung löschte. Netze voller Container hingen an ihren Flanken wie Laich am Körper eines tropischen Fisches. Das Schiff würde seine lokale Tour absolvieren, St. Tomé, St. Jeronimo und St. Lazare, die größeren Monde von Hot Edge, ansteuern und nach sechsundzwanzig Tagen wieder hierher zurückkehren. Bis dahin musste ihre Untersuchung abgeschlossen sein, damit sie wieder an Bord gehen und nach Hause fliegen konnten.

Das andere Schiff, die *TS Guglielmo Marchese Marconi*, traf gerade seine Startvorbereitungen, um das System zu verlassen und auf interstellare Fahrt zu gehen. Es hatte sich aus der Ekliptik herausbewegt und steuerte den Nadir an. Das Schiff sah mit seinen zahllosen Antennen und peitschenförmigen Fortsätzen aus wie ein bizarres Krustentier aus der Tiefsee. Es war dabei, ein DE-Feld aufzubauen, das es binnen Tagen auf relativistische Geschwindigkeit beschleunigen würde. Es war von einer diffusen veilchenfarbenen Aura umgeben, die sich bereits auf einen Durchmesser von einer halben Lichtsekunde ausgedehnt hatte. In dieser Blase würde es durch die Raumzeit gleiten.

»Dongos?«, fragte Ailif und deutete mit einem Nicken auf die Rückenpanzer und Kopfschilde an den Wänden. »Jagdtrophäen?«

»Die eine oder andere vielleicht«, erwiderte Cayley, »aber die meisten dieser Cuticulae wurden abgeworfen. Die Dongos häuten sich alle zwei bis drei Jahre. Man findet diese Dinger überall.«

»Toll!« Ein besonders schönes Exemplar weckte Ailifs Aufmerksamkeit: zwei ockerfarbene Rückenpanzer, rostbraun gemustert, die zusammengewachsen zu sein schienen. »Das ist ja interessant. Gibt es bei den Dongos auch so etwas wie Siamesische Zwillinge?«

»Ja, offenbar gibt es das zuweilen. Sie sind aber äußerst selten und deshalb von Sammlern besonders begehrt, vor allem, wenn die Muster ineinandergreifen und eine Einheit bilden wie bei diesem hier. Sonst sind diese Doppelstücke eher disparat.«

Ailif war aufgestanden und fuhr mit dem Finger über die verbindende Naht. Sie fühlte sich wie eine verhärtete Narbe an. »Wunderschön«, sagte er und nahm wieder Platz.

Eine Frau kam mit einem Tablett Erfrischungen herein. Sie war etwa dreißig und trug ein hellblaues wadenlanges Kleid und eine weiße Schürze. Die Gläser, die sie anbot, waren mit einer minzgrünen Flüssigkeit gefüllt.

»Danke, Melanie«, sagte der Kommandant.

Ailif nippte an dem Getränk, schnalzte mit der Zunge und nickte anerkennend. Es war eiskalt und entfernt nach Limonade schmeckend, aber mit etwas Scharfem gewürzt.

»Gaone«, erklärte Cayley. »Eine einheimische zitrusähnliche Frucht. Wir haben sie kultiviert und bauen sie in Plantagen im Delta an.«

»Ausgezeichnet«, sagte Ailif.

Maurya räusperte sich. »Sie mussten lange warten, bis die Flotte Ihrem Ansuchen entsprechen konnte, eine wissenschaftliche Kommission herzuschicken. Es gibt selten ein Schiff, das von New Belfast aus diesen Planeten ansteuert.«

»Ja, ich weiß«, sagte Cayley seufzend. »Wir sind daran gewöhnt, etwas stiefmütterlich behandelt zu werden. Aber heute hatten wir gleich zwei Schiffe im Orbit. Die *Ballymena*, mit der Sie angekommen sind, und das Forschungsschiff *Marconi*, das auf dem Rückweg zur Erde ist. Deshalb habe ich mich etwas verspätet. Entschuldigen Sie bitte. Es gab viel zu tun.«

»Kein Problem. Mr. Jespersen hat uns in Empfang genommen und in unsere Unterkünfte eingewiesen.«

Der Kommandant nickte, schlug die Beine übereinander und zupfte an den Bügelfalten seiner Hose. Er schien bemüht, einen kompetenten und selbstsicheren Eindruck zu erwecken, aber Maurya spürte vage eine Aura aus Unsicherheit, die ihn umgab. Sie hatte ein Gespür für so etwas bei Männern in gehobenen Positionen. Sie betrachtete seine Hände auf der Schreibtischplatte. Mit seinen langen knochigen Fingern drehte er die Uhr um das Handgelenk – eine sehr teure Uhr mit eingebautem Personal Assistant und goldgefasstem Multifunktionsbildschirm.

Würgerhände, dachte Maurya unwillkürlich. Nein, du tust ihm Unrecht, tadelte sie sich. Sie trug ein kurzärmeliges beiges Baumwollkleid, das knapp unterhalb der Knie endete und ihre langen schlanken Beine zur Geltung brachte. Dem kritischen Blick nach zu urteilen schien der Kommandant ihre Bekleidung zu missbilligen. Sie lächelte und strich die schwarzen Strähnen aus dem Gesicht, die vom Duschen noch feucht waren.

Ailif trug hellblaue Jeans und ein weißes Polohemd, das seine Haut noch dunkler erscheinen ließ. Auf der Brusttasche war das rote verschnörkelte JJU, das Emblem der James Joyce University, aufgestickt.

»Wie ich sehe«, sagte Cayley mit einer Spur Sarkasmus in der Stimme, »tragen Sie den klimatischen Bedingungen bereits Rechnung.«

»Versteht sich«, erwiderte Ailif knapp.

Jonathan hatte sich auf den Boden gefläzt und den Kopf auf die angewinkelte linke Pfote gebettet. Gelangweilt musterte er Cayley aus blutunterlaufenen Augen. Der Kommandant warf ihm seinerseits einen misstrauischen Blick zu. Fehlt nur noch, dass er jetzt fragt, ob er stubenrein ist, dachte Ailif.

Als hätte er seine Gedanken gehört, machte Cayley eine schlenkernde Handbewegung in Jonathans Richtung und sagte: »Ich habe leider keinerlei Erfahrung mit derartigen hybriden Lebewesen. Hier gibt es solche künstlichen Geschöpfe nicht.«

»Bei der Flotte arbeiten aber etliche Cyborgs«, warf Maurya ein.

»Mag sein, Madam«, erwiderte Cayley knapp. »Hier nicht. Wozu, um Himmels willen, braucht man so etwas?«

»Wissen Sie das nicht?«

»Keine Ahnung, sonst würde ich nicht fragen.«

»Hunde, zumal die großen Hüterhunde, sind die begabtesten Empathen, die die Evolution hervorgebracht hat. Wie kein anderes Lebewesen können sie sich in ein anderes Geschöpf hineinfühlen. Sie spüren die Gedanken und noch mehr die Emotionen anderer, auch fremder Wesen – Aliens – und reagieren darauf.«

Der Kommandant blickte etwas unbehaglich drein. Mit einer Kopfbewegung deutete er in Richtung Fluss. »Und ... hat Ihr fabelhafter Empath schon etwas erschnüffelt.«

»Jonathan meint, er spüre etwas. Er ist sich aber noch nicht ganz sicher.«

»Scheint also nicht sonderlich effektiv zu sein, Ihr Mitarbeiter.« Cayley lächelte schief. »Ich halte es für eine unverantwortliche Geldverschwendung, diese Tiere auf so kostspielige Weise hochzurüsten. Hunde haben meines Wissens doch nur eine Lebenserwartung von fünfzehn, allenfalls zwanzig Jahren. Was soll dann so eine exorbitante Investition?«

Jonathan prustete verhalten, sagte aber nichts.

»Diese Tiere, wie Sie sie nennen, Sir«, sagte Maurya seufzend, »haben eine Lebenserwartung von mehr als hundert Jahren. Man hat den Embryonen das M-Gen eingepflanzt.«

»M-Gen?«

»Das Methusalem-Gen, wie es Meeresschildkröten, *Welwitschia mirabilis* und Mammutbäume in sich tragen.«

Cayley schien irgendetwas auf seiner so makellosen Schreibtischplatte entdeckt zu haben, das ihn störte; er kratzte mit dem Daumennagel daran herum und wischte dann mit der geballten Faust darüber.

Jetzt ist er wütend, dachte Maurya.

Der Kommandant richtete sich auf und holte tief Luft.

Jetzt wird er uns etwas Unangenehmes eröffnen, dachte Maurya.

»Meine verehrten Professoren, nur um eines von Anfang an klarzustellen«, erklärte Cayley mit fester Stimme. »Nicht ich habe um eine Untersuchung vor Ort gebeten. Das war mein Vorgänger, Commander Christian Wolf. Er ist letztes Jahr im Glast verschollen.« Er hob die Schultern. »Er neigte zu riskanten Unternehmungen, die er allein durchzuführen pflegte.«

»Das tut mir leid«, sagte Maurya.

Der Kommandant machte eine wegwerfende Geste. »Seine Schuld. Er wusste, was er riskierte, aber er war – wie soll ich sagen? – ein sehr eigenwilliger Mann.«

Was für ein mitleidloser Kerl, sagte sich Maurya. Er wird mir immer unsympathischer.

»Muss ich Ihren Worten entnehmen, dass Sie eine wissenschaftliche Untersuchung der Dongos missbilligen oder nicht für nötig halten?«, fragte Ailif stirnrunzelnd.

Der Kommandant strich sich mit einer fahrigen Handbewegung über die Glatze. Weshalb ist der Mann so nervös?, fragte sich Maurya.

»Nun sind Sie schon mal da«, sagte Cayley. »Sehen Sie sich die heimischen Flussbewohner an und bilden Sie sich ein Urteil. Ich werde Ihnen keine Steine in den Weg legen.«

Maurya räusperte sich. »Commander Wolf schrieb in seinem Bericht an das Flottenkommando von einer Eingeborenen-Kultur. Aber leider nichts Genaueres.«

»Ach ja. Wissen Sie, mein Vorgänger war nicht nur ein eigenwilliger, sondern auch ein … nun ja, sagen wir mal, ein sehr begeisterungsfähiger Mensch. Und sehr fantasievoll. Aber manchmal ließ er seiner Fantasie zu sehr die Zügel schießen, wenn Sie verstehen, was ich meine.«

»Nein, ich verstehe nicht, was Sie meinen«, sagte Ailif etwas ungeduldig. »Gibt es nun diese Kunstwerke, von denen Commander Wolf der Flotte berichtete, oder gibt es sie nicht?«

Maurya warf Ailif einen tadelnden Blick zu.

Cayley hob die Augenbrauen und breitete die Arme aus. »Kunstwerke? Nun, das ist sicher eine Frage der Interpretation, Professor Avrams. Das müssen Sie als Experte entscheiden. Tatsächlich finden sich an den Hochufern des Ontos mancherorts Kritzeleien …«

»Kritzeleien? Meinen Sie Petroglyphen?«

»... nun, so eine Art Ritzzeichnungen, die von Eingeborenen stammen könnten. Menschen haben sie mit Sicherheit nicht angefertigt. Im Gegenteil. Die Siedler hassen diese Darstellungen und zerstören sie, weil sie sie für Götzenbilder halten. Sie benutzen sie als Zielscheiben. Das ist es ja, was meinen Vorgänger so aufgebracht hat. Er hat sich regelmäßig mit den Selektierten ...«

»So nennen sich diese Sektierer hier?«, warf Maurya ein.

»... angelegt und sie beschimpft. Es gab ständig Streit mit den Leuten drüben im Dorf. Inzwischen ist – Gott sei Dank – Ruhe eingekehrt.«

»Darf ich fragen, ob auch Sie ein Selektierter sind?«, fragte Ailif schmunzelnd.

»Ich wurde dieser Gnade nicht teilhaftig«, erwiderte der Kommandant süffisant lächelnd. »Aber ich habe hier auf dem Stützpunkt dreißig Menschen. Die müssen ernährt werden. Wir brauchen den Tauschhandel über den Fluss.«

»Auch mit Dongo-Fleisch?« Ailif deutete mit einer Kopfbewegung auf die Trophäen.

»Selten«, sagte der Kommandant ungerührt und drehte seine Uhr ums Handgelenk. »Hauptsächlich Fisch, Schalentiere, Gemüse und Obst. Dongo-Fleisch ist sehr fett und schmeckt ranzig. Ich schätze es nicht. Sie sollten es probieren, um sich selbst ein Urteil zu bilden, Professor.«

»Offenbar tun einige dieser ... Selektierten Dienst hier auf dem Stützpunkt. Ich dachte, die Flotte hat strenge Auswahlkriterien, was übertriebene Frömmigkeit betrifft.«

»Übertriebene Frömmigkeit? Nun, die meisten sind tatsächlich von drüben, vom anderen Ufer des Flusses. Wo, denken Sie, sollen wir Leute finden, die hier Dienst tun wollen?« Cayley lachte spöttisch. »In New Belfast sicher nicht.«

Ailif nickte. »Haben Sie nicht Bedenken, von so fanatisch religiösen Menschen umgeben zu sein, Commander?«

»Weshalb?«

»Es wäre nicht das erste Mal, dass Ungläubige gesteinigt werden.«

»Wie kommen Sie darauf, dass ich ein Ungläubiger bin?«

Ailif sah den Kommandanten etwas ratlos an. »Ich ging immer davon aus, dass man mit einem Defekt im limbischen System nicht in den Dienst der Flotte aufgenommen wird.«

»Ach, Professor Avrams, diese Ammenmärchen der Neurotheologen vom Gottesgen und der Gottektomie durch transcraniale Magnetstimulation des Schläfenlappens. Der Phänotyp des Sektierers – dass ich nicht lache! Das ist doch reinstes neunzehntes Jahrhundert, als man durch Schädelmessungen hingerichteter Straftäter die typischen Merkmale des Verbrechers identifizieren wollte.«

»Immerhin klassifizierte die American Psychiatric Association tiefe Religiosität bis 1994 als Geisteskrankheit.«

»Sag ich doch. Neunzehntes Jahrhundert.«

»Nein, 1994 – also Ende des zwanzigsten. Immerhin haben die prädikativen Tests eine positive Funktion gehabt. Sowohl auf der Erde wie auch später in den Kolonien waren sie ein voller Erfolg. Nur mit dieser Methode konnte die Flotte die blutigen Religionskriege auf New Belfast beenden. Die Gewalttaten gegen ›Ungläubige‹ und die Selbstmordattentate gingen signifikant zurück und hörten schließlich ganz auf.«

Cayley schob das Kinn vor. »Die Selektierten hier sind die Reste einer großen traditionsreichen Religionsgemeinschaft, deren Ursprünge auf der Erde zu suchen sind.«

»Die Dschiheads, Commander, ich weiß. Sie brauchen mir nichts zu erzählen. Die Krieger Gottes. Das waren die Schlimmsten. Bekannt für ihre blutigen Selbstmordattentate, die Pestanschläge in Mekka und Varanasi, Ebola beim Kumbha Mela in Haridwar, das Ostermassaker im Petersdom und der verheerende Sprengstoffanschlag auf den Tempelberg in Jerusalem. Ging alles auf ihre Kosten.«

»Das waren Randerscheinungen. Verwirrte Extremisten, Professor. Ich bitte Sie.«

»Hirnlose Fanatiker waren das, strohdumme Existenzen, die man perfide indoktriniert hatte.«

»Die Selektierten sind dafür nicht verantwortlich zu machen. Sie sind der geläuterte Kern einer mächtigen alten Glaubensbewegung, die – ich gebe es zu – in der Vergangenheit manchmal in die Irre gegangen ist.«

»Ach! Commander, diese Typen sind alle vom gleichen Holz. Geisteskranke mit Läsionen im Schläfenlappen.« Zwei Feuerechsen, hellgrün mit roter Rückenzeichnung, glitten über Ailifs Unterarme; die Nanopartikel auf seiner Haut spürten seine Erregung, schwärmten aus und wechselten Farbe und Gestalt. Der Kommandant beäugte die mobilen Tattoos misstrauisch. Ailif strich sich sanft über die Arme, um sie zu beruhigen.

»Professor Avrams, bitte! So kommen wir nicht weiter. Denken Sie an Ihren Auftrag. Ihre Aufgabe als Wissenschaftler besteht, wenn ich das richtig verstanden habe, darin, festzustellen, ob bei den einheimischen Flussbewohnern Anzeichen von so etwas wie … geistiger Tätigkeit zu beobachten sind und ob die Ritzungen an den Uferfelsen von künstlerischem Gestaltungsvermögen sein könnten. Was bei Tieren ja nicht selten ist, wie Sie sicher besser wissen als ich.«

Ailif lachte auf und deutete mit dem Finger auf den Kommandanten. »Sie denken an die Webervögel, ja?«

»Ich bewundere Ihren Sinn für Humor, Professor, aber ich kann beim besten Willen keinen Grund für Ihre Erheiterung entdecken.« Cayley atmete heftig und reckte erneut das Kinn. »Ihre Aufgabe besteht ferner darin«, fuhr er energisch fort, »Ihre Forschungsergebnisse dem Flottenkommando von New Belfast vorzulegen. Dort wird entschieden werden, wie weiter zu verfahren ist.«

»Commander Wolf hat von mutwilligen massiven Beschädigungen an den Kunstwerken …«

»Felsritzungen.«

»… Kunstwerken berichtet. Ich werde es mir nicht nehmen oder von Ihnen verbieten lassen, mit dem Oberbonzen dieser Selektierten oder Dschiheads zu reden, dass er die Finger davon zu lassen hat, bevor nicht vom Flottenkommando eine Entscheidung getroffen wurde.«

»Reden?«, schnaubte Cayley. »Er wird nicht mit Ihnen reden. Schlagen Sie sich das aus dem Kopf, Professor. Das gehört auch nicht zu Ihrem Auftrag. Das übersteigt Ihre Kompetenz.«

»Erlauben Sie, Commander, aber ich bin nicht Ihrer Befehlsgewalt unterstellt. Was maßen Sie sich an?« Die Feuerechsen bewegten sich unruhig. Das Rot ihrer Rückenzeichnung wurde um einen Grad heller. Sie schoben sich vor bis auf die Handrücken und machten wieder kehrt. Ailif strich erneut mit der Hand über die Unterarme. Die Tattoos wurden unsichtbar, verschmolzen mit seiner dunklen Haut.

»Ich trage die Verantwortung für diesen Stützpunkt«, sagte Cayley streng. »Ich möchte nicht, dass hier wieder Zustände einreißen wie unter meinem Vorgänger Commander Wolf – dass die Lebensmittellieferungen über den Fluss eingestellt werden und die Männer hier scharenweise davonlaufen.«

»Wenn Sie nicht genügend Autorität haben, Commander Cayley …«

Der Kommandant presste seine ohnehin schmalen blassen Lippen noch mehr zusammen. Zorn straffte seine Halsmuskeln und ließ die Konturen seiner Kinnbacken hervortreten. Er hob die Stimme und schnarrte:

»Professor Avrams, ich warne Sie in aller Form. Sie wagen sich auf gefährliches Terrain. Die Selektierten betrachten ihr Gebiet als heiliges, ihnen von Gott zugewiesenes Land, das kein Ungläubiger betreten darf. Sie begeben sich in Lebensgefahr, wenn Sie sich darüber hinwegsetzen.«

Jonathan gab ein ersticktes Jaulen von sich.

Eine leuchtend grüne Echse erschien in Ailifs Halsausschnitt; ihre rote Zunge schnellte hervor und leckte über seine Wange.

»Ruhig, Jonathan«, sagte Maurya. »Und du auch, Ailif.«

Ailif blies die Backen auf und ließ langsam die Luft ab. Die Echse verschwand wieder unter dem Shirt. Er hob beide Hände, starrte Cayley zehn Sekunden lang wortlos an, dann ließ er sie resigniert sinken und nickte. »Okay, Sir«, knurrte er unter seinem Schnauzer hervor. »Ich habe verstanden.«

Maurya sah irritiert zur Seite. Sie hatte plötzlich das Gefühl, die Blüten der Topfpflanzen hätten sich bewegt. Ihre hässlichen Gesichter hatten vorher in alle Richtungen geblickt – jetzt hatten sie sich ihr zugewandt. Maurya war, als starrten sie sie vorwurfsvoll an. »Was ist das denn?«, fragte sie unbehaglich.

Der Kommandant blickte nun ebenfalls zu den Pflanzen. »Noch nie davon gehört, Frau Professor?«, fragte er und verzog spöttisch den Mund. »Das sind unsere Lilas, unsere Listening Ladies. Sie reagieren auf Geräusche und Stimmen. Als Exobiologin sollten Sie sie doch wohl kennen.«

»Natürlich habe ich von dieser Spezies gehört, aber noch nie welche in natura gesehen.«

»Dann sehen Sie sich diese Prachtexemplare an. Sie gedeihen im Ontosdelta. Ich mag sie. Sie sind geduldige Zuhörerinnen.« Der Kommandant lachte, doch als er merkte, dass sein Scherz nicht so richtig ankam, zuckte er mit den Achseln.

Klar, wenn man sonst niemanden hat, der einem zuhört, dachte Maurya. Die Lilas schenken dir jedenfalls ungeteilte Aufmerksamkeit.

Der Kommandant seufzte, dann blickte er zu Boden und faltete die Hände, als habe er ihnen eine weitere unerfreuliche Eröffnung zu machen. »Um ehrlich zu sein«, sagte er nach kurzem Zögern, »ich hätte mir gewünscht, die Flotte hätte keine Frau geschickt. Ich bitte vielmals um Entschuldigung, Frau Professor Fitzpatrick. Das ist, um Himmels willen, nicht gegen Ihre Person gerichtet. Wir freuen uns natürlich über Ihren Besuch. Ich ganz besonders. Glauben Sie mir.«

»Wie soll ich das verstehen, Commander?«, fragte Maurya misstrauisch.

»Sie werden bei den Selektierten nichts erreichen. Gar nichts. Das garantiere ich Ihnen. Sie werden nicht mit Ihnen reden und keine Ihrer Fragen beantworten.« Cayley scheute sich, den Blick zu heben.

»Und weshalb nicht?«

Der Kommandant bürstete mit Daumen und Zeigefinger sein schmales Bärtchen, bevor er antwortete. »Weil Sie … entschuldigen Sie bitte … weil Sie unrein sind.«

»Unrein?«

»Verzeihen Sie, aber … Sie sind unbeschnitten. Sündig.«

»Jetzt aber …«, sagte Ailif zornig.

Jonathan erhob sich und stieß ein Jaulen aus, in dem Empörung mitschwang.

Maurya stieß ein zischendes Lachen aus, eine Mischung aus Überraschung und Entrüstung. »Commander, in welchem Jahrhundert leben wir denn, um Himmels willen? Ich …« Sie presste die Hand auf den Mund, trotzdem entrang sich ihr ein kleines Schluchzen.

»Werden Sie nicht beleidigend!«, wies Ailif Cayley mit erhobener Stimme zurecht. »Wo gibt es denn heute noch so etwas?«

»Hier, Professor Avrams. Es liegt mir fern, Sie zu beleidigen. Ich will Sie lediglich auf die Schwierigkeiten der Situation aufmerksam machen. Diese Menschen hier am Fluss leben nicht in der Gegenwart. Aber wir müssen mit ihnen auskommen. Wir sind auf sie angewiesen.«

Jonathan blickte verwirrt vom einen zum anderen, senkte den Schwanz und grollte heiser: »Unrein.«

Der Kommandant warf ihm einen irritierten Blick zu. »Was sagt er?«

Jonathan knurrte drohend.

»Fragen Sie ihn doch selbst«, schlug Ailif sarkastisch lachend vor. »Sir Jonathan ist ein intelligentes Wesen.« Jetzt solltest du einen von deinen Fürchterlichsten ziehen lassen, dachte er grinsend, aber Jonathan bewies seine gute Erziehung und hielt sich zurück.

»Was für ein Empfang«, murmelte Maurya kopfschüttelnd.

Der Kommandant sprang auf und breitete Entschuldigung heischend beide Arme aus, doch sein Gesicht strafte die Geste Lügen. Er blickte kalt und unnachsichtig. »Wenn Sie mich jetzt bitte entschuldigen würden. Apropos Empfang – ich habe für morgen eine kleine Begrüßungsparty arrangieren lassen. Dann werden Sie die Leute kennenlernen, die auf dem Stützpunkt arbeiten. Auch meine Frau wird da sein. Sie hat es sich nicht nehmen lassen, Sie persönlich zu begrüßen, und wird morgen aus Menama eintreffen. Sie wohnt dort. Das Delta ist ihr lieber. Hier im Glast ist es ihr zu ungemütlich.«

»Das kann ich ihr nachfühlen«, sagte Ailif. »Diese geballte Frömmigkeit hier …«

»Ailif, ich …«

»Schon gut, Maurya. Wir bedanken uns für die Einladung, Commander. So habe ich mir die Situation nicht vorgestellt. Sie haben mir genug Stoff zum Nachdenken gegeben.«

»Sollten Sie Wünsche oder Fragen haben, wenden Sie sich an Mr. Jespersen.«

»Eines noch, Commander. Bevor wir mit der Untersuchung beginnen, hätten wir uns gerne ein wenig in die Unterlagen eingearbeitet.«

Cayley, schon halb an der Tür, blieb stehen und wandte den Kopf. »Welche Unterlagen?«

Ailif breitete die Arme aus. »Die Aufzeichnungen Ihres Vorgängers zum Beispiel.«

»Ich weiß nichts über solche Aufzeichnungen.«

Ailif sah den Kommandanten entgeistert an. »Soll das heißen, dass ...«

»Hören Sie, Professor Avrams, Commander Wolf war ein misstrauischer Mann. Er hat seine Aufzeichnungen ausschließlich seinem PS-Computer anvertraut. Und den trug er stets bei sich. Auch als er zu seiner Expedition in den Glast aufbrach, nehme ich an.«

»Keine Kopien im lokalen Flottennetz?«

»Meines Wissens keine. Entschuldigen Sie mich jetzt bitte.« Der Kommandant eilte zur Tür hinaus.

Jonathan schüttelte sich heftig, als käme er gerade aus einem Regenguss.

»Ein eiskaltes Arschloch«, knurrte Ailif. »Und wahrscheinlich ebenso fromm wie die anderen Idioten hier.«

»Unrein«, flüsterte Maurya kopfschüttelnd. Sie konnte es noch immer nicht fassen.

»Der Mann hat keinen guten Geruch«, schnaubte Jonathan und schüttelte sich erneut.

»Das rieche ja sogar ich«, sagte Ailif.

»Mir ist zum Bellen zumute.«

»Tu dir keinen Zwang an, Jo.«

|04|

Anzos Vater, Alexander hieß er, stammte aus der Gemeinde, hatte aber eines Tages kurz entschlossen das Dorf verlassen, als ein Floß den Ontos herabkam, war mit seinem Boot hinausgepaddelt und an Bord gegangen. Er hatte dann vierzehn Jahre als Flößer gearbeitet und sechzehn oder achtzehn Fahrten gemacht, bis er bei der Arbeit einen Fuß verlor. Er war beim Gang über das Floß abgerutscht und mit dem Fuß zwischen zwei Stämme geraten, als sie gerade den Dritten Katarakt überwanden. Der Fuß war zermalmt worden.

Einer der Männer auf dem Floß, der früher im Delta als Krankenpfleger gearbeitet hatte, führte eine Unterschenkel-Amputation durch, war aber offenbar außerstande, die Wunde sachgemäß zu versorgen, denn sie verheilte nie. Vier Jahre nach dem Unfall starb Anzos Vater an einer Infektion seines Beinstumpfs. Er hatte durch seine Arbeit genug Geld verdient, dass seine Frau und sein Sohn ein bescheidenes Auskommen hatten.

An sein Gesicht kann ich mich nicht mehr erinnern, es ist mehr als zehn Jahre her, ich war erst drei, als er starb. Ich weiß nur, dass er ein großer, breitschultriger Mann war, mit Händen wie Schaufeln, und dass er im

Gegensatz zu allen anderen Männern in der Gemeinde keinen Bart und keine langen Haare trug, was mir als Kind merkwürdig erschien und ein bisschen Angst machte, wenn er mit nacktem Gesicht durch das Dorf hinkte.

Anzos Mutter stammte aus dem Haar. Sie war die Tochter eines Holzfällers, eine schöne und gescheite Frau, und sie hatte Alexander auf drei seiner Fahrten begleitet. Als er die Arbeit auf den Flößen aufgeben musste, brachte er sie mit ins Dorf. Zu der Zeit war sie mit Anzo schwanger.

Seine Heiligkeit, der Großarchon, war dagegen, dass sie im Dorf wohnen sollte. Anzos Vater grollte, aber er war ein zu frommer Mann, als dass er es gewagt hätte, die Krücke gegen das Oberhaupt der Gläubigen zu erheben. Er knirschte nur mit den Zähnen und pochte auf sein Recht als gebürtiger Dschihead und Mitglied der Gemeinde.

Zunächst fruchtete all sein Murren und Bitten nichts, aber dann kam es auf wundersame Weise offenbar doch zu einer Einigung. Man munkelte, dass der Krüppel ein dickes Bündel Scheine für den Schmuck des Tempels gestiftet hatte, in dem der Großarchon wohnte und amtierte. Jedenfalls durfte Alexander mit seiner Frau bleiben, musste sein Haus aber ein Stück flussabwärts außerhalb des Dorfes errichten, unweit der Stelle, wo man die Toten verbrannte und ihre Asche in den Fluss streute.

Als sein Vater starb, war Anzo erst vier Jahre alt. Es hatte sich bald nach der Geburt herausgestellt, dass er taubstumm war. Der Großarchon sagte, dies sei die

Strafe für seine sündige Empfängnis, denn sein Vater hatte sich nie um den Segen des Großarchons bemüht, und uns anderen Kindern wurde verboten, mit ihm zu spielen. Die Dorfbewohner fragten sich hinter vorgehaltener Hand, warum diese Schlampe mit ihrer Missgeburt nicht zurück ins Haar ging. Gott hatte sie doch, die Witwe des Krüppels, doppelt und dreifach gestraft mit dem Unfall auf dem Fluss und einem taubstummen Jungen, der nie zu etwas taugen würde.

Ich meinte den Grund zu kennen, weshalb sie bleiben wollte. Sie wollte in der Nähe des kleinen Altars sein, den sie für die Asche ihres verstorbenen Mannes errichtet hatte, den sie jeden Tag mit frischen Blumen schmückte und auf dem sie regelmäßig ein Stückchen Harz verbrannte, wie es im Haar üblich war.

Anzo geriet ganz nach seiner Mutter: Er hatte ihr blondes Haar, ihre weiße Haut, ihre zierliche, schlanke Gestalt und ihre lebhaften dunkelbraunen Augen. Seine Mutter liebte ihn. Sie brachte ihm das Sprechen mit den Händen bei und später das Schreiben.

Er war ein freundlicher Junge, und ich mochte ihn. Wir waren etwa gleich alt. Mein Vater drückte ein Auge zu, als wir uns anfreundeten, und ich nahm ihn mit flussaufwärts zu den Wasserrädern, mit denen die Felder bewässert wurden. Wir kletterten oft stundenlang in den knarrenden hölzernen Speichen herum, zwischen denen die Eimer hingen, die sich im Fluss vollschöpften und dann träge hochstiegen, um oben ihren Inhalt in eine Ablaufrinne zu entleeren. Wir klammerten uns an den Speichen fest und ließen uns hinauftragen, hoch über die Begleiterinnen des Flusses hinaus und höher, bis wir die Schilfdächer überblicken konnten, die sich, von grauem Flugsand bedeckt, bis zu den Dünen erstreckten und unter denen, vor der Sonne geschützt, die bewässerten Felder lagen. Und während das Wasser in die Auffangrinne platschte und davonströmte, ging es wieder abwärts in den Fluss, wo wir hüfttief durchs Wasser geschleift wurden, prustend und lachend – und dann wieder hinauf.

Manchmal machten wir es wie Gabriel, den wir schon öfter dabei beobachtet hatten, ließen die Hosen herunter, schlossen die Augen, machten den Zapfen steif und umarmten eine der Gefährtinnen des Flusses. Wir schmiegten uns an sie und rieben uns an ihrer weichen feuchten Haut, bis es uns den Atem verschlug. Der Fluss verschlang unseren Samen und trug ihn mit sich fort, um das Delta zu befruchten oder die Tiere in den Tiefen des Meeres.

In der Zeit, die wir gemeinsam verbrachten, lehrte Anzo mich seine Sprache der Hände, das lautlose Sprechen, damit wir uns besser verständigen konnten, und es machte uns eine diebische Freude, wenn wir in der Gegenwart anderer miteinander »reden« konnten, ohne auch nur ein Wort zu sagen.

Wenn wir bei den Wasserrädern waren, hielt er manchmal minutenlang inne und lauschte mit geschlossenen Augen.

Ich hob die Hände und fragte: ›Was ist?‹

Anzo legte den Finger an die Lippen, dann hob er ebenfalls die Hand, klappte die Finger und den Daumen zusammen und deutete auf seinen Mund. ›Sie reden‹, sagte er. ›Ich höre sie.‹

»Wer redet?«

›Die Dongos.‹

»Ich höre nichts.«

Er nickte. Ich erstarrte in Bewunderung.

»Sprechen sie zu dir? Fragen sie: He, Anzo, wie geht's dir heute?«

Er lächelte und schüttelte den Kopf. ›Nein, ich höre, wie sie miteinander reden. Wenn einer einen großen Fisch gefangen hat, ruft er die anderen herbei und lädt sie ein, an der Mahlzeit teilzunehmen. Sie sind sehr gesellig.‹

»Was du nicht sagst. Gib zu, du flunkerst!«

Er schüttelte erneut den Kopf, diesmal mit ernster Miene. ›Nein‹, sagte er, ›so sind sie.‹

»Hören sie dich auch, wenn du etwas zu ihnen sagst?«

Seine Augen hingen aufmerksam an meinen Lippen – wie immer, wenn jemand zu ihm sprach. Dann hob er die Schultern.

Ich glaube, sie hörten ihn, denn manchmal tauchte einer von ihnen ganz in der Nähe auf, lautlos, und musterte uns mit seinen hell blitzenden Augen, die wie flüssiges Silber aussehen, blies den Rüssel in unsere Richtung leer und tauchte wieder unter.

Und er sprach mit ihnen. Mit seiner inneren Stimme. Und sie hörten ihn, den Stummen. Und er hörte sie, taub wie er war.

Und nun hatte ich ihn und sein Geheimnis verraten.

Idiot, der ich war.

|05|

Als die Sonne untergegangen war und der Abend kam, wurde die Glasfront der Cafeteria geöffnet, und sie traten auf die Terrasse hinaus. Im Westen schwebte immer noch ein kupferfarbenes Licht in der hohen Atmosphäre.

Der heiße staubige Wind aus der Wüste war abgeflaut. Vom Fluss her war vage eine Milde zu spüren, die das Atmen erträglich machte und sich auf die Haut legte wie eine lindernde Hand.

»Was wolltest du damit bezwecken, Ailif? Warum hast du ihn derart gereizt? Ich weiß, dass du Frömmigkeit nicht ausstehen kannst, aber wir sind auf seine Hilfe angewiesen.«

»Ich wollte, dass er Farbe bekennt, damit wir wissen, woran wir sind.«

»Und – zufrieden?«

»O ja. Ich finde, es stinkt zum Himmel. Keinerlei Aufzeichnungen des früheren Commanders auf einem Flottenstützpunkt. Das gibt's doch nicht.« Ailif schüttelte den Kopf. »Dieser Commander Wolf mag noch so ein Geheimniskrämer gewesen sein – er hat den Anstoß gegeben und dem Flottenkommando vorgeschlagen, dass eine wissenschaftliche Untersuchung vor Ort durchgeführt wird. Er muss doch dafür hinreichend Material gesammelt und hinterlassen haben.«

»Bestimmt. Aber er wird erwartet haben, dass er da ist, wenn wir eintreffen, um uns persönlich ins Bild zu setzen und uns behilflich zu sein.«

»Hm.«

»Hältst du es für möglich, dass sein Verschwinden auch für ihn selbst überraschend kam?«

Ailif blickte nachdenklich über den Fluss zum Dorf auf dem Ostufer hinüber. Ein paar Fischerboote waren zu sehen mit Gestalten darin; wahrscheinlich wurden für die Nacht Netze ausgelegt. »Du meinst, dass er einen Unfall hatte oder sogar … beseitigt wurde? Ich weiß es nicht.«

»Du glaubst, dass Commander Cayley uns nicht die Wahrheit sagt?«

»Ich glaube, er versucht uns etwas zu verheimlichen. Und das hat etwas mit diesen Frömmlern zu tun, da gehe ich jede Wette ein. Es ist doch eine absolut groteske Situation: Ein Stützpunktkommandant umgibt sich mit fanatisch Gläubigen, mit Menschen, die einen Hirnschaden haben.«

»Nun übertreib nicht. Nicht jeder gläubige Mensch ist krank oder ein gefährlicher Irrer.«

Ailif hob den Zeigefinger. »Latent ja«, sagte er nachdrücklich. »Das hat die Vergangenheit gezeigt. Religionen sind brisante Meme, die keine Toleranz kennen, aber sie ständig für sich reklamieren, weil sie wissen, dass man unter diesem philosophischen Schutzmantel, den ihnen die Aufklärung geschneidert hat, trefflich gedeihen kann. Das hat man nur lange nicht wahrhaben wollen, vor allem nicht unter den Aufgeklärten und Liberalen selber.« Er deutete mit einem Nicken über den Fluss. »Und da drüben ist eine genetische Auswahl der miesesten Typen versammelt. Deren Vorfahren lieber einen zweiten Exodus auf sich genommen haben, als sich behandeln zu lassen.« Er schüttelte den Kopf. »Was haben die sich da oben in New Belfast nur gedacht? Schicken einen Neger und eine Unbeschnittene an die Glaubensfront.«

»Könnte das Absicht gewesen sein?«

Ailif hob die Schultern. »Ich hätte mich gründlicher vorbereiten sollen. Ich habe mich nie näher mit diesen Sekten befasst.«

»Du hattest keine Veranlassung. Wir sind mit einer Situation konfrontiert, die wir nicht erwartet haben. Anstatt einen Flottencommander anzutreffen, der uns mit offenen Armen empfängt, uns unter seinen Schutz stellt und uns in jeder Weise behilflich ist …«

»… sehen wir uns einer Horde von Frömmlern gegenüber, denen wir lästig sind und die uns buchstäblich zum Teufel wünschen.« Ailif seufzte und kraulte Jonathans Nackenfell. »Vielleicht war von vornherein geplant, dass wir mit unserem Auftrag scheitern.«

»Weshalb?«

»Keine Ahnung. Die Lobby der Dongometzger? Kaum vorstellbar bei der Fleischqualität. Nichts für Gourmets, will mir scheinen. Warten wir's ab. Wir müssen das Beste daraus machen.«

Am Rand der Terrasse entlang des Flussufers waren breite mannshohe Rahmen aufgestellt, in denen es unablässig irrlichtete und knisterte. Insekten, vom fahlblauen Schein in den Rahmen gelockt, flammten auf, wurden in Nullzeit auf Lichtgeschwindigkeit beschleunigt und als Funken ins All geschleudert.

»Wir ernten sie ab, wenn sie aus dem Schilf aufsteigen«, sagte Jespersen, der sich zu ihnen gesellt hatte. »Aber es bleiben, weiß der Himmel, immer noch viel zu viele von den Plagegeistern übrig.«

Er hatte sich umgezogen, trug Jeans und ein hellblaues Polohemd. Zum Duschen hatte er offenbar keine Zeit gefunden. Er roch vernehmlich. Sein persönliches Repellant?, fragte sich Maurya.

»Früher haben wir es mit Schwalben versucht.«

»Mit Schwalben?«, fragte Ailif verblüfft.

»Ja. Das war eine Idee von Commander Wolf. Der hatte öfter solche ausgefallenen Ideen, wenn es um die Ökologie ging. Und wenn er sich etwas vorgenommen hatte, setzte er Himmel und Hölle in Bewegung, um es zu verwirklichen. Er hat im Delta einen Händler aufgetrieben, der alle möglichen Vögel von der Erde importierte und sie züchtete. Ganze Volieren voll.« Jespersen beschrieb mit beiden Händen einen Kreis. »Hab's gesehen, als wir sie abholten. Und die hat er – ich meine Commander Wolf – als umweltfreundliche Wunderwaffe gegen die Insekten einsetzen wollen. Es hat aber nicht so recht funktioniert, wie er sich das vorgestellt hatte, trotz des überwältigenden Nahrungsangebots. Sie kamen mit der Hitze nicht zurecht. Und wenn sie dicht über die Wasseroberfläche flogen, um zu trinken« – er lachte – »landeten sie früher oder später im Magen eines Kuanga.«

»Das sind die Echsen, die hier im Fluss leben«, sagte Maurya.

»Eher Wasserschlangen. Irgendetwas dazwischen. Widerliche Biester.« Jespersen krümmte die Finger. »So lange Zähne – und giftig. Können Menschen umbringen damit.«

»Die müssen aber ganz schön flink sein, um sich eine Schwalbe aus der Luft zu schnappen, die übers Wasser streift«, warf Ailif ein.

Jespersen wägte den Kopf. »So schnell sind die gar nicht, aber sie scheinen so etwas wie hellseherische Fähigkeiten zu haben. So eine Art sechsten Sinn, weil sie sich immer an Stellen einfinden, wo Sekunden später eine Beute auftauchen wird. Niemand weiß, wie sie das anstellen.«

»Der Sache müsste man nachgehen«, sagte Maurya.

»Tun Sie's, Madam. Sie sind ja ein Professor für so etwas.«

»Für den sechsten Sinn?«

»Nein. Für fremdartiges Viechzeug, wie mir gesagt wurde.«

Maurya lachte.

»Schwalben …« Ailif verzog den Mund zu einem schiefen Grinsen. »Sagen Sie, Mr. Jespersen, war er – ich meine Commander Wolf – ein streitbarer Mann?«

Jespersen schüttelte den Kopf. »Ungeduldig ja, aber streitbar – nein, das kann man nicht sagen. Nur mit

Seiner Heiligkeit hatte er ständig Zoff. Die beiden konnten sich nicht ausstehen. Was sag ich? Sie konnten sich auf den Tod nicht leiden.«

»Seiner Heiligkeit? Sie meinen den Hohepriester oder Großmufti oder was immer er auch ist in dem Dorf da drüben.« Maurya deutete mit einem Kopfnicken über den Fluss.

Jespersen musterte sie schweigend mit seinen weit auseinanderstehenden, dunklen Augen. Ihr war unbehaglich zumute unter diesem Blick; sie kam sich vor, als würde sie einer sorgfältigen stereoskopischen Messung unterzogen. »Seine Heiligkeit. So muss er angeredet werden«, erwiderte er schließlich. »Er ist ein absoluter Herrscher von Gottes Gnaden.«

»Ist das Ihr Ernst?«, fragte Ailif. »›Auf den Tod …‹«

»Was meinen Sie, Professor Avrams?«

Maurya empfand Erleichterung, als Jespersen seinen forschenden Blick von ihr abwandte.

»Sie sagten, sie konnten sich auf den Tod nicht leiden, Commander Wolf und der Mufti am Ufer da drüben.«

»Nun, so sagt man doch. Aber das ist natürlich nicht wörtlich zu nehmen. Und es spielt ja auch keine Rolle mehr, Professor.«

»Hm.«

»Seine Heiligkeit ist der Ansicht, Gott habe ihm dieses Land verheißen und es ihm geschenkt, um hier an der Schwelle des Paradieses mit den ihm anvertrauten Auserwählten auf den Tag zu warten, da sich die Zeit erfüllt haben wird. Dann wird er sie an der Hand nehmen und in die ewige Seligkeit führen. Sie werden die Ersten sein, denn sie haben alle Prüfungen hinter sich.«

»Und Sie glauben das auch? Ich meine, Sie persönlich?«

»Ich möchte nicht unhöflich sein, aber gestatten Sie mir eine Bemerkung: Was ich persönlich glaube, ist ganz allein meine Sache.«

»Entschuldigen Sie bitte, ich hätte das nicht fragen dürfen.«

Jespersen hob die Hände. »Wir haben ihn zu respektieren. Seine Heiligkeit ist ein unnachsichtiger Patriarch im strengsten Sinne des Wortes. Er bestimmt über alles, buchstäblich über alles in seinem Reich. Selbst über Leben und Tod.«

»Wollen Sie damit sagen, er hat eigene Gerichtsbarkeit?«

Jespersen nickte. »Sie wurde den Dschiheads zugestanden. Mit ihrer Auswanderung haben sie sich absolute Freiheit und Souveränität erkauft. Der jetzige Großarchon hat schon einige aufhängen lassen.«

»Leute aus seiner Gemeinde?«

»Nein, irgendwelche Gauner, die mit dem Schiff aus dem Delta kamen oder auf einem Floß aus dem Haar, um hier ein paar Dinge mitgehen zu lassen.«

Maurya musterte, ihre Brille auf Vergrößerung gestellt, die Zeile der ärmlichen Hütten am anderen Ufer. Wegen der kastenförmigen Zisternen auf dem Dach wirkten die Behausungen seltsam unproportioniert. Am Ufer die hellen Stämmchen jener Pflanzen, die »Begleiterinnen des Flusses« genannt wurden, wie ein Staketenzaun; sie konnten die ockerfarbene Hässlichkeit des Dorfes nicht kaschieren, aber sie zogen eine deutlich sichtbare Grenze.

»Was gibt es denn da zu holen?«, fragte Ailif, der ebenfalls zum Dorf hinüberblickte.

»Es gibt immer welche, die noch ärmer sind«, erwiderte Jespersen achselzuckend.

»Und die hat Seine Heiligkeit kurzerhand aufknüpfen lassen?«

Jespersen nickte. »Um Exempel zu statuieren.«

»Ich finde das unglaublich. Und die Verwaltung von Hot Edge hat nichts dagegen unternommen?«

»Jeder auf dieser Welt weiß, mit wem er es hier zu tun hat. Wer sich darauf einlässt, ist selber schuld und tut's auf eigenes Risiko.«

»Und die Flotte?«

Jespersen lachte. »Sie hat kein Mandat, sich über die ursprünglichen Abmachungen hinwegzusetzen. Die Dschiheads waren die ersten Siedler auf dieser Welt. Die Flotte kam erst viel später.«

»Eine Mini-Theokratie also, mit einem absolutistischen Popanz an der Spitze. Das ist wahrhaft grotesk.«

Jespersen zuckte mit den Achseln.

Ailif fasste den Tempel ins Auge, der sich hinter der Häuserzeile erhob. Ein stattliches Gebäude aus Holz, das die Sonne silbern gefärbt hatte. Dazu grün lasierte Dachziegel. Mehr ein wuchtiger Wehrbau als ein Gotteshaus.

Inzwischen war der Himmel dunkel geworden wie tiefblaue Seide. Auf der anderen Seite des Flusses waren die ersten Lichter zu sehen. Ihr Widerschein spiegelte sich auf dem Wasser.

Maurya spürte einen Stich auf dem linken Handrücken. »Übertragen diese Biester Krankheiten?«, fragte sie Jespersen.

»Noch nicht, Madam. Dazu ist der Mensch noch nicht lange genug auf dieser Welt. Aber irgendwann wird das der Fall sein, wenn die Erreger auf den Geschmack gekommen sind.«

Fünf der sechs Apostel waren in der Dämmerung aufgereiht, eine Flotte von silbernen Barken – zwei große, drei kleinere –, die in die dunkelnde Weite des Abends hinausfuhren. Darüber New Belfast und Eisauge, die beiden äußeren Planeten. Sie standen hoch am Himmel: New Belfast ein Smaragd, Eisauge ein Diamant.

Über die Flanken der Dünen hatte sich Dunkelheit ergossen. Sie sahen im vielfarbigen Mondlicht aus wie gewaltige hellhäutige Tiere, die für die Nacht unter den Sternen lagerten. Dann und wann warf der Nachtwind auf ihren Graten Sand auf, als spielte er in ihren Mähnen.

Jespersen blickte besorgt zu den Monden auf. »Heute haben sich die Apostel zusammengerottet«, sagte er. »Das bedeutet einen Tidenhub von mehr als hundert Metern. Wenn die Flutwellen sich gegenseitig auf die Schulter steigen, haben wir Monsterwellen wie Gebirge. Können Sie sich vorstellen, was da an der Küste los ist? Und im Delta? Wenn die Dijkengel bis in den Himmel steigen. Das sind die Tage der Heimsuchung. So nennen sie die Bewohner. Gott steh ihnen bei.«

»Dijkengel? Das sind die einheimischen Mangroven«, vergewisserte sich Ailif.

»Das sind die Wälder an der Küste. Ineinander verhakte elastische Bäume, die Luftkammern ausbilden, mit der Flut aufschwimmen und bis hundert Meter hohe Barrieren bilden können, die selbst Monsterwellen von gleicher Höhe standhalten. Bei Ebbe lassen sie die Luft ab und sinken in sich zusammen.«

»Und die Fische, die sich in ihren Ästen verheddert haben, werden aufgelöst und einverleibt.«

Jespersen zuckte mit den Achseln. »So ist es nun mal – jeder nährt sich von jedem.«

»Die Konstellationen der Monde sind ein wunderschönes Schauspiel«, sagte Maurya.

»Nun ja, Madam. Sie werden sich noch wundern.«

»Weshalb?«

»Sie können sehr angsteinflößend sein in den langen Nächten. Jeder hat seine eigene Ausstrahlung. Sie rauben einem den Schlaf, ängstigen einen und lasten auf der Seele, und manchmal verstricken sie einen in unentwirrbare dunkle und blutige Träume, aus denen man nur schwer wieder herausfindet.«

Jespersen blickte sie an. Der Widerschein der Monde glitzerte in seinen seltsamen Augen. Maurya lief es kalt über den Rücken.

Jonathan ließ sich mit einem Seufzer auf den Teppich in Mauryas Zimmer sinken, speichelte mit der Zunge seine Vorderpfoten ein und widmete sich der Körperpflege.

»Ich hab dich heute doch schon gründlich durchgebürstet«, sagte Maurya zu ihm.

»Gönn mir bitte meine Rituale«, erwiderte er. »Das gehört zu meiner Wellness. Außerdem habe ich derzeit nicht viel zu tun.«

»Ich hätte eine Aufgabe für dich, Jonathan«, sagte Ailif. »Für dich und für Mr. Swift.«

Jonathan hob den Kopf und blickte ihn erwartungsvoll an.

»Setz dich mit dem Universitätsnetz in New Belfast in Verbindung und sieh zu, dass du etwas über die Ursprünge dieser Sekte herausfindest, mit der wir hier konfrontiert sind. Sie nennen sich ›Dschiheads‹. Es ist eine Splittergruppe oder vielmehr Restgruppe der berüchtigten ›Krieger Gottes‹, einer fanatischen Sekte, die schon auf der Erde und später in den Glaubenskriegen auf New Belfast für blutige Anschläge verantwortlich war.«

»Mach ich. Ich aktiviere Mr. Swift und schicke ihn auf Erkundungsreise.«

»Viel Erfolg!«

»Dürfte ein mühsamer Dialog werden über zwanzig Lichtminuten Entfernung.«

»Mr. Swift soll einen Katalog erstellen und die Fragen so bündeln, dass möglichst wenig Rückfragen nötig sind«, schlug Maurya vor.

»Verstanden.« Jonathan hob den Kopf und schnüffelte. »Du riechst gut, Maurya.«

»Ist das ein Kompliment?«

»Ja. Ich mag dich.«

»Ich dich auch, mein Lieber.«

|06|

Zweimal im Jahr kam eines der Dampfboote aus dem Delta, die *Rachel* oder die *Queen of the River*. Sie waren noch nicht fertig mit dem Anlegen, da balancierten schon die Händler unter der Last ihrer Waren über die Planken ans lehmige Ufer, hetzten keuchend die Böschung herauf, bauten blitzschnell ihre Stände auf und priesen mit lautem Geschrei ihre Waren an, die sie unter den Sonnendächern aus feuchten Tüchern und Binsen ausbreiteten: Kleider, Schuhe, Töpfe, Seife, Bartöl, Sicheln und Klingen aller Art und Form, Sämereien, Gewürze, Öl, Essig, Bambus, Zuckerrohr, eingelegte Früchte und … Pfefferminzbonbons.

Auf seiner Sänfte wurde Seine Heiligkeit, der Großarchon, unter dem weißen Baldachin auf den Markt getragen. Wir Jungen wurden tags zuvor eingeteilt: acht als Träger der Sänfte, vier als Träger des Baldachins, vier als Khelassy, die die Fächer zu bedienen hatten, um die Fliegen fernzuhalten und um Seiner Heiligkeit Kühlung zu verschaffen.

Bei solchen Gelegenheiten zeigte sich der Großarchon immer besonders herausgeputzt: Auf dem Kopf eine eng anliegende Kappe aus schwarz-grün gemustertem

Kuangaleder, deren Klappen ihm bis auf die Schultern fielen, und die Augenhöhlen lila geschminkt, was seinem schlaffen Gesicht ein bedrohliches Aussehen verlieh – wenn er röchelnd das Kinn hob, weil ihn der Blähhals peinigte, konnte man fast Angst vor ihm kriegen.

Die Händler breiteten ihre Schilfmatten aus und sanken auf die Knie nieder, um ihm ihre Ehrerbietung zu erweisen, wobei sie eine unregelmäßige, mehrfach abgeknickte Reihe entlang seines Weges bildeten. Trat er bei dem einen oder anderen näher, um ihm die Ehre zu erweisen, sich für das ausgelegte Angebot zu interessieren, lüftete er sein Gewand, und der Händler beugte sich vor, spitzte die Lippen und küsste unterwürfig die dicken Knie des Großarchons. Dabei hob Seine Heiligkeit segnend den langen Stab aus dunklem Holz mit dem Löwenkopf aus blau-weißem Email.

Seine wichtigste Station war stets der Zuckerbäcker. Wir sahen ehrfürchtig zu, wie er laut schmatzend den Geschmack der Pfefferminzbonbons prüfte, bevor er einige große Tüten damit füllen und sie in seine Gemächer im Tempel bringen ließ.

Nachdem wir den Großarchon in den Tempel zurückgetragen hatten, schauten wir uns selbst neugierig an den Verkaufsständen um. Erst jetzt wagten es die Händler, den interessanteren Teil ihrer Kollektionen zur Schau zu stellen. Mit verstohlenen Blicken musterten wir die Frauenunterwäsche und die im Delta gedruckten Magazine, in denen auf Glanzpapier Mädchen abgebildet waren, die sehr wenig und oben manchmal gar nichts anhatten, und die hinter dem Rücken des

Großarchons bei den Männern von Hand zu Hand gingen und heimlich angeschaut wurden.

Mehr als diese Dinge faszinierte Anzo und mich allerdings immer wieder der Scherenschleifer. Eigentlich waren es zwei: Vater und Sohn. Wir sahen gebannt zu, wie der Stein sich drehte und drehte und drehte und Ströme von Feuer spie, wenn der Alte Messer, Äxte und Meißel schärfte, während der Junge, vielleicht ein oder zwei Jahre älter als ich, kräftig das Pedal trat. Er grinste uns grimmig an und trat heftiger, sodass die Funken direkt vor unseren Füßen in den Staub fuhren oder gar auf unsere Schuhe und gegen unsere Beine stoben. Wir wichen keinen Millimeter zurück – als gelte es dem Feueratem der Hölle zu widerstehen – und kamen uns mächtig mutig vor dabei.

Meine Eltern, so erinnere ich mich, hatten jedes Mal am Markttag Streit, weil mein Vater dazu neigte, Geld für Dinge auszugeben, die wir nach Mutters Meinung nicht brauchten oder noch reichlich hatten. Zum Beispiel hielt er es immer für nötig, Schnur zu kaufen: Bindfäden, Wäscheleinen, Angelschnur, Bootsleinen, Netzleinen. Davon kann man nicht genug haben, sagte er lächelnd und entblößte seine Zahnlücken, während er die Schnur über die Breite der linken Hand aufrollte, sie in der Mitte zusammenband und in die große Schachtel legte, in der er seine Schätze hortete.

Mein Vater und meine Mutter – sie war nicht meine richtige Mutter, die war bei meiner Geburt vorausgegangen – kümmerten sich wenig um mich, und ich lernte die Freiheit, die das mit sich brachte, zu schätzen. So verbrachte ich viel Zeit mit Herumstreunen – und mit Anzo. Ich musste nur abends bei Sonnenuntergang zur Stelle sein, um zu rudern, wenn Vater mit dem Boot in den Fluss hinausfuhr und die Netze auslegte, und vor Sonnenaufgang, wenn er sie einholte. Vaters Haut war dunkel vom Licht. Darunter zeichneten sich Sehnen und kräftige Muskeln ab, wenn er das Netz aufhob und über die Schulter warf, um es hinunter zum Boot zu tragen, während ich meinen breitkrempigen Hut aufsetzte und, die Ruder über der Schulter, unter dem heller werdenden Himmel hinter ihm her trottete.

Mutter hat immer gespart, soweit ich zurückdenken kann, auch am Essen. Anzos Mutter kochte viel besser und füllte die Teller, und man konnte noch mehr haben, wenn man wollte. Nicht so bei uns. Mutter war knauserig. Fast jeden Tag gab es die Fische, die sie auf dem kleinen Markt am Ufer, wo die Frauen der Fischer den Fang ihrer Männer feilboten, nicht hatte verkaufen können. Weil sie zu klein und nichts als Gräten oder nicht mehr ganz frisch waren und schon rochen, wanderten sie in unseren Kochtopf, zusammen mit anderem Wassergetier, das sich im Netz verfangen hatte: hartschalige Kreckender oder wabbelige Zyklops, die sonst niemand essen mochte. Oft spuckte ich das Zeug in den Fluss und blieb hungrig – oder ich besuchte Anzo, um von seiner Mutter etwas zu ergattern.

Meine Mutter war stets mürrisch und neidisch auf jeden, der sich etwas kaufte, das sie sich nicht gönnte. Dabei hatte niemand im Dorf mehr als wir, außer vielleicht Grote, der Schlachter, und natürlich der Großarchon, aber dem kam es zu. Und weshalb sollte überhaupt einer neidisch sein auf den anderen, wenn wir ja doch nichts würden mitnehmen können, wenn der Tag kommt, an dem der Großarchon uns an der Hand nehmen und heimführen wird. Dann werden wir alles abstreifen und zurücklassen, weil dort, wo wir hinkommen, reichlich für uns gesorgt sein wird: für mich genug gutes Essen, für Vater viele Meter Schnüre aller Art und für Mutter – nun, alles, was sie sich wünscht und sich hier nicht leisten zu können glaubt.

Wenn ich an sie denke, sehe ich sie vor mir mit den verkniffenen Lippen in dem schmalen, eckigen Gesicht, der stets geröteten Nase, der missmutig gefurchten Stirn unter dem wirren schwarzen Haarschopf. Manchmal, wenn sie sich unbeobachtet fühlte, zeigte sie ein hungriges Lächeln, das sie hässlich machte: den Mund leicht geöffnet, als reichten die Lippen nicht über ihre etwas vorstehenden Zähne hinweg, und die Nase kraus gezogen, als nähme sie einen ekligen Geruch wahr. Oder ich sehe sie auf Knien im Wohnzimmer, wie sie mit tränenüberströmten Wangen betet und laut greint um die Gnade, bald heimgeführt zu werden. Wogegen ich, um ehrlich zu sein, nie und nimmer etwas gehabt hätte.

Den Großarchon mochte ich nicht. Schon als kleiner Junge hatte ich schreckliche Angst vor ihm. Ich konnte Gott nicht verstehen, dass er ausgerechnet diesen Mann ausgesucht hatte, die Auserwählten zu führen, und nicht einen anderen aus der Gemeinde. Er war laut und herrisch. Was vermutlich sein Amt mit sich brachte, denn er war auch unser Lehrer, der uns im Tempel unterrichtete. Und er war hässlich. Ein grauer Haarkranz umgab die fettige Kuppel seines Schädels, der mit Altersflecken übersät und hauptsächlich mit der Erzeugung von Schuppen beschäftigt war, die unablässig auf seine lilafarbene Soutane herabrieselten, wo sie kleben blieben. Aus seinen Ohren sprossen dicke graue Haarbüschel, als wäre sein Schädel mit Staubmäusen gefüllt. Seine Augenbrauen, borstig wie Raupen, wippten bedeutungsvoll auf und ab, wenn er sprach, als wollten sie Akzente setzen. Und er sprach unablässig mit seiner zischelnden Stimme, die bei der geringsten Erregung – und dazu bedurfte es nicht viel – so gehaltvoll wurde, dass man gut daran tat, einen Schritt zurückzutreten, um nicht weggeschwemmt zu werden von seinen Argumenten. Am schlimmsten war es, wenn er sich über meine Schulter beugte, um zu sehen, was ich in mein Heft geschrieben hatte, und ich von seinem Pfefferminzatem befächelt wurde – er lutschte unentwegt Pfefferminzbonbons – und die Hitze seines überdimensionalen Kropfes dicht an meiner Wange spürte, in dessen Innern es knarzte und pfiff wie in einem zum Bersten geblähten Hautsack. Und sein geölter Bart stank, als hätte er ihn versehentlich in einen Teller kalter, fettiger Fischsuppe gehängt.

Nein, ich mochte ihn nicht. Ich verabscheute ihn. Weshalb hat Gott der Herr nicht Nuter, den Schreiner, oder Esra, den Gemüsehändler, als Großarchon und Lehrer genommen, um die Erwählten zu führen. Beides sind gottgefällige und sanfte Männer, besonders Esra mit seiner Knollennase zwischen den dicken Tränensäcken unter den gutmütigen Augen, Esra, der während der Predigt im Tempel immer so hemmungslos weint, dass Ströme von Tränen unter seinen Lidern hervorquellen, die seinen langen schwarzen Bart nässen, bis er glitzert wie frischer Teer, um schließlich auf seine Hemdbrust zu tropfen, wo sie sich mit dem Schweiß vermischen, den ihm die Hitze unablässig aus seinem dicken weichen Körper treibt.

|07|

Ailif blickte Maurya mit trüben Augen an, als sie sich zum Frühstück in der Cafeteria trafen.

»Etwas zu viel erwischt bei der Willkommensparty gestern?«, fragte sie spöttisch lächelnd.

Er gab ein Schnauben von sich. »Akklimatisierungsschwierigkeiten. Ich habe kaum geschlafen. Diese Hitze.«

»Du musst nur die Klimaanlage richtig einstellen.«

»Ich vertrage diese fächelnde kalte Luft nicht.« Er schluckte. »Macht mir Halsschmerzen.«

»Ach, du Ärmster«, sagte sie mitfühlend. »Lass deinen Schnauzer nicht so hängen. Du siehst aus wie ein trauriges Walross.«

Sie konnte ihm kein Lächeln entlocken. Er blickte grämlich in seine Kaffeenuss, die er mit beiden Händen festhielt, als hätte er Sorge, sie könnte sich über die Tischplatte davonmachen. Dann rieb er sich die Schläfen.

»Hast du Kopfschmerzen?«

»Nein, meine Herden spielen verrückt bei der Hitze hier.«

»Deine Herden? Du meinst deine Moving Tattoos?«

»Nein. Ich meine meine eigenen Herden«, seufzte er. »Die auf meiner Stirn und an meinen Schläfen ihre Weidegründe haben.«

Sie blickte ihn misstrauisch an. »Ich verstehe kein Wort, Ailif.«

Er flocht die Finger im Nacken, lehnte sich zurück und streckte die Beine aus. »Es ist eine merkwürdige Geschichte«, sagte er. »Willst du sie wirklich hören?«

»Ja. Erzähl!«

»Also, es ist schon einige Jahre her. Ich hatte gerade meinen Lehrauftrag erhalten. Da plagte mich ein Ekzem.« Ailif kratzte sich unwillkürlich am rechten Ellbogen. »Eher lästig als schmerzhaft. Ein Kollege empfahl mir einen guten Dermatologen. Maturin hieß er oder Matutin, ich weiß nicht mehr genau. Er hatte eine nagelneue Praxis in der Nähe der Uni. Er selbst war auch nagelneu von der Erde eingetroffen, ein junger Mann Mitte dreißig, mit einer prächtigen blonden Locke, die ihm immer wieder über die Schläfe rutschte. Er hatte den Bedarf an Dermatologen in den Kolonien erkannt. Viele der Siedler kommen nicht zurecht mit den fremdartigen Organismen – Pollen, Viren, Kontaktgiften. Es grassieren Hautausschläge und Allergien. Es gibt Moleküle, erklärte der Arzt, etwa Aminosäuren, die aus *falschen* Atomen aufgebaut sind, die der menschliche Organismus zwar einlagern, mit denen er aber nichts anfangen kann, was unweigerlich zu Fehlfunktionen führt, das heißt Erkrankungen, Allergien beispielsweise oder gar Krebs. Er verschrieb mir irgendeine Salbe. Als ich mich von ihm verabschiedete – ich war schon fast aus der Tür –, sagte ich beiläufig, dass mir manchmal so war, als liefen mir winzige Spinnen über die Stirn und die Schläfen, vor allem nachts und wenn es besonders warm ist. Er nickte ernsthaft und schob seine Locke aus der Stirn. ›Nehmen Sie doch bitte noch mal Platz‹, sagte er und nahm eine suppentellergroße beleuchtete Lupe zur Hand. ›Das ist keineswegs Einbildung, Professor. Es spricht für die Sensibilität Ihrer Haut.‹ Ein riesiges haselnussbraunes Auge schwebte durch mein Blickfeld, und an meinem Ohr sagte seine Stimme: ›Hm, bemerkenswert dicht besiedelt.‹ – ›Was? Wie meinen Sie das?‹, fragte ich. – ›Es sind zwar keine Spinnen, Professor Avrams, aber es sind Milben, Haarbalgmilben, um genau zu sein: *Demodex folliculorum*, die Sie da spüren. Aber es sind mit den Spinnen verwandte Tiere, nur sehr viel kleiner.‹ Maurya, ich bin mir in meinem ganzen Leben nicht so dreckig, so eklig und verlaust vorgekommen wie in diesem Augenblick. ›Aber ich dusche jeden Tag‹, versicherte ich dem Arzt. – ›Oh, das ist für diese Tierchen wie ein erfrischender Sommerregen. Und ertrinken mal ein paar oder werden davongeschwemmt, sind sie binnen Stunden wieder in Kompaniestärke vor Ort und mästen sich in Gruppen an Ihren Follikeln, meistens drei oder vier an einer dieser Nahrungsquellen. Übrigens, Professor, der sogenannte Schlaf, den Sie sich morgens aus den Augen reiben, diese teigige bis krümelige Substanz, das sind die Kadaver der Tiere, die des Nachts an den Tränken Ihrer Augenwinkel umgekommen sind.‹ – ›Das ist ja eklig‹, sagte ich angewidert. ›Kann man denn da nichts dagegen tun?‹«

»Du flunkerst«, sagte Maurya und verzog das Gesicht.

»Tu ich nicht«, versicherte Ailif. »Das ist die reine Wahrheit. Jeder hat diese Biester.«

»Ich nicht.«

»Jeder.«

»Und was hat der Doktor vorgeschlagen?«

»›Man kann schon etwas dagegen tun‹, sagte er, ›aber man erreicht nicht viel. Ist auch besser so. Würde man sie ausrotten, würde die Nische frei für die Fresskonkurrenz, das ist Ihnen als Biologe ja hinlänglich bekannt, womöglich für Krätzmilben, *Sarcoptes scabiei*, die sofort darangingen, Fraßgänge in die Haut zu bohren, um ihre Eier darin abzulegen, was zu lästigem Juckreiz, schrundigen Ausschlägen und Entzündungen führt. Lassen Sie die Haarbalgmilben auf Ihrer Haut weiden, Professor. Sie richten keinen Schaden an, saugen nur überflüssiges Fett aus den Poren. Jeder Mensch trägt sie mit sich herum. Jeder – mehr oder weniger. Und dass auf und im menschlichen Körper mehr Lebewesen ihr Auskommen finden, als es insgesamt Menschen auf allen besiedelten Planeten gibt, ist nun mal eine Tatsache.‹ – ›Das ist mir sogar als Exobiologe bekannt. Mit Mikrobiologie habe ich mich allerdings nie befasst.‹ Er schob seine Locke aus der Schläfe und sagte: ›Der menschliche Körper ist eine Welt für sich. Für mich ist er der faszinierendste Planet im Universum. Insofern bin ich auch so etwas wie ein Exobiologe, Professor Avrams.‹ – ›Und Sie meinen, dass es nichts gegen die Überbevölkerung gibt, die bei mir offenbar überhandnimmt?‹ Er lächelte. ›Doch, gibt es‹, sagte er.

›Sie haben sicher schon von Moving Tattoos gehört? Winzige farbige Nanobots. Sie sind zwar nicht billig, aber sie pflegen die Haut und sind auch bei Insektenstichen und kleinen Verletzungen im Nu vor Ort, um eventuelle Schäden zu beseitigen. Sie können das ja mal ausprobieren.‹ Er lächelte erneut. ›Manche Frauen finden so einen Körperschmuck übrigens unwiderstehlich. Er lädt angeblich zum Streicheln ein. Rau und doch glatt – und, wie der Name sagt, beweglich.‹«

»Also in dem Punkt hat der Doktor recht«, sagte Maurya. »Aber warum hast du deine Truppen noch nicht in Marsch gesetzt, um deine Stirnwanzen zu vertreiben?«

»Wanzen? Sie sehen unter dem Mikroskop eher aus wie Silberfischchen, sind aber hundertmal kleiner.«

»Na, dann gegen deine wuselnden Silberfischchen.«

»Tja, das ist mein Problem, Maurya.« Er rieb sich nachdenklich das Kinn. »Ich kann sie zwar hinlänglich dirigieren und ihnen durch Streicheln die Richtung weisen, in die sie sich bewegen sollen, aber ich kann sie ums Verrecken nicht dazu bringen, diese Linie ...« Er fuhr mit beiden Zeigefingern die Oberlippe entlang, die sein Schnauzer beschattete. »... nach oben zu überschreiten. Es ist, als würden sie die Territorien nördlich davon meiden, als respektierten sie die Weidegründe meiner Stirn- und Schläfenfauna, die Reservate von *Demodex folliculorum*. Mein Schnauzbart ist für sie Finisterre, das Ende ihrer Welt.«

»Der Schnauzbart am Ende der Welt!« Maurya lachte schallend und sagte dann kopfschüttelnd: »Ich stelle mir vor, wie er dunkel und drohend hoch über ihnen aufragt wie ein gigantischer Wall aus dunklem Gestrüpp von Horizont zu Horizont und die gezwirbelten Spitzen noch darüber hinaus. Die verschiedenfarbigen Völkerschaften sinken anbetend vor ihm auf die Knie.«

»Jetzt geht deine Fantasie mit dir durch, mein Schatz.«

»Ich dachte schon oft, er ist doch sonst nicht so eitel.« Sie stupste mit dem Zeigefinger einen grauen Fleck auf seinem Oberarm an – der schlagartig farbig wurde und sich bewegte. Sie zog den Finger erschrocken zurück.

»Keine Angst, sie sind nur neugierig.«

Sie seufzte. »Mir machen die endlosen Tage und Nächte hier jetzt schon zu schaffen.«

»Nun ja. Ein Tag dauert auf Hot Edge fast vierzig Stunden. Daran muss man sich erst einmal gewöhnen. Ein Timelag der besonderen Art.«

»Daran könnte ich mich nie gewöhnen.«

»Die Einwohner haben sich offenbar daran gewöhnt. Sie nutzen vor allem die langen Abende zwischen Sonnenuntergang und Einbruch der Nacht. Und den Morgen zwischen dem ersten Frühlicht und dem Aufgang der Sonne.«

»Ist ja auch die schönste Zeit hier.«

»Hot Edge ist auf dem Weg zur gebundenen Rotation. Die großen Monde mit ihren Flutbergen bremsen die Umdrehung des Planeten ab. Irgendwann wird diese Welt der Sonne immer die gleiche Seite zuwenden und unbewohnbar sein.«

»Und da baut die Flotte so einen Luxusschuppen hierher wie diese Station?«

»Oh, das wird noch einige Millionen Jahre dauern, bis es so weit ist«, sagte Ailif lächelnd. »Bis dahin hat der Sand das hier alles restlos weggeschmirgelt.«

»Ich habe schon meinen Morgenspaziergang hinter mir. Weißt du, wem ich dabei begegnet bin?«

»Einem Dongo?«

»Schlimmer – Commander Cayley.«

»Hm, Frühaufsteher.«

»Ich wollte die Morgenkühle nutzen und mich vor Sonnenaufgang ein bisschen umsehen. Aber es war nichts zu sehen. Dichter Nebel. Plötzlich trat eine vermummte Gestalt auf mich zu, in so eine Art Dschellabah gekleidet, mit einer Schärpe um die Hüften und einem Turban auf dem Kopf. Ich erkannte ihn erst an der Stimme. Und prompt erhielt ich einen Rüffel. Man dürfe sich nur bei guter Sicht im Freien aufhalten, sagte er. Das Gelände der Station sei zwar hinreichend gesichert, aber man könne nie wissen. Das gelte auch für Jonathan, er habe ihn wiederholt im Gelände herumstreunen sehen. Ich habe erwidert, er soll es ihm doch selber sagen, er sei ein selbständiges, denkendes Wesen. Darauf hat er nichts geantwortet, sondern nur griesgrämig dreingeschaut.«

»Er mag uns nicht.« Ailif massierte sich wieder die Schläfen. »Er kann mich mal.«

»Ich hatte es mir übrigens schlimmer vorgestellt mit der Party. Einige der Männer sind ganz passabel. Allerdings sind die schütteren Rauschebärte und die langen Haare gewöhnungsbedürftig.«

»Und die Kröpfe.«

»Dieser Geddes, der uns im Orbit abgeholt hat, scheint ein besonders Eifriger zu sein.«

»Frömmler sind die alle. Das sehe ich ihnen an. Ich verstehe nicht, wie die Flotte solche Typen in ihren Reihen duldet.« Ailif tippte sich gegen die Stirn. »Von denen hat doch jeder einen Sprung in der Schüssel.«

»Die beiden Frauen, die für die Küche zuständig sind, Gundula und Manuela heißen sie, fand ich ausgesprochen nett.«

»Lesben?«

»Mag sein. Dagegen habe ich nichts. Aber ich habe eher das Gefühl, sie sind Jespersens Harem.«

»Oho! Schließt sich das aus?«

Maurya wägte den Kopf. »Eigentlich nicht. Du könntest recht haben.«

»Auf jeden Fall sind sie tüchtig und sehr freundlich. Sie haben ein perfektes Buffet hingekriegt. Hast du das Dongofleisch probiert?«

»Nein, dazu konnte ich mich nicht überwinden.« Maurya deutete mit einem Nicken auf Jonathan. »Ich habe ihm einen Happen mitgebracht. Er mochte es auch nicht.«

»Ihr habt nichts versäumt. Das Fleisch erinnert an das von Kalmaren, nur weicher und fettiger und absolut geschmacklos. Aber es war würzig mariniert.«

»Ich bin kein Freund von Sushi. Ich habe mich an die Früchte gehalten. Sie haben herrliche Kürbisse und Melonen hier, von süß bis scharf. Und diese merkwürdigen einheimischen Gewächse, bei denen man nicht weiß, ob es Tiere oder Pflanzen sind. Zum Beispiel das

Fleisch der ›Begleiterinnen des Flusses‹, wie sie die blassen Stauden nennen, die überall am Ufer stehen und sich wie in Zeitlupe bewegen. Es hat einen Geruch, der an frisch geschälte Mandeln erinnert. Delikat.«

»Nun ja.«

»Übrigens, kannst du mir erklären, wie diese Uhr funktioniert, die uns der Commander da geschenkt hat?«

»Klar.«

»Als der Commander sie uns überreichte ... Es ist eine Tradition der Flotte«, äffte Maurya Cayley nach, »ihren Besuchern ein Planetochron zu überreichen ... Hast du da seine Geste in Richtung Jo bemerkt? Diese zögerlich wegwerfende Handbewegung wie: Erwartet ihr, dass ich dem Köter auch eine Uhr überreiche? Jo hat die Geste richtig interpretiert und schlagfertig geantwortet ... Was hast du gesagt, Jo?«

»Ich sagte: Danke, aber ich habe meine innere Uhr bereits auf die hiesigen astronomischen Gegebenheiten eingestellt.«

»Hervorragend! Da hat er doch etwas verdattert dreingeblickt. Das hatte er nicht erwartet.«

Maurya schob das schwarze Plastikkästchen – das Planetochron – unschlüssig auf der Tischplatte hin und her. Ailif griff danach und drückte eine Taste auf der oberen Schmalseite. Der Bildschirm leuchtete auf, zeigte aber noch nichts. »Jetzt sucht es sich seine Satelliten«, sagte er. Ein *Ping* ertönte, und eine Projektion von Hot Edge erschien auf dem Monitor. »Hier im Zentrum hast du immer den roten Punkt, über dem die Sonne gerade senkrecht steht. Links siehst du den Terminator des Sonnenaufgangs, rechts den des Sonnenuntergangs. Die Sonne steht gerade im Osten. Hier wird die lokale Uhrzeit angezeigt. Dreizehn Uhr zwei. Noch sieben Stunden bis Mittag. Wenn du hier umschaltest« – er tippte auf den Touchscreen – »erscheinen die Positionen der sechs Apostel in ihren jeweiligen Phasen. Und hier sind ihre Auf- und Untergangszeiten angegeben.«

»Hm«, kommentierte Maurya ohne große Begeisterung. »Weißt du, an was mich das erinnert? An die Dinger, die Anfang des Jahrtausends auf der Erde groß in Mode waren. Jeder trug so etwas mit sich herum, hielt es sich ans Ohr und quasselte oder quetschte Nachrichten in die Tasten. Man sieht es noch manchmal in alten Filmen. Vor der Jahrtausendwende war der Kontakt zu Gesprächspartnern noch ganz anders gewesen – da suchten die Leute sogenannte Telefonzellen auf, die man in jeder Straße aufgestellt hatte, und legten Wert darauf, die Tür zu schließen, damit keiner mithörte. Das änderte sich innerhalb weniger Jahre völlig. Die Diskretion wurde abgeschafft, das Bedürfnis danach erlosch schlagartig. Es ist gespenstisch. Fünf, sechs oder noch mehr Leute stehen beisammen und sprechen laut und ungeniert mit einem unsichtbaren Gegenüber. Es musste eine Art kommunikativer Massenwahn ausgebrochen sein. Weißt du, was ich meine?«

»Ja. Man nannte diese Handapparate Cellphones oder Handys.« Ailif war aufgestanden und hatte die Hände gegen die Rieselwand gestemmt. Das Wasser rann seine

Unterarme entlang und tröpfelte zu Boden. Jonathan leckte es auf.

»Es muss zugegangen sein wie während des Turmbaus zu Babel.«

»Schlimmer! Die in Babylon konnten sich ja nicht mehr verstehen, weil jeder plötzlich in einer anderen Sprache redete. Aber hier bekam jeder alles mit, jede Wichtigtuerei, jeden Zwist, jede persönliche Auseinandersetzung – und das in aller Öffentlichkeit! Grässlich. Eine ständige und allgegenwärtige Belästigung.«

»Aber glaubst du, es ist so viel anders, wenn wir über unsere Kopfhautchips miteinander in Kontakt treten.«

»Ganz entschieden! Wir flüstern den Adresscode und kommunizieren sotto voce. Allenfalls ein leises Murmeln. Wir belästigen niemanden. Das gebietet die Höflichkeit.«

»Hm.«

»Es gab da einen Film über dieses merkwürdige Phänomen. Von einem Engländer. Wenn ich mich nicht irre, hieß er *The Electronic Fever*. Den musst du dir gelegentlich ansehen. Was ich an der ganzen Sache so faszinierend finde, ist die Tatsache, dass mehr als die Hälfte der Menschheit ständig fast oder ganz von der sie umgebenden Wirklichkeit abgekoppelt war und sich in elektronischen Gefilden herumtrieb. Es muss so gewesen sein, als wäre man auf allen Seiten von Zombies umgeben, die ständig quasseln und quatschen, drücken und tatschen, wischen und mit den Fingern schnippen. Zeitgenössische Quellen berichten, es sei überhaupt kein normaler zwischenmenschlicher Kontakt mehr möglich gewesen. Jeder starrte auf den kleinen Bildschirm in seiner Hand.«

»Was mag wohl das Motiv dafür gewesen sein, derart an die Öffentlichkeit zu gehen?«

»Ein steinzeitliches.«

»Wie bitte?«

»Ein steinzeitliches: Entferne dich nie aus der Rufweite deiner Horde, sonst bist du allein und auf dich gestellt. Und womöglich in Gefahr.«

Maurya runzelte die Stirn. »Hm, da ist wohl was dran.«

»Das ist eine unbestreitbare Tatsache, meine Liebe. Nur hatte sich eben die Rufweite um die Jahrtausendwende herum durch die Fortschritte in der Nachrichtentechnik bis ins Unendliche erweitert. Du hast die Horde ständig um dich – buchstäblich. Ich weiß keine andere Erklärung für diesen plötzlich um sich greifenden Exhibitionismus.«

Maurya nickte. »Klingt logisch.« Dann fragte sie: »Fahren wir heute mit dem Boot zu diesen Felskritzeleien, wie sie der Commander nennt?«

»Mit dem Boot? Da bleibt uns zu wenig Zeit. Wir können den Ausflug ja nur vor Sonnenaufgang oder nach Sonnenuntergang machen, wenn ich das richtig verstanden habe. Ich hätte sie mir gern zuerst vom Kopter aus angesehen, um mir einen Überblick zu verschaffen.«

»Es gibt nur einen Kopter hier, und der bringt Madame heute ins Delta zurück.«

»Hm. Ich glaube, uns läuft allmählich die Zeit davon, Maurya.« Ailif strich sich über die Stirn. Dann grinste er leicht anzüglich. »Sind dir übrigens die Schenkel von Madame aufgefallen?«

Maurya lächelte. »Die waren ja nicht zu übersehen.«

»Ich habe noch nie so dicke Schenkel gesehen. Aber trotzdem ist sie … nun, irgendwie apart.«

»Aha. So etwas findest du also sexy. Interessant.«

»Das habe ich nicht gesagt.« Aber Ailif erinnerte sich mit Unbehagen, dass er sich wiederholt dabei ertappt hatte, wie er die unglaublich riesigen Schenkel und das enorme Hinterteil dieser Frau fasziniert angestarrt hatte: pralle, glatte Fleischmassen, bespannt mit glänzendem blauem Tuch, unter dem muskulöse, aber makellose Waden hervorragten. »Wie kann eine Frau, die Schenkel wie ein Nilpferd hat, trotzdem apart aussehen? Sie müsste doch potthässlich sein.«

Maurya neigte spöttisch den Kopf. »Wahrscheinlich Geschmacksache, mein lieber Ailif.«

Ailif warf ihr einen missmutigen Blick zu. »Aber …«

»Nein, hässlich ist sie nicht. Etwas unförmig vielleicht, aber nicht hässlich.«

»Der Commander wirkt neben ihr wie ein Strichmännchen. Wenn ich mir vorstelle, wie er sie besteigt.« Ailif grinste. »Oder sie ihn, ihre wogenden Massen über ihn breitet …«

»Ailif, jetzt geht *deine* Fantasie mit dir durch!«

»Für wie alt schätzt du sie?«

»Mitte vierzig, würde ich sagen.«

»Und er?«

»Zehn Jahre älter vielleicht.«

Ailif nickte.

»Natürlich hast du auch das Dekolleté gebührend bewundert.«

»Nun, das war ja beim besten Willen nicht zu übersehen. Als trüge sie zwei Ferkel vor sich her.«

Maurya lachte. »Und hast du die Klunker gesehen, die über dem Abgrund dazwischen baumelten?«

»Äußerst apart.«

»Scheint heute dein Lieblingswort zu sein. Das waren Marsul-Diamanten. Irrsinnig teuer, soviel ich weiß. Was verdient eigentlich so ein Commander der Flotte?«

»Keine Ahnung. Vielleicht entstammt sie einer reichen Familie. Sie besitzt ein Herrenhaus mit vierzig Zimmern und ein stattliches Anwesen im Delta, erzählte mir Jespersen. Ich frage mich nur, weshalb ihr Mann einen Job am Arsch der Welt versieht, wo die beiden doch irgendwo in Saus und Braus leben könnten.«

»Noch nie etwas von Pflichterfüllung gehört, mein Lieber? Wo die Flotte dich hinschickt ...«

»Bla, bla, bla.« Ailif winkte ab und klatschte sich eine Handvoll Wasser ins Gesicht. »Vielleicht sieht sie ihn gern in der Wüste beerdigt, weil sie damit als Schlossherrin freie Hand ... Na, wie es eben so ist.«

Maurya schüttelte den Kopf. »Ich hatte eigentlich nicht den Eindruck. Ich weiß nicht, ob sie sich von Herzen mögen, aber ich hatte das Gefühl, dass sie im besten Einvernehmen miteinander umgehen.«

»So wie wir beide.«

»Oho! Was willst du damit sagen? Weist du mich von dir?«

Ailif hob den Finger. »Wir haben beschlossen, unsere Beziehung ruhen zu lassen, solange wir mit diesem Job befasst sind.«

»Ja. Im besten Einvernehmen«, sagte Maurya spöttisch und ging, um sich eine frische Kaffeenuss aus dem Automaten zu holen. »Möchtest du auch noch einen Kaffee?«

»Nein, danke.«

»Übrigens«, sagte sie, als sie zurückkam, »einer von diesen Marsulen ist ein Vermögen wert, und sie trug gleich drei, groß wie Taubeneier. Sie sind teurer als Diamanten. Soviel ich weiß, nennt man sie so nach der Stadt Marsul am Zweiten Katarakt, wo die ersten dieser Steine entdeckt wurden. Sie sind aus Kohlenstoff, aber die Kristalle sind etwas anders geformt als bei herkömmlichen Diamanten, was einen raffinierten Schliff erlaubt. Er gibt ihnen diesen warmen farbigen Glanz, der sie so beliebt und wertvoll macht. Die Experten rätseln herum, wie sie entstanden sein könnten. Einige behaupten, dass es sich möglicherweise um Quasikristalle handelt, die über den dreidimensionalen Raum hinausragen und ein höherdimensionales Gitter bilden …«

»Oho!«

»… andere schließen nicht aus, dass sie organischen Ursprungs sein könnten.«

»Unfug! Diamanten entstehen unter enormem Druck und Hitze. Mindestens tausend Grad.«

»Nun, vielleicht gibt es auch andere, uns noch nicht bekannte Voraussetzungen, die zur Kristallbildung führen.«

»Klar. Es gibt ja auch Gallensteine«, sagte Ailif verdrießlich und fuhr sich mit den nassen Händen über den kahl rasierten Schädel.

»Nein, nein. Es gibt exotische Materie wie die sogenannten Stringnetz-Flüssigkeiten, deren Elektronen einen verbogenen Spin aufweisen, weil sie sich gegenseitig behindern, was zu ganz sonderbaren Eigenschaften führt.«

»Was du nicht sagst.«

»Außerdem ist Graphit ein polymorphes Metall, das zwischen verschiedenen Gitterstrukturen wechseln kann. Als Diamant bildet es Kristalle im kubischen System aus, während es im Normalfall hexagonal kristallisiert und leicht zu dichtem schuppigem Aggregat zerfällt. Übrigens ist ein Diamant nicht durchgehend gleich hart. Es gibt Bereiche in der Kristallstruktur, die weicher sind als Härte zehn. Logisch, sonst wäre es ja nicht möglich, Diamanten mit Diamantenstaub zu schleifen. Die hohe Kunst des Brillantenschleifens besteht darin, die weicheren Schichten behutsam abzutragen, um die harten Flächen freizulegen und den Steinen Glanz zu verleihen.«

»Hm. Und woher weißt du das alles?«

»Im Übrigen gibt Graphit im Quantenbereich noch immer einige interessante Rätsel auf«, fuhr Maurya unbeirrt fort. »Ich halte die Vermutung, dass diese Steine organischen Ursprungs sein könnten, nicht für ausgeschlossen.«

»Du glaubst also, dass Lebewesen auf Hot Edge so etwas produzieren?«

»Jedenfalls wurden sie bisher ausschließlich auf Hot Edge gefunden. Am Unterlauf des Ontos bei Marsul, Nupe und Kebbi. Es waren die ersten Siedler auf dieser Welt, die sie zum Verkauf angeboten haben … Und was deine Frage betrifft: Ich habe während des Studiums ein paar Kurse in Quantenchemie belegt, weil mich das Entstehen von Farben an Oberflächen schon immer interessiert hat.«

»Aha.« Ailif kam zum Tisch zurück und setzte sich. »Übrigens habe ich Cayley um einen Dongokadaver gebeten. Ich halte eine Sektion für unbedingt notwendig. Wir müssen die Physis dieser Lebewesen studieren, um zu einem tragfähigen Ergebnis zu kommen. Genanalysen können wir hier ja nicht durchführen, also müssen wir Gewebeproben mit nach New Belfast nehmen. Auf Hot Edge scheint eine seltsame Evolution abgelaufen zu sein – mit immer wieder fließenden Übergängen zwischen tierischen und pflanzlichen Formen.«

»Und was hat er gesagt?«

»Wer?«

»Cayley.«

»Ach so. Ja, er war nicht sonderlich begeistert von meinem Ansinnen. Aber er hat mir versprochen, sich umzutun. Wenn die Fischer einen Kadaver finden, werden sie ihn uns bringen.«

»Wir brauchen natürlich auch einen geeigneten Raum, um die Sektion durchzuführen.«

»Jespersen wird sich darum kümmern. Unterhalb der Terrasse sind Vorratsräume und Werkstätten, die sich für so etwas eignen.«

»Sehr gut.« Maurya beugte sich vor, nahm Ailifs Kopf in beide Hände, hielt ihn an den dicken runden Ohren fest und betrachtete seinen Schnauzer aus der Nähe. Dabei entdeckte sie ein graues Haar.

»Hey, lass mich los! Ich mag das nicht.«

»Ich weiß. Deshalb macht's ja Spaß.«

Er schnaubte unwillig.

»Darf ich es herausreißen?«

»Was?«

»Ich habe ein erstes graues Haar in deinem Prunkstück entdeckt.«

»Untersteh dich! Ich bin stolz auf mein erstes graues Haar.«

»Das wird doch nicht ein zartes Anzeichen von Weisheit sein, mein lieber Ailif«, sagte sie lachend und gab ihm einen Kuss.

»Vorsicht, mein irisches Heißblut! Denk an unsere Abmachung. Solange wir auf dieser Mission sind …«

Maurya lehnte sich zurück und verschränkte schmunzelnd die Arme. »Spielverderber!«

|08|

Zwei Tage nachdem das Händlerschiff, die *Queen of the River*, abgelegt hatte und mit rauschender Bugwelle flussaufwärts weitergefahren war, sah ich Tim, die »Ratte«, beim Totenhaus auf der Rückseite des Tempels herumstöbern. Keine Ahnung, was er dort suchte, aber eine Ratte sucht immer herum.

Timothy war eigentlich ein schöner Junge. Fast mädchenhaft schlank und zierlich, mit langen schwarzen Locken, die ihm bis auf die Schultern fielen und die er mit einer anmutigen Kopfbewegung aus dem Gesicht zu schleudern wusste. Er war der Sohn von Daniel und dessen junger Frau Ruth, eine Schönheit, auf die alle Männer scharf waren. Daniel war Fischer wie mein Vater und einer der frommsten Männer in der Gemeinde. Oft stellte er am Morgen seine nackten blutbesudelten Schultern zur Schau, wenn er sich frisch gegeißelt hat. Mich ekelte vor der roten Schmiere auf seiner aufgeplatzten blassen Haut. Die meisten verneigten sich dann ehrfurchtsvoll vor ihm, aber ich wandte mich ab, fand den Anblick grausig.

Aber so schön Timothy war, er war unappetitlich – die Hosen waren voller Flecken, die Jacke aus Spiegelfolie zerkratzt und die Kapuze halb abgerissen. Auf dem orangefarbenen Shirt, das er ewig trug, prangte in großen Buchstaben GOD und unübersehbar die Reste dessen, was es bei ihnen zu essen gegeben hatte.

Und er war eine fiese Ratte. Ich hasste den Kerl aus tiefstem Herzen, denn er spionierte uns ständig nach. Spielten Anzo und ich flussaufwärts bei den Wasserrädern, tauchte er unweigerlich auf und beobachtete uns heimlich oder aus sicherer Entfernung. Und wenn wir ihn zu erwischen versuchten, rannte er davon oder ruderte eilig mit seinem Rundboot auf den Fluss hinaus.

Anzo behauptete, ihn auch schon in ihrem Haus gesehen zu haben, wenn seine Mutter auf dem Feld arbeitete oder zum Einkaufen gegangen war, und er war sicher, dass jemand in seinen Büchern und Schreibheften herumgestöbert hatte, was ihn fuchsteufelswild machte, weil er da Dinge hineinschrieb, die er nicht einmal mir zeigte.

Ich beschloss, die Ratte zur Rede zu stellen und ihr eins zu verpassen, wenn sich die Gelegenheit bot. Und nun bot sie sich. Ich ging hinten um den Tempel herum und schlich mich von der anderen Seite an. Timothy spähte um die Ecke des Totenhauses, wo die Vorausgegangenen aufbewahrt wurden, bevor man sie am Flussufer verbrannte – er hörte mich nicht kommen. Ich packte ihn, drängte ihn gegen die Wand und nahm ihn in den Schwitzkasten.

»Was spionierst du uns dauernd nach?«, fragte ich zornig.

»Das stimmt doch überhaupt nicht! Ich spioniere euch nicht nach«, keuchte er und suchte nach einem Ausweg, seine Blicke zuckten hektisch hin und her wie die Schwalben des alten Stationskommandanten überm Fluss. Ich presste ihn gegen die Mauer des Totenhauses. Seine Haare rochen ranzig.

»Du hast heimlich in Anzos Sachen herumgestöbert.«

»Habe ich nicht«, keuchte er.

»Er hat dich beobachtet.«

»Er lügt. Mich interessiert dieser Quatsch von dem Stummen überhaupt nicht. Niemand interessiert sich für seinen Dongo-Scheiß. Für diese Kritzeleien und so.«

»Also hast du doch in seinen Heften herumgekramt.«

»Hab ich nicht. Lass mich mit diesem schwachsinnigen Krüppel in Ruhe!«

»Habe ich richtig gehört? Du hältst Anzo für einen schwachsinnigen Krüppel?«

»Gott hat ihn gestraft. Er wird nicht entrückt werden.«

»Wer sagt das?«

»Alle.«

Wut übermannte mich. Ohne ihn loszulassen, zog ich mit der anderen Hand mein Fischermesser aus der Scheide am Gürtel. »Hör zu, Tim! Wenn du noch einmal deine lange Nase in anderer Leute Dinge steckst, die dich nichts angehen, schneide ich dir deinen Zinken ab. Verstanden?«

»Auseinander!«

Plötzlich packte mich jemand von hinten und nahm mich in den Schwitzkasten. Ein Knüppel sauste auf meinen Handrücken herab, mein Messer klirrte zu Boden. Ich ließ Timothy los und versuchte mich zu befreien. Vergeblich. Es war ein kräftiger muskulöser Arm, der mir die Luft abpresste. Es musste einer von den Erzengeln sein. Der Gestank nach Schweiß und Fischleder stieg mir in die Nase.

»Danke, Gabriel«, sagte die Ratte. »Er hat mich mit dem Messer bedroht. Du bist mein Zeuge.« Timothy starrte mich höhnisch an. »Bist in die Falle getappt, du Klugscheißer«, giftete er. »Jetzt bist du dran.«

»Was hast du mit der langen Nase gemeint?«, fragte Seine Heiligkeit, der Großarchon, gefährlich ruhig.

Ich zuckte unsicher mit den Achseln. Ich wusste es selbst nicht so genau. Weil er sie immer und überall reinsteckt, wollte ich sagen, aber instinktiv widerstrebte es mir, dieses Wort zu gebrauchen. Stattdessen sagte ich: »Weil er Nase immer mit zwei a schreibt.« Ich hatte gesehen, dass er das Wort so schrieb – seine Rechtschreibung war katastrophal.

»Und was soll daran falsch sein?«, fragte der Großarchon.

Ich blickte alarmiert auf und suchte in seinem Gesicht nach einer Spur von Spott oder Ironie, fand aber nichts dergleichen. Die lila Farbe, mit der es für den Markttag bemalt worden war, hatte sich noch nicht ganz beseitigen lassen und sich in den Falten festgesetzt, sodass es aussah wie eine zersprungene Vase, die provisorisch zusammengekittet worden war. Sein Blähhals wogte und schnarrte.

»Seit der Allmächtige Alleinige und Einzige Gott uns Menschen die Gabe der Sprache geschenkt hat, wird Naase mit zwei a geschrieben. Bezweifelst du das?«

Ich starrte ihn ungläubig an, dann schüttelte ich hastig den Kopf.

»Du schreibst bis morgen zweihundertmal Naase, korrekt mit zwei a, wohlgemerkt. Und wenn du es wagst, Timothy noch einmal mit dem Messer zu bedrohen, lasse ich dich hängen.«

Ich warf einen scheuen Blick auf sein Scherbengesicht und sagte mir: Der Großarchon macht keine Scherze.

Ich war bei einer Hinrichtung dabei gewesen. Es war ein grausiges Erlebnis für einen zehnjährigen Jungen, aber der Großarchon bestand darauf, dass die ganze Gemeinde Zeuge sein sollte, wenn er ein Exempel statuierte. So ein armer Teufel war mit dem Händlerschiff aus Assab oder Menama ins Dorf gekommen, war nicht mehr an Bord zurückgekehrt und hatte sich irgendwo versteckt. Vielleicht hatte er vor, irgendetwas zu stehlen, um dann flussabwärts das Weite zu suchen. Niemand wusste etwas Genaues, keiner vermisste irgendetwas, der mutmaßliche Dieb gab bei dem Verhör wirre Antworten und verwickelte sich in Widersprüche. Einige waren der Meinung, er sei nicht ganz richtig im Kopf. Trotzdem ordnete der Großarchon die Hinrichtung an.

Der Galgen wurde auf den Tempelplatz gebracht und aufgerichtet.

Der arme Kerl schrie wie am Spieß vor Angst und winselte um Gnade. Aber der Großarchon kannte kein

Erbarmen. Der Mann krümmte sich zusammen und spie einen grüngelben Strahl aus, der auf die Bretter platschte – weiß Gott, was er gegessen hatte.

Irgendetwas ging dann schief. Die Klappe öffnete sich nicht rechtzeitig, sodass der Strick die Halswirbel nicht auseinanderriss. Und so hing der Mann japsend in der Schlinge und zappelte. Michael und Gabriel mussten jeder ein Bein packen, sich daranhängen und nach Kräften zerren, bis er sich nicht mehr rührte. Ich hatte nicht gewusst, dass ein Mensch, der eines gewaltsamen Todes starb, den Darm entleerte. Die Erzengel kriegten jedenfalls einen gehörigen Teil ab, und der Tempelplatz stank tagelang danach.

»Um so einen ist es nicht schade«, sagte Mutter und lachte, als wir nach Hause gingen. »Der Teufel soll dieses Geschmeiß holen!«

Ich hasste sie dafür, dass sie so etwas sagte. Es tat mir weh.

Für mich war die Hinrichtung ein entsetzliches Erlebnis gewesen. Warum muss ich, fragte ich mich seither immer wieder, unter der Herrschaft eines solchen Menschen leben, und sei er noch so heilig und vom Alleinigen Einzigen Gott auserwählt, uns zu führen?

Ich weiß, es ist eine schreckliche Sünde, wenn ich es sage, aber Seine Heiligkeit widerte mich an.

›Ich glaube, sie haben dir eine Falle gestellt‹, bedeutete mir Anzo am nächsten Morgen. ›Wir müssen auf der Hut sein. Vielleicht ahnt der Großarchon, dass wir etwas von ihm und Timothy wissen.‹

Wir hatten die beiden nämlich wiederholt beobachtet, wie sie im Totenhaus miteinander herummachten. Timothy kniete vor Seiner Heiligkeit wie ein bußfertiger Sünder bei der Beichte, und der Großarchon breitete schnaufend und mit zitternden Händen die angehobene Soutane über den Kopf des Jungen. Es war aber nicht die Geste der Unterwerfung, die Seine Heiligkeit mit dem Küssen seiner Knie einforderte – Timothy war drei oder vier Handbreit weiter oben zugange. Der Großarchon wippte auf den Ballen, er tänzelte, nein tanzte wie die Heiligen auf dem Altargemälde im Tempel. Dabei war ein stöhnendes Wimmern zu hören, ein kläglicher, flehentlicher, verzweifelter Laut, ein Winseln um Gnade.

»Wer wollte ihn dafür bestrafen?«, fragte ich, und unter meiner Zunge schmeckte es plötzlich bitter. Hatte Gabriel mich verletzt, als er mir die Luft abgepresst hatte?

Anzo machte ein weit ausholendes Zeichen mit der Hand.

»Du meinst Gott?«, fragte ich, um sicherzugehen, die Geste richtig gedeutet zu haben.

Anzo nickte.

Aber ich hatte da so meine Zweifel.

|09|

Maurya war wieder vor Tagesanbruch hinaus auf die Terrasse gegangen. Das Frühlicht begann sich in den Himmel zu ergießen. Das Flusstal war mit Nebel gefüllt, der in einer niedrigen Bank über dem Wasser schwebte.

Sie blickte in die Strömung in der Nähe des Ufers. Ein Geräusch wie von einem großen Tier war zu hören, das sich auf dem Grund des Flusses bewegte. Wasser spritzte an der Oberfläche auf, und ein Wirbel bildete sich, der rasch davongetragen wurde. Zehn Sekunden später ein neuerliches Stöhnen in der Tiefe und ein neuer Wirbel, der rasch davonzog.

Maurya wich unwillkürlich einen Schritt zurück. War es eines dieser großen Tiere, dieser Riesenwürmer, die im Flussbett hausten? Sie sah sich um. Die Walker, wie sie genannt wurden, harmlose, gesellige Lebewesen, die sich für den Abend zu Gruppen zusammengerottet hatten, um Samen auszutauschen, strebten nun ihren angestammten Weideplätzen zu. Sie sahen aus wie halbkugelförmige umgedrehte Körbe aus Zweigen und fleischigen, Agaven ähnlichen Blättern, die gemächlich ihre Pfahlwurzeln an der Peripherie in den Boden senkten und wieder herauszogen, um sich mit schildkrötenhafter Langsamkeit über die Uferböschung zu verteilen.

Am Abend zuvor hatte sie beobachtet, wie drei Männer aus dem Dorf jenseits des Flusses den Walkern zu Leibe rückten. Mit Messern und Macheten hackten sie ihnen die Pfahlwurzeln ab, wälzten sie auf den Rücken und warteten, bis ihre Bewegungen erstarben. Dann schleppten sie sie zum Wasser und schoben sie hinein, um sie als Boote zu benutzen. Sie wusste nicht, was sie davon halten sollte. Sie fand die Art, diese interessanten Lebewesen zu zerstören, bedauerlich, aber die Siedler hatten gelernt, mit dem zurechtzukommen, was sie vorfanden, und man konnte ihnen schwerlich einen Vorwurf machen.

Sie wollte sich schon abwenden, um wieder hineinzugehen, als sich plötzlich ringsum das Licht veränderte. Es war wie ein helles Aufblitzen. Gleichzeitig war ein Geräusch zu hören, als bräche sich eine kniehohe Welle – nur eine einzige – an einem Kiesstrand. Sie blickte über die Uferböschung und stellte überrascht fest, dass alle Walker sich von einem Augenblick zum anderen verwandelt hatten. Sie waren nun über und über mit handgroßen weißen Blüten bedeckt. Gleichzeitig war die Luft von einem intensiven Duft erfüllt, süß und betörend wie Jasmin bei Einbruch der Dunkelheit. Maurya schloss unwillkürlich die Augen, um seine ganze Fülle aufzunehmen.

Als sie die Augen wieder öffnete, entdeckte sie Jonathan, der unten am Flussufer herumstöberte. Er schnupperte an einer Begleiterin des Flusses, umrundete sie einmal, zweimal, bis er die richtige Position gefunden hatte, und hob das Bein.

»Meine Verehrung, schönes Kind«, sagte er und ließ den Strahl gegen ihren schlanken weißen Stamm plätschern.

Vor Überraschung richtete sich das Geschöpf auf und zog mit einer gemessenen Bewegung die Trinkrüssel aus dem Wasser, was für ihr Zeitempfinden wohl einer blitzartigen Reaktion gleichkam.

Jonathan nahm keine Notiz davon. Er trottete auf die Terrasse zurück, gesellte sich zu Maurya und schüttelte sich die Nässe aus dem Fell.

»Warst du beim Baden?« Sie zog ein Tuch aus der Tasche und rieb die münzenförmigen Lautsprecher an seinem Halsband trocken.

»Hab nur ein bisschen herumgeschnuppert. Höchst interessant. Dieser Fluss trägt Milliarden olfaktorischer Botschaften mit sich. In allen möglichen Farben, wie ich sie noch nie gesehen habe, vor allem im roten und gelben Bereich.«

Maurya wusste, dass Geruchsvarianten, selbst von wenigen Molekülbausteinen Unterschied, im Gehirn eines Hundes als ausgedehnte Spektren dargestellt wurden. Eine unglaubliche Vielfalt an Farbabstufungen, für die es in der menschlichen Sprache nichts Vergleichbares gab. Mr. Swift hatte ihr diese merkwürdige Synästhesie einmal erklärt.

»Und welcher Art sind diese Botschaften?«, fragte sie.

Jonathan hob die Ohren an und ließ sie wieder sinken. »Das weiß ich leider nicht. Hauptsächlich Werbung, würde ich sagen«, sagte er mit einem Anflug von Humor. »Ich bin kein Adressat für die hiesigen Lebewesen, ich kann ihre Botschaften nicht entziffern. Ich vermute aber, es handelt sich vor allem um sexuelle Signale für alle möglichen Flussbewohner: Partnersuche, Aufrufe zur Paarung, zur Befruchtung, zur Fortpflanzung, für die Eiablage – so etwas. Sicher auch Pollen, Samen, alles Mögliche.«

»Und du hast bisher kein fremdes Bewusstsein gespürt?«

Jonathan sah ein paar Sekunden lang schweigend auf den Fluss. »Es ist merkwürdig«, sagte er zögernd. »Manchmal meine ich, ein Bewusstsein zu spüren, ja sogar Intelligenz. Aber dann ist wieder totale Stille. Ich werde nicht schlau daraus.« Er ließ sich nieder und begann sich die Pfoten zu lecken. Plötzlich hielt er inne und hob den Kopf.

Da hörte auch Maurya es: Flussaufwärts ertönte das Läuten einer Glocke, begleitet vom Klang großer Hörner.

Und als Antwort darauf hörte man vom anderen Ufer, wie im Dorf aufgeregt ein Gong geschlagen wurde.

Minuten später glitt der gewaltige Bug eines Floßes unter dem Nebel hervor, sechs- oder achtmal mit mächtigen Balken verstärkt. Obenauf eine Hütte und ein Mann, der eine Schiffsglocke läutete. Dahinter Tausende von aneinandergeleinten Baumstämmen, sechzig bis achtzig Meter nebeneinander; da und dort Hütten, an denen Wäsche auf Leinen hing; Stapel mit gesägtem Holz, wohl für den Verkauf unterwegs bestimmt; Gestalten in Kapuzen und Mänteln aus Spiegelfolie, die über die Stämme an den Rand des Floßes eilten.

Am jenseitigen Ufer wurden in aller Eile Boote mit Körben und Krügen beladen und in den Fluss geschoben. Dann strebten sie auf das Floß zu. Rufe flogen hin und her.

Das Floß nahm kein Ende. Ein Strom von Tausenden und Abertausenden von Stämmen zog vorbei, überwältigend, lautlos, Kilometer um Kilometer. Das Tuten und Blöken der Hörner war inzwischen sicher weit flussabwärts zu hören.

»Ein knochenharter Job«, sagte Jespersen, der sich neben sie gestellt hatte. »Sie bringen das Holz von den Sammelstellen am Fuße des Haars bis ins Delta. Dafür müssen sie mehr als fünfzehntausend Kilometer zurücklegen und die Äquatorzone durchqueren, wo die Temperatur manchmal über hundert Grad ansteigen kann und der Ontos unter der gnadenlosen Sonne beinahe siedet.«

Auch Ailif war auf die Terrasse gekommen; er wollte sich das Schauspiel nicht entgehen lassen. »Wie hält ein Mensch das aus?«, fragte er.

»Sie haben gekühlte Schutzräume an Bord der Flöße und Sicherheitsanzüge aus Silberfolie mit Atmungsgeräten«, erwiderte Jespersen. »Trotzdem, man muss sehr gesund sein, um so eine Fahrt durchzustehen. Nur die Besten kommen infrage. An Bewerbern fehlt es nicht. Es ist der höchstbezahlte Job auf diesem Planeten.«

»Und wie kehren sie ins Haar zurück?«

»Dafür sind wir zuständig. Suborbitalflug. Eine schöne Nebeneinnahme für die Flotte.« Jespersen grinste. »Und für uns.«

Das Heck des Floßes glitt vorüber und verschwand flussabwärts im Nebel. Die Boote aus dem Dorf kehrten ans Ufer zurück. Die Passage hatte fast eine halbe Stunde gedauert; das Floß musste drei oder vier Kilometer lang gewesen sein.

Jespersen blickte zu Jonathan hinab und runzelte die Stirn. »Was ist das eigentlich für ein Geschöpf, dieser Sir Jonathan Swift? Sie sprachen von einem Cyborg, einem Zwitter aus Computer und Organismus.«

»Man kann das auf verschiedene Weise sehen«, erwiderte Maurya etwas reserviert. »Man kann ihn als mobile Künstliche Intelligenz betrachten oder als hochgerüsteten Hund – im Fall unseres Jonathan ein modifizierter Berner Sennenhund. Die Neuronen seines Organismus interagieren mit dem neuronalen Netzwerk der KI, die man ihm eingepflanzt hat. Jonathan schnüffelt nach fremden Lebewesen und verborgener Intelligenz, und Mr. Swift, seine KI, analysiert die Ergebnisse, ordnet sie und bringt sie in lesbare Form. Sir Jonathan Swift ist eine integrale Persönlichkeit, wenn man so will. Vor allem aber ist er mein Freund.«

Jonathan, der seinen großen Kopf auf die Vorderpfoten gebettet hatte, hob den Blick zu Maurya und brummte: »Das hast du schön gesagt.«

Jespersen schüttelte den Kopf. »Was für ein extravagantes Spielzeug.«

»Das ist kein Spielzeug, Mr. Jespersen. Das ist mein wichtigster Mitarbeiter.«

»Hm.«

»Aber ich wollte Sie etwas anderes fragen. Ich habe junge Leute aus dem Dorf beobachtet, wie sie einige von diesen Walkern losschnitten und mitnahmen.«

»Ja, ich hoffe, das stört Sie nicht als Exobiologin. Es sind trotz ihrer Mobilität Pflanzen. Sie vermehren sich rasch. Die Leute aus dem Dorf machen Rundbote aus ihnen.«

»Und wie dichten sie die ab? Es sind doch nur lockere Zweige auf ihrem Rücken.«

Jespersen sah etwas unbehaglich drein. »Nun, es ist ein Trick dabei. Man schneidet die Rüsselchen oder … Wurzeln, mit denen sie sich im Boden festklammern, zunächst nur halb durch. Dann wartet man einige Minuten. Durch den Schmerz ziehen sich die Äste zu einer fast wasserdichten Matte zusammen. Dann schneidet man sie ganz vom Boden ab und dreht sie um.«

»Barbarisch!« Maurya verzog das Gesicht. »Also sind es doch keine reinen Pflanzen.«

Jespersen zuckte mit den Achseln. »Wie gesagt, vermehren sie sich rasch. Sie versammeln sich jede Nacht zum Rubbeln und befruchten sich auf diese Weise. Es ist unerlässlich, dass man sie ausdünnt, sonst würden sie bald das gesamte Gelände bevölkern und unpassierbar machen. So leisten sie gute Dienste als Boote.

Wenn sie trotzdem noch irgendwo undicht sind, werden sie mit Pech kalfatert.«

»Pech?«, fragte Ailif erstaunt. »Wo kommt das Pech her?«

»Aus der Wüste. Bei Tarkut quillt es aus dem Sand.«

»Bei den Ölquellen?«

»Ja.«

»Hm. Mr. Jespersen, sehen Sie eine Möglichkeit, dass wir morgen zu dem Hochufer mit den … äh … Ritzzeichnungen kommen können, um uns einen Überblick zu verschaffen?«

Jespersen fuhr sich mit der Hand über das Gesicht. »Es tut mir leid, Professor Avrams, aber unser Kopter ist unterwegs ins Delta, um Mrs. Cayley nach Hause zu bringen. Er wird erst übermorgen zurück sein.«

»Und mit dem Motorboot dauert es zu lange?«

»Ja. Zwischen Morgendämmerung und Sonnenaufgang sind es nur gute drei Stunden. Und wenn die Sonne aufgegangen ist, klettert die Temperatur im Nu auf fünfzig Grad. Selbst auf dem Wasser. Das kann ich Ihnen nicht zumuten. Da müssten Sie Kühlausrüstung tragen. Außerdem …« Jespersen senkte die Stimme. »Dazu müsste ich Anweisung vom Commander erhalten.«

»Sehen Sie da eine Schwierigkeit?«

»Er scheint Sie nicht gerade ins Herz geschlossen zu haben.«

»Das kann man wohl sagen«, sagte Maurya.

»Aber wie stellt er sich denn das vor?«, fragte Ailif mit leicht verärgerter Stimme. »Wegen dieser Artefakte sind wir doch von unserer Fakultät hierherbeordert worden – auf Wunsch des Flottenkommandos! Wir müssen diese Ritzzeichnungen, wie Commander Cayley sie bezeichnet, in Augenschein nehmen. Wie sonst sollen wir unseren Auftrag erledigen und zu einem Urteil kommen?«

»Am besten gar nicht, wenn es nach ihm ginge«, erwiderte Jespersen mit einem sarkastischen Schnauben.

»Das ist ja wohl ein Witz.«

»Hm.« Jespersen dachte kurz nach. »Es gäbe eine Möglichkeit. Ich könnte Sie mit meinem Hub hinbringen. Da könnten wir in drei Stunden zurück in der Station sein.«

»Hub?«

»Eine kleine AG-Plattform.«

»Antigravitation«, warf Jonathan ein.

Jespersen drehte sich zu ihm um. »Genau. Noch nie von den jährlichen Hubrennen auf Hot Edge gehört?«

Ailif nickte. »Doch. Ich habe einmal eine Übertragung verfolgt. Es war allerdings wenig zu erkennen wegen der Wolken. Man sah lediglich die verschiedenfarbigen Lichtblitze der Teilnehmer und ihre Spiegelung auf dem Gletschereis.«

»Ja. Es geht darum, eine Kette Dreizehntausender zu überfliegen. Unter anderem den Westsattel des Mount Hood. Dreizehntausendvierhundertzweiundsechzig Meter.«

»Was für ein Wahnsinn!«

»Sie sagen es. Dort oben ist es ziemlich kalt. Es gibt Schneestürme, die Schallgeschwindigkeit erreichen. Strahlströme drücken dich in die Felszinnen. Und Fallwinde reißen dich nach unten auf die Gletscher zu.«

»Sie schildern das, als seien Sie selbst schon dabei gewesen«, sagte Maurya.

»Bin ich auch«, erklärte Jespersen sichtlich stolz. »Sechsmal schon. Und einmal bin ich als Erster ins Ziel gekommen. Haben Sie nicht das Poster im Hangar gesehen? Das bin ich.«

Maurya sah ihn überrascht an. »Sie waren nicht zu erkennen mit Schneebrille und Schutzkleidung.«

»Alle Achtung«, brummte Jonathan.

Jespersen kraulte ihm das Nackenfell. »Danke.«

»Dann vertraue ich mich Ihnen gerne an«, sagte Ailif lächelnd und wandte sich Maurya zu. »Was meinst du?«

Maurya nickte. »Aber klar.«

»Ich komme auch mit«, erklärte Jonathan.

»Moment!«, sagte Jespersen. »Für dich habe ich keine Schutzkleidung.«

»Brauchen wir die?«, fragte Ailif. »Ich dachte, wir machen die Exkursion vor Sonnenaufgang.«

»Unbedingt. Aber auf dieser Welt muss man Vorsorge treffen. Sorglosigkeit kann den Tod bedeuten. Wir müssen damit rechnen, dass irgendetwas passiert und wir notlanden müssen. Und uns die Sonne erwischt. Dann wird es unangenehm.« Jespersen maß Jonathan mit einem prüfenden Blick. »Wir wollen doch keinen im Pelz gesottenen Passagier. Noch dazu ein so teures

Stück. Ich lasse mir etwas einfallen. Ein paar Wasserbeutel und einige Quadratmeter Silberfolie zum Einwickeln vielleicht. Wäre das okay für dich?«

»Absolut.« Jonathan schwenkte freudig den Schwanz hin und her.

»Ich glaube, er hat einen neuen Freund gefunden«, sagte Maurya.

»Ich auch.« Jespersen tätschelte Jonathan den Kopf. »Ich heiße Frank.«

»Jonathan. Oder besser: Jo.« Jonathan sah zu Maurya und Ailif auf. »Außerdem riecht Frank interessanter als ihr beiden.«

»Werde nicht unverschämt«, sagte Maurya und warf Ailif einen vielsagenden Blick zu. Dann kicherten sie beide los.

Jespersen sah sie irritiert an.

»Brauchen Sie dazu nicht die Erlaubnis des Commanders?«, erkundigte sich Ailif ablenkend, als er und Maurya sich wieder beruhigt hatten.

»Das schon, aber diese Bitte wird er Ihnen schwerlich abschlagen können.«

»Umso besser. Wir können es kaum erwarten.«

»Dann halten Sie sich morgen früh um acht bereit, wenn die Morgendämmerung einsetzt.«

In diesem Moment erschien der Kommandant auf der Terrasse. »Guten Morgen«, sagte er sichtlich schlecht gelaunt. »Mr. Jespersen, ich brauche Sie. Kommen Sie bitte mit mir.« Dann wandte er sich Maurya, Ailif und Jonathan zu: »Entschuldigen Sie, aber Sie sollten jetzt hineingehen. Auch Ihr begnadeter Gedankenschnüffler. Die Sonne geht bald auf. Dann wird die Terrasse geschlossen.«

Cayley und Jespersen verließen die Terrasse. Jonathan gähnte. »Arschloch«, murmelte er.

»He«, sagte Maurya tadelnd. »Sei nicht so ordinär.«

Jonathan gab ein belustigtes Jaulen von sich.

»Und? Seid ihr fündig geworden?«, fragte Ailif, als sie oben in Mauryas Zimmer waren.

»Es war eine arbeitsame Nacht für Mr. Swift«, brummte Jonathan.

»Und was hast *du* getan?«

Jonathan stieß einen Seufzer des Wohlbehagens aus. »Ich habe geschlafen.«

»Das war ja klar. Na schön, was habt ihr rausgekriegt?«

»Es ist eine lange böse Geschichte.« Jonathan legte sich bequem hin, den Kopf auf die Pfoten gebettet. »Mr. Swift wird sie euch erzählen. Dabei fing die Sache ganz harmlos an.«

»Schieß los!«, sagte Maurya und setzte sich mit ihrem Drink auf das Bett.

»Der Gründer dieser Glaubensbewegung hieß Vilayanur Sanghui, geboren 2068 in Amritsar im Punjab. Er studierte Religionsgeschichte und Tanz in Lahore und Jaipur. Dabei muss er auf Din-i-Illahi gestoßen sein, eine synkretistische Glaubensgemeinschaft, die Akbar der Große, der dritte Mogulkaiser, im ausgehenden sechzehnten Jahrhundert begründet hat. Es war der Versuch, den Islam mit dem Hinduismus, dem

Jainismus, dem Buddhismus und dem Christentum zu verbinden. Wahrscheinlich hatte das auch häusliche Gründe. Akbar hatte eine Mohammedanerin, eine Hindu und eine Christin zur Frau, vielleicht wollte er auf diese Weise Familienstreitigkeiten ausräumen. Er selbst war außerordentlich tolerant beziehungsweise – so sehen wir das – ein Atheist und baute jeder seiner drei Frauen in Fatehpur-Sikri ihren eigenen Palast, um sie wechselseitig zu besuchen. Die Idee einer Versöhnung der Religionen war bestimmt eine dankenswerte Sache, aber sie hatte gerade zwei Jahrzehnte Bestand. Nach dem Tod Akbars im Jahre 1605 lief die Gemeinde auseinander. Din-i-Illahi war am Ende. Vilayanur Sanghui aber war von Akbars Idee begeistert und nahm sich vor, sie wiederzubeleben. Er wanderte 2094 in die USA aus und eröffnete ein Studio für transzendentale Meditation und sufischen Tanz in der Stadt Phoenix in Arizona. Er hatte großen Erfolg und gründete einen Ashram, in dem er für seinen Synkretismus warb und Tausende in seinem Sinne als Missionare ausgebildet wurden. Seine Tanzgruppe war übrigens sehr berühmt, sie trat in den besten Etablissements von Las Vegas auf und später in allen Großstädten der USA, ja der ganzen Welt. Seine Lehre hatte friedlichen Charakter: Abschaffung aller traditionellen Weltreligionen. Ihm schwebte das Ideal der Verehrung eines einzigen Gottes durch alle Menschen vor. Nur so könne endlich der Frieden auf Erden gesichert werden, denn an den Glaubensgrenzen der Welt brachen immer wieder militärische Konflikte aus. Dem sollte endlich ein

Ende gemacht werden. Eine naive Vorstellung, aber sie hatte zunächst beträchtlichen Widerhall. Millionen von Menschen pilgerten nach Arizona, lernten den Tanz zu Ehren des Einzigen und Alleinigen Gottes und trugen Seine Botschaft in alle Welt.«

Ailif kicherte. »So etwas von dämlich. Das musste doch zwangsläufig schiefgehen.«

»Er stammte aus einer Jainisten-Familie«, gab Maurya zu bedenken. »Aus einer synkretistischen Tradition par excellence.«

»Im Grunde seines Herzens war er ein Sufi«, fuhr Jonathan fort. »Einer, der fest daran glaubte, dass alles in Liebe zu vereinigen ist: der Mensch mit Gott, mit der Welt und mit allen anderen Menschen. Nach seinem Tod im Jahr 2133 nahm die Glaubensgemeinschaft allerdings einen völlig anderen Charakter an. Hatte Vilayanur Sanghui eine apolitische, kulturelle Enklave gegründet, die zwar religiöse Leitbilder propagierte, aber kein politisches Programm verfocht, entpuppte sich sein Nachfolger, Prakash Ramachandran, der ihm viele Jahre lang zur Seite gestanden war, als ausgesprochener Charismatiker, dem es gelang, diese Gemeinschaft in kürzester Zeit in ein aggressives Gebilde umzuschmieden – mit politischer Stoßrichtung gegen alle etablierten Weltreligionen.«

Ailif verzog den Mund. »Das erinnert mich an einen ähnlichen Spinner, der in den 1960er-Jahren in der Hippie-Szene von San Francisco auftauchte. Ich weiß nicht mehr, wie er hieß. Jedenfalls behauptete er, vom Himmelszelt herabgeschwebt und der Einzige und

Wahre Gott zu sein. Er verlangte, dass alle Religionen ausgerottet werden müssten. Nur er sei der Verehrung würdig. Völlig bescheuert.«

»Ich glaube, ich weiß, wen du meinst«, sagte Jonathan. »Sein Name war Sam Shapira. Er nannte sich selbst den gesalbten, lebendigen Weltmessias.«

»Kann sein. Aber erzähl weiter.«

»Ramachandran gerierte sich als Fundamentalist und behauptete, die Lehre seines Vorgängers vom Kopf auf die Füße gestellt zu haben. Er sah die Ziele des Glaubens an den Einzigen Gott weniger idealistisch als pragmatisch. Um dem Einzigen Gott zur Herrschaft zu verhelfen, verkündete er, müssten alle institutionalisierten Gottheiten vom Thron gestürzt werden: Schluss mit Jahwe, Jesus, Allah und Konsorten, hinweg mit Buddha, Zoroaster, Brahma, Vishnu, Shiwa – zertrümmert all diese Götzen! Stoßt sie von ihren Altären! Er predigte die Demontage der etablierten Weltreligionen und gründete einen Orden von Gotteskriegern, die in alle Welt geschickt wurden. Ihre Missionsarbeit bestand in Destruktion und Gewalt. Ramachandran rief auf zum Vernichtungskampf. Das war der Startschuss zu einem nicht enden wollenden Blutbad.«

»Noch dämlicher«, warf Ailif ein. »Was will eine Sekte mit ein paar Zehntausend Mitgliedern gegen Glaubensgemeinschaften mit Hunderten von Millionen Anhängern ausrichten?«

»Aber sie richtete erschreckend viel aus, weil sie gegen diese Gemeinschaften, gegen ihre Repräsentanten und ihre heiligen Stätten unglaublich skrupellos vorging. Mit einer unvorstellbaren Zerstörungswut und grausamen Massenmorden mit chemischen und biologischen Kampfstoffen. Der Kampf eskalierte, weil sich die Glaubensgemeinschaften in ihrer Substanz bedroht fühlten und sich nun erst recht eng um ihre angestammten Götter scharten. Ramachandran hatte genau das Gegenteil von dem erreicht, was er hatte erreichen wollen.«

»Das ist doch logisch«, sagte Ailif.

»Übrigens hat es bei den Gotteskriegern offenbar nie ein operatives Zentrum gegeben, von dem aus die Anschläge geplant und koordiniert wurden. Von Ramachandran ist der Ausspruch überliefert: ›Jeder Gotteskrieger trägt sein Ziel in sich wie ein abgefeuertes Geschoss. Nichts und niemand kann ihn aufhalten.‹ Daran ist viel herumgerätselt worden. Man mutmaßte, Wissenschaftlern, die in seinem Auftrag arbeiteten, sei es gelungen, militante Gottesgene in die Keimbahnen seiner Anhänger einzuschleusen. Es konnte aber nie etwas Derartiges nachgewiesen werden. Wahrscheinlicher ist die Annahme, dass die Gehirne der Gotteskrieger durch Drogen manipuliert wurden. Tatsache ist, dass man bei jedem von ihnen eine signifikante Veränderung des Schläfenlappens feststellte. Ob dies das Ergebnis von Manipulationen war, ist nicht erwiesen, eine solche Hypertrophie könnte ebenso gut die physische Voraussetzung von tiefer Frömmigkeit und blindem Glaubensgehorsam sein. Wie auch immer, das FBI und später die Vereinten Nationen haben lange gezögert, aber schließlich sahen sie sich gezwungen, mit aller Härte vorzugehen. Sie haben rigorose Verfahren der Gehirnwäsche gegen die Rädelsführer angewendet …«

»Die Gottektomie«, sagte Maurya.

»Die übrigens um 2000 in Guantanamo, einem Gefangenenlager der USA auf Kuba, entwickelt wurde«, warf Ailif ein. »Das hat die amerikanische Regierung zwar immer bestritten, aber das Gerücht hielt sich hartnäckig, zumal die Akten bei der Schließung des Lagers vernichtet wurden.«

»Soll ich fortfahren?«, fragte Jonathan.

Ailif grinste. »Aber gerne.«

»Moment«, sagte Maurya. »Du hast Cayley gegenüber eine Jahreszahl erwähnt, Ailif. Das Jahr, bis zu dem tiefe Frömmigkeit in den USA in der Fachliteratur als Geisteskrankheit beschrieben wurde.«

»Richtig: 1994.«

»Kurz darauf musste dieser Eintrag aber getilgt werden.«

»Ja, denn inzwischen bestand die Regierung der USA weitgehend aus christlichen Fundamentalisten, Evangelikalen und Wiedergeborenen. Unter diesen Umständen war die Definition eine Beleidigung von Amtsträgern und musste verschwinden.«

»Ich verstehe das nicht ganz. Zum gleichen Zeitpunkt wurde die Gottektomie entwickelt, mit der man Frömmigkeit beseitigen kann – wie passt das zusammen?«

Ailif lachte. »Nun, die wurde ja gegen Andersgläubige entwickelt, vor allem gegen Islamisten. Es war eine wirksame Waffe. Ein SPECT-Scan genügte, um die Religiösen an einer Temporallappenanomalie zu identifizieren. Und ein winziger Eingriff in den Schläfenlappen, eine TMS, eine Transkranielle Magnetstimulation, um sie zu kurieren. Ein kleiner Stromstoß und – *wuff* – ausgeglaubt.«

Kurieren? War es wirklich so einfach? Maurya musste an ihren Vater denken, der sich einem solchen Eingriff hatte unterziehen lassen müssen. Die Operation hatte seine Persönlichkeit völlig verändert. Von da an war er in sich gekehrt und vereinsamte zunehmend. Er kapselte sich ein, war kaum noch ansprechbar – selbst für sie nicht, die er immer geliebt hatte.

»Darf ich jetzt fortfahren?«, fragte Jonathan.

»Bitte, Jo.«

»Das Verfahren zur Früherkennung, die prädikative Hirndiagnose, ist bis heute umstritten, sowohl moralisch als auch medizinisch. Aber ohne seine Anwendung hätte man den Terroranschlägen, Selbstmordattentaten und bewaffneten Auseinandersetzungen niemals wirksam entgegentreten können, weder auf der Erde noch später auf New Belfast. Man konnte damit potenzielle religiös motivierte Straftäter im Vorfeld aussondern und sie auffordern, sich einer Gottektomie zu unterziehen.«

Das stimmt nicht ganz, dachte Maurya. Vater war immer ein warmherziger, friedliebender Mensch gewesen. Seine Vorgesetzten bei der Ulster Credit hatten ihm nahegelegt, sich dem Eingriff freiwillig zu unterziehen. Man hatte ihn bespitzeln lassen und ihm »übertriebene Frömmigkeit« vorgeworfen. So hatte man ihn heimlich beobachtet, wie er sich in seinem Büro auf die Knie niederließ und betete – dergleichen mache auf die Kunden der Bank einen »irritierenden Eindruck«. Aber das tat er nur, wenn er allein war; er war nun einmal ein gottgläubiger Mann. Nach der »Behandlung« hatte er Maurya unter Tränen gestanden, dass ihm wie einem Wanderer zumute sei, dem in der Wildnis sein Führer abhandengekommen ist: Du blickst dich plötzlich ratlos um und weißt nicht, welchen Weg du einzuschlagen hast. »Du hast doch mich«, hatte sie gesagt, aber er hatte nur traurig den Kopf geschüttelt und sich abgewandt.

»Trotz massiver Repressalien«, fuhr Jonathan fort, »denn einige Staaten machten den SPECT-Scan zur Pflicht und das Ergebnis zum Bestandteil der Informationen auf Gesundheits- und Reisechips, weigerten sich viele Gläubige bei positivem Befund, die Behandlung durchführen zu lassen. Sie zogen es vor auszuwandern, als sich die Möglichkeit ergab, auf New Belfast zu siedeln. Und es geschah genau das Gleiche, was im siebzehnten und achtzehnten Jahrhundert auf der Erde geschah, als die Europäer Amerika besiedelten: Die von ihrer Bestimmung überzeugtesten Gemeinden von Wirr- und Querköpfen taten sich zusammen und wanderten gemeinsam aus, um in der Neuen Welt ihr spezielles Jerusalem zu gründen, unter sich zu sein, befreit von Staatskirchen und anderen Obrigkeiten, um Gott nach ihrer Fasson zu dienen. Sie bildeten isolierte Glaubensgemeinschaften – Splitterkirchen, Sekten und Kulte –, die versuchten, sich allein durchzuschlagen. Aber da waren noch die Ureinwohner, die Indianer. Da hieß es zusammenzurücken, die Gegensätze hintanzustellen und ums schiere Überleben zu kämpfen.«

»Auf New Belfast gab es aber keine Indianer«, unterbrach Ailif lachend. »Nur Echsen jedweder Gestalt, Form und Farbe. Also war es nur eine Frage der Zeit, bis sich die Gläubigen gegenseitig an die Gurgel gingen. Danke, Mr. Swift, danke, Jonathan, den Rest der Geschichte kennen wir aus eigener bitterer Erfahrung! Die Regierung sah wieder viel zu lange zu, bis sie in ihrer Verzweiflung über die Massaker die Flotte um Hilfe bitten musste, die das Morden unterband. Die Gottektomie wurde als Prophylaxe empfohlen und in großem Maßstab durchgeführt. Ein harter Kern von Gläubigen, die die Behandlung ablehnten – man taufte sie spöttisch ›Dschiheads‹ –, wurde vor die Wahl gestellt, unter psychiatrischer Kontrolle in geschlossenen Anstalten zu leben oder nach Hot Edge auszuwandern. Ein paar Hundert zogen den ›Zweiten Exodus‹, wie sie es nannten, vor und übernahmen stolz den Namen ›Dschiheads‹. Die Behörden nannten sie ironisch die ›Selektierten‹, die ›Ausgesonderten‹ beziehungsweise ›Auserwählten‹, aber sie selbst betrachteten die Bezeichnung als eine Art Ehrentitel, als Gütesiegel. Sie sahen sich als die vom Alleinigen und Einzigen Gott Auserwählten für den Heiligen Krieg. Und was wir hier vor uns haben, ist ihr schäbiger Rest – ein heruntergekommenes Häuflein benebelter, starrsinniger Fanatiker dort drüben über dem Fluss.« Ailif atmete tief durch und verflocht die Finger im Nacken. Er war zornig, das war seinen Tattoos anzusehen, die sich in grellen Farben an Hals und Oberarmen drängten.

»Sie sind inzwischen zur Entrückungssekte mutiert«, sagte Maurya. »Solche merkwürdigen Glaubensgemeinschaften gab es schon auf der Erde unter den Christen in Europa und Amerika.«

Ailif hob die Augenbrauen. »Entrückung?«

»Ja, sie sind überzeugt, dass ihr Anführer sie noch zu seinen Lebzeiten ins Jenseits führen wird.«

»Allerdings«, warf Jonathan ein, »ist der Großarchon, wie er sich nennt, bereits der sechste Amtsträger, der der Gemeinde vorsteht. Seine fünf Vorgänger sind gestorben, ohne dieses Versprechen einzulösen.«

»Damit haben diese Leute kein Problem«, erwiderte Maurya. »Stirbt ein Großarchon, gibt sein Nachfolger die Parole aus, dass das eine letzte Prüfung war, um die Spreu vom Weizen zu trennen. Nur die Standhaften werden letztlich der Entrückung teilhaftig.«

Ailif schüttelte den Kopf. »Es ist nicht zu fassen. Lieber weiterträumen, als sich einzugestehen, dass man in einem kollektiven Wahn gefangen ist. Der Traum endet nie. Aber die Reißzähne hat man den Dschiheads gezogen.«

»Wie meinst du das?«, fragte Maurya.

»Es gibt religiöse Bewegungen, die sind missionarisch und aggressiv, auf Expansion bedacht. Das sind die Gefährlichen. Und es gibt hermetisch-isolationistische, die sich einigeln, die sich selbst genug sind. Die Dschiheads zähle ich zu dieser Kategorie. Von ihnen geht keine Gefahr mehr aus.«

»Wenn du dich da mal nicht täuschst, Ailif.« Maurya hob die Hände. »Es ist eine historisch belegte Tatsache, dass Hexenjagden auf Gläubige, die von ihrer Lehre fest überzeugt sind, diese in ihrer Militanz nur noch bestärken, weil sie sich in die Enge getrieben fühlen.«

»Ich hasse diese Frömmler«, schnaubte Ailif.

»Das weiß ich. Und du hast deine Gründe, da bin ich mir sicher. Aber du kannst nicht davon ausgehen, dass jeder fromme Mensch ein Geisteskranker ist oder ein Idiot. Frömmigkeit kann auch etwas Positives sein.«

»O ja? Ich kenne die diesbezüglichen Untersuchungen. Ein frommer Mensch säuft nicht so viel wie ein Ungläubiger – was ich bezweifle, er tut's nur heimlich. Er setzt mehr Kinder in die Welt – was ich für ein höchst zweifelhaftes Verdienst halte. Er lässt sich weniger oft scheiden, beweist mehr Familiensinn, ist ein besserer und verantwortungsvollerer Bürger und wählt zuverlässig immer wieder seinen rechten Abgeordneten und so weiter und so fort. Habe ich etwas vergessen? Und die Kehrseite: Er ist weniger intelligent, ist intolerant und unnachsichtig gegen Andersgläubige. Er ist rechthaberisch und neigt eher zu Gewalt.«

Maurya musste wieder an ihren Vater denken. »Das stimmt nicht. Es gibt Ausnahmen.«

»Die gibt es immer. Aber unter den Dschiheads wirst du sie vergeblich suchen.«

»Warst du eigentlich niemals fromm, Ailif, oder wenigstens gläubig – als Kind, als Heranwachsender?«

»Doch«, erwiderte Ailif mit einem säuerlichen Grinsen. »Als kleiner Junge. Ich erinnere mich an eine Nacht in Ballymoney. Mein Vater hatte dort zu tun und nahm mich mit. Wir fuhren mit dem *Aranyavas*-Express, das weiß ich noch. Die Stadt erschlägt einen, vor allem wenn man erst acht ist. Spätabends im Hotel – Vater schnarchte neben mir – lag ich im Bett und konnte nicht einschlafen, so voll war ich von den Eindrücken der großen Stadt. Mir standen noch immer die Bilder der Pedestralen vor Augen, die in Ballymoney durch die Straßen ziehen, mit ihren feuerroten Haarbüscheln, den doppelten Augenpaaren, mit denen sie rundum sehen können, ohne den Kopf zu wenden, und den bis zu vier Meter hohen gezackten Rückenkämmen, die mit grellen Farben bemalt und mit Hunderten von kleinen Spiegeln beklebt sind oder als wandelnde Reklametafeln für Frühstücksflocken, Babynahrung und Waschmittel, für Reisebüros und Servicecenter dienen. Erst am folgenden Tag wurde mir klar, was für harmlose Tölpel diese flugunfähigen Echsen sind, die inmitten des Verkehrs durch die Straßen schlurfen, mit geblähten Membranen Verkehrsgeräusche imitieren und sich seelenruhig auf den Plätzen niederlassen, um sich zu paaren oder sich auszuruhen und auf die Fütterungsroboter zu warten. Und wenn diese kommen, beginnt eine Fressorgie – die Pedestralen zerfetzen mit ihren Schnäbeln das Synthfleisch und schlingen es schmatzend und gurgelnd hinunter … In jener Nacht aber fühlte ich mich von diesen Riesenviechern bedrängt, ja, ich hatte so viel Angst vor ihnen, dass ich die Augen nicht zu schließen wagte und jeden Moment damit rechnete, ein Riss in der Wand würde sich auftun und ein Drachenkopf mit feuerrotem Haarbüschel würde sich ins Zimmer zwängen. Ich lag also mit Herzklopfen im Bett und starrte an die Decke. Und da sah ich es: ein winziges rotes Licht, das in einem geheimnisvollen Rhythmus blinkte. O Gott, dachte ich, jetzt hat er mich entdeckt, jetzt muss ich beten – aber mir fiel partout nichts ein, was ich hätte beten können. Mein Kopf war wie leergefegt. Ich war fest davon überzeugt, dass es sich um ein Signal handelte, das mir galt, dass sich Gott genau über mir im Orbit befand und Gebete entgegenzunehmen gedachte. Wie gelähmt blickte ich zu dem Licht auf, das mir zuzwinkerte, und irgendwann musste mich die Müdigkeit übermannt haben.«

»Du flunkerst«, sagte Jonathan.

»Nein, es ist die reine Wahrheit«, erwiderte Ailif empört. »Ich hatte doch damals keine Ahnung, was ein Rauchmelder ist. Und als ich es Vater am nächsten Morgen erzählte und ihm meine Mutmaßungen mitteilte, lachte er, bis ihm die Tränen kamen. Ich ärgerte mich über seine Reaktion, aber noch mehr ärgerte ich mich über mich selbst, weil ich mich so arglos und naiv offenbart und dabei so blamiert hatte. Und mein

Vater versäumte keine Gelegenheit, die Geschichte seinen Freunden zu erzählen, wobei es ihm jedes Mal gelang, auf meine Kosten Heiterkeitserfolge zu erzielen. Das, meine Lieben, war meine erste und einzige Begegnung mit Gott. Ich habe sie nie vergessen.«

|10|

»Suk und Anzo, steht auf und tretet heraus!«

Jetzt war es so weit.

Ich stand auf, schob Anzo auf den Gang und trat neben ihn.

Der Großarchon schloss den gefürchteten schmalen Wandschrank auf, in dem er seine Gerten aufbewahrte. Er wählte eines der Rohre aus und ließ es probeweise auf sein Pult herabsausen. Die Schüler zuckten zusammen.

»Suk!«

»Ja, Eure Heiligkeit.«

»Du hast behauptet, Anzo habe dir gesagt, dass der Dongo um Gnade gefleht hat. Was soll dieses gottlose, verlogene Geschwätz? Der Allmächtige hat Anzo gestraft und ihm auf ewig den Mund verschlossen. Und du willst ihn gehört haben?«

Ich zuckte mit den Achseln.

»Ich habe dich etwas gefragt!«, schrie der Großarchon. Wieder sauste die Gerte herab und knallte aufs Pult. »Also rede gefälligst!«

»Er hat es zu mir gesagt, Eure Heiligkeit«, stieß ich hervor und sah wieder den entsetzten, fassungslosen

Blick Anzos, den er mir aus seinen dunklen Augen zuwarf.

»Wie hat er es dir gesagt, wenn er doch nicht reden kann?«

»Er … er redet mit den Händen.«

»Mit den Händen? Und du gottloser Idiot verstehst, was er mit den … Händen sagt?«

Ich nickte und starrte den Boden an.

»Sieh mich an, wenn du mit mir sprichst! Und antworte!« Der Blähhals unter der Soutane wogte.

»Ja, Eure Heiligkeit.«

»Wo hast du das gelernt?«

»Er hat es mir beigebracht.«

»Und wo hat er es gelernt?«

Ich zuckte mit den Achseln.

»Dann frag ihn!«

Anzo gestikulierte hektisch.

»Er sagt, von seiner Mutter.«

»Sagt er.«

»Ja, Eure Heiligkeit.« Ein feiges Winseln entwich meiner Brust – ich schämte mich dafür.

»Von dieser unreinen, gottlosen Schlampe«, donnerte der Großarchon. Alle zogen den Kopf ein.

»Urgh, urgh«, presste Anzo mit gerötetem Gesicht hervor. Er funkelte den Großarchon zornig an.

Einige der Schüler mussten kichern. Sie pressten die Faust auf die Lippen, um die Lautäußerung zu unterdrücken – aus Angst, das nächste Ziel des heiligen Zorns zu werden.

Der Großarchon schlug Anzo mit der Gerte übers Ohr.

Anzo zuckte zusammen, verzog das Gesicht und fasste sich an die schmerzende Stelle.

»Und was sagt er jetzt?«, fragte mich der Großarchon.

»Er hat nichts gesagt, Eure Heiligkeit«, erwiderte ich.

Wieder unterdrücktes Gekicher hinter uns.

»Was für eine teuflische Hinterhältigkeit!«, fuhr uns der Großarchon an. »Welche Infamie, sich hinter dem Rücken von allen anderen mit den Händen zu unterhalten, geheime Zeichen auszutauschen, üble Absprachen zu treffen. Man sollte euch beiden die Hände abhacken. Und der Schlampe aus dem Haar dazu. Wie kann sie es wagen, Kindern solch abartige Dinge beizubringen!«

Nun herrschte hinter uns entsetztes Schweigen über die Ungeheuerlichkeit dieser Drohungen.

»Ja. Ich werde nicht euch, sondern eure sündigen Hände bestrafen.«

Schon beim dritten Hieb auf die ausgestreckte Hand trieb mir der Schmerz die Tränen in die Augen.

»Spürst du die Gerechtigkeit Gottes?«, fragte der Großarchon schnaufend. »Spürst du sie?«

»Ja, Eure Heiligkeit«, wimmerte ich.

»Lauter!«

»Ja, Eure Heiligkeit. Ich spüre sie.«

Als es vorbei war, steckte ich die gepeinigten Hände schluchzend in die Achselhöhlen. Die Schüler wandten sich betreten von mir ab, keiner ließ auch nur eine Geste des Mitleids erkennen. Sie hatten Angst und vermieden alles, was den Zorn des Großarchons auf sie hätte ziehen können.

Anzo zählte der Großarchon fünfzehn auf jede Hand. Nur am Anfang zuckte er zusammen, dann ließ er es über sich ergehen und blickte den Großarchon mit seinen dunklen Augen ruhig an.

»Was sagt er?«, fragte der Großarchon und sah mich misstrauisch an.

»Er hat nichts gesagt, Eure Heiligkeit«, versicherte ich.

»Lüge nicht!«

»Ich sage die Wahrheit, Eure Heiligkeit«, flehte ich. »Er hat nichts gesagt.«

»Ich spüre seinen teuflischen Trotz«, rief der Großarchon zornig. »Und den werde ich ihm austreiben, diesem gottlosen kleinen Hund!«

Die Sonne stand bereits über dem Horizont, und endlich durften wir nach Hause gehen. Nur Anzo nicht. Ich blieb an der geschlossenen Tür stehen und lauschte.

»Zieh die Hose runter!«, hörte ich den Großarchon brüllen. »Begreifst du, was ich dir befehle, du Krüppel? Hose runter!«

Und dann hörte ich die Gerte auf nackte Haut herabsausen, immer wieder und wieder und wieder. Das war der einzige Laut, den ich durch die Tür hörte.

In diesem Moment hätte ich dem Großarchon am liebsten mein Messer in den Kropf gestochen – so wie er Grotes Messer ins Herz des Dongos gestoßen hatte.

Was habe ich da für entsetzliche Gedanken?, schoss es mir durch den Kopf.

Ich schlich nach hinten in die Haupthalle des Tempels. Grelle Lichtfinger stachen durch die Fensterschlitze in den dunklen Raum. Ich kniete vor dem Altar nieder und blickte zu dem großen Gemälde auf, das die vier tanzenden Heiligen zeigte – Mohavir, Mose, Mahatma und Mohammed –, wie sie zu Füßen des Allmächtigen, auf einem Bein stehend, das andere angewinkelt, die Hände erhoben und sich mit den Fingerspitzen berührend, ihren Reigen vollführten. Darüber das Antlitz Gottes: zwei dunkelviolette Augen, wie glitzernde Steine, unnahbar kalt und stechend. Der Blick ließ mich schaudern, obwohl es heiß war in der Halle. Da war keine Güte, keine Gnade. Trotzdem kniete ich nieder und flehte Ihn an.

»Warum lässt Du es zu, dass er so leidet, allmächtiger, barmherziger Gott? Er hat sich doch für eines Deiner Geschöpfe eingesetzt, dessen verzweifelte Schreie er hörte.«

Ich flehte, dass Er wenigstens die Schmerzen von Anzo nehmen möge, weil er selbst ja nicht um Gnade bitten konnte. Und ich bat um Vergebung wegen der schrecklichen Unachtsamkeit, die mir widerfahren war, als sie den gefangenen Dongo getötet hatten und ich in der Aufregung unser gemeinsames Geheimnis verraten hatte.

Der Allmächtige: nur unergründliche Augen und wallendes dunkles Haar, keine Nase, kein Mund. Stattdessen loderte zwischen Seinen erhobenen schmalen Händen eine Flamme, die Er gegen den Wind aus der Wüste schützte. So hatte Er die Urgemeinde hierhergeführt, um den Dschiheads, wie sie einst spöttisch genannt worden waren – ein Name, den sie längst mit Stolz trugen –, auf Paradise eine neue Heimat zu geben.

Der Allmächtige starrte mich an. Ich wandte mich ab, ging hinaus und tastete tränenblind nach meinen Sandalen, die unterhalb der Treppe zum Tempelvorplatz standen.

Ich erinnerte mich daran, wie mir mein Vater, als er mir meine ersten Sandalen kaufte, eingeschärft hatte, den Tempelvorplatz und erst recht den Tempel niemals – niemals! – mit Schuhen an den Füßen zu betreten. Das sei eine gotteslästerliche Sünde. Den Sinn dieser Vorschrift begriff ich nie, waren die Füße der Dorfbewohner doch meistens schmutziger als ihre Schuhe, die an der Treppe abgestreift werden mussten. Und die Steinplatten waren abends, selbst wenn sie mit Flusswasser geflutet worden waren, oft so heiß, dass man sich die Füße verbrannte.

Doch ich hatte eine Lektion nicht vergessen. Es lag einige Jahre zurück: Ein Händler hatte sein Boot am Landungssteg festgemacht und kam heraufgestapft, um seine Waren anzubieten. Vielleicht kannte er die Vorschrift nicht, jedenfalls streifte er seine Schuhe nicht ab, als er die Treppe zum Tempelvorplatz erstieg. Er blickte erschrocken, als er sich im Nu umringt sah und gepackt wurde. Sie schleiften ihn zum Bock, banden ihn darauf fest und rissen ihm die Schuhe von den Füßen. Dann gaben sie ihm mit der geflochtenen Peitsche aus Dongoleder je fünfzig Hiebe auf jede Fußsohle. Er schrie vor Schmerzen, und als er wieder losgebunden wurde, wankte er weinend über den Landungssteg zu seinem Boot, seine elenden Schuhe in der Hand. Einige der Dorfbewohner lachten und warfen ihm Steine nach. Ich war starr vor Entsetzen und Mitleid. Die blutigen Fußabdrücke auf dem Landungssteg glitzerten im Licht des Abendhimmels.

Nun ging ich selbst zum Fluss hinunter – obwohl die Sonne schon ziemlich hoch über dem Horizont stand und ich nur einen Hut ohne Schleier auf dem Kopf hatte – und legte meine roten, geschwollenen Hände auf die kühle Haut einer Begleiterin des Flusses. Ich spürte ihre Zuwendung. Es war eine Labsal, ihren schlanken weichen Leib zu berühren und ihr zuzusehen, wie ihre Trinkrüssel müßig Schlangenlinien in die Strömung des Flusses malten.

Ich schmiegte mich an sie, hielt mich ganz still und weinte. Es waren Tränen des Zorns und der Enttäuschung, und zum ersten Mal dachte ich ans Weglaufen – für immer.

Ich hörte ein leises Schnauben, und als ich den Blick hob, sah ich in die aktinisch hell blitzenden Augen zweier Dongos, die ihren Kopf aus den gelbbraunen Fluten hoben. Ihre Rüssel bewegten sich fragend.

Hörten sie Anzos stumme Schreie?

Später, als ich zurückkam, standen Anzos Sandalen immer noch unten an der Treppe, klein, abgetragen und einsam. Ihr Anblick war so herzzerreißend, dass ich schluchzte.

Am Abend – ich lag auf meiner Matte und hatte schon ein wenig geschlafen – klopfte es an unserer Haustür. Mein Vater ging nach draußen. Ich hörte eine erregte Frauenstimme und dann meine Mutter aus dem Schlafzimmer rufen: »Lass bloß dieses Weib nicht rein! Du weißt doch, wie die Leute reden.«

»Bist du noch wach, Suk?«, rief mein Vater.

»Ja«, sagte ich, stand auf und ging nach vorn.

»Anzos Mutter fragt, ob du weißt, wo er ist. Ob er vielleicht hier ist.«

»Niemals«, rief meine Mutter aus dem Schlafzimmer. »Wie kommt die nur auf so etwas!«

»Er musste im Tempel bleiben«, berichtete ich mit stockender Stimme. »Der Großarchon hat ihn dabehalten. Er hat ihn bestraft.«

Anzos Mutter sah mich mit schreckgeweiteten Augen an. Mir war mulmig zumute.

»Weshalb?«, fragte sie.

Ich zuckte mit den Achseln. »Weil wir mit den Händen reden.«

»Wie soll der Junge denn anders reden?«, rief sie wutentbrannt. »Dieses Ungeheuer!«

Sie drehte sich um und verschwand in der Dunkelheit.

»Was hat diese Schlampe da Lästerliches gesagt?«, lamentierte Mutter. »Und das an unserer Tür! Gott sei unseren Seelen gnädig. Sie hat Seine Heiligkeit beleidigt.«

| 11 |

Ailif verschränkte die Hände im Nacken, streckte die Füße von sich und starrte an die Decke. »Mein Vater ist viel im System herumgekommen, Maurya. Er war auch einige Male hier auf Hot Edge. Er hat mir von den Dongos erzählt und den geheimnisvollen Riesenraupen. Und auch von den elastischen Wasserbäumen, diesen Dijkengeln, die hundert Meter oder mehr in die Höhe wachsen, wenn das Meer ansteigt, sich der Flut entgegenstemmen und die Wellen brechen, die sonst weit das Delta hinaufdonnern würden. Er war auch auf Eisauge und erzählte mir von den blutroten Luftquallen, die nachts aus den Gletscherspalten aufsteigen und sich von den Nordostwinden zu den eisfreien Zonen des Äquatorgürtels tragen lassen, um dort ihre Hunderte Meter langen giftigen Tentakel auf die Büffelherden abzuschießen und den sterbenden Tieren das Blut auszusaugen. Es ist ein schauriger Anblick, sagte er, wenn sie sich wie blutiger Schaum um die erlegte Beute drängen, um sich ihren Anteil zu sichern, bevor sie sich von den Konvektionsströmen wieder hochtragen lassen und in die Eisregion zurückkehren, verfolgt von den Hirten auf ihren gepanzerten AG-Plattformen, die mit Laserkanonen Jagd auf sie machen und sie zerschießen, bevor sie sich in ihren Schlupfwinkeln durch Teilung vermehren können. Das waren Geschichten ganz nach unseren Herzen. Batta und ich hingen an seinen Lippen.« Ailif seufzte und rieb sich mit den Fingerspitzen die Schläfen. »Bevor er starb, sagte er etwas sehr Seltsames zu mir. ›Ailif‹, sagte er, ›ich sterbe zwar bald, wenn ich dem Arzt glauben darf, aber deshalb bin ich nicht tot. Ich lebe dann von dir aus gesehen in der Vergangenheit. Und wie ich da lebe! Vielleicht ergibt sich für dich ja irgendwann die Gelegenheit, mich dort zu besuchen. Am besten so vor zwanzig, dreißig Jahren. Das war eine gute Zeit für deine Mutter und mich. Da besuchst du uns, ja? Versprochen?‹ – ›Wie soll denn das gehen, Vater?‹, fragte ich. ›Wenn ich dich je besucht hätte, wüsstest du doch davon.‹ – ›Was ist das für ein grässlich lineares Denken, Ailif!‹, erwiderte er kopfschüttelnd. ›Sei nicht so zaghaft, Junge. Streif die Ketten der Kausalität ab. Sie ziehen dich krumm und lähmen den Geist. Die Vergangenheit lebt, ja, sie pulsiert vor Leben! Die Menschen meinen, was in der Zeit zurückliegt, sei erledigt, abgestorben, erstarrt. Irrtum! Die Vergangenheit ist für die, die in ihr leben, prallvolle Gegenwart! Wenn du an meine Tür klopfst, Junge, machen wir ein frisches Fass Zeit auf und begründen ein nagelneues Universum.‹ Das sagte er, und zwei Tage später starb er. An Herzversagen.«

Maurya schüttelte den Kopf. »Eine seltsame Auffassung. Aber ein Abschied, der nicht der Logik entbehrt und irgendwie tröstlich ist.«

»So empfinde ich das auch. Ich stelle mir vor, dass er jetzt in seiner Zeit lebt und jeden Augenblick genießt. Ich weiß ihn dort in der Vergangenheit gut aufgehoben. Irgendwie.«

»Und deine Mutter? Sie ist doch auch gestorben, nicht wahr?«

»Ja. Und mein Bruder …« Ailif machte eine abwehrende Handbewegung und setzte sich auf. »Ich spreche nicht gern darüber.«

»Du brauchst nicht …«

»Das sind meine schrecklichsten Erinnerungen.« Ailif fuhr mit der geballten Faust über die Tischplatte, als drehe er einen alten Mühlstein. »Wir waren vierzehn, mein Bruder Batta und ich, Zwillinge, unzertrennlich. Aber ich hatte Grippe und musste im Bett bleiben. Er und Mutter gingen zum Weihnachtsbasar an der St.-Patrick-Kathedrale. Sie wollten noch ein paar Geschenke kaufen.«

»O Gott, der Sprengstoffanschlag auf dem St.-Patrick-Markt! Ich erinnere mich. Ganz New Belfast war erschüttert und empört über diese furchtbare Bluttat.«

Ailif zog das Ledermäppchen aus der Hemdtasche, in dem er immer zwei, drei Skalpelle stecken hatte, und holte ein kleines Stück durchsichtige Folie heraus.

»Was ist das?«, fragte Maurya.

Er reichte es ihr.

»Der Leopard«, sagte sie. »Dein Sternzeichen?«

»Unser Sternzeichen. Er hatte es in der Hand, als man ihn fand – das heißt das, was von ihm noch übrig war. Wahrscheinlich hatte er es gekauft, um es mir zu Weihnachten zu schenken.«

Jonathan erhob sich vom Teppich, ging zu Ailif und legte ihm den Kopf aufs Knie. Ailif kraulte ihm die Ohren und hatte die Augen geschlossen. Maurya sah, dass er mit den Tränen kämpfte.

»Und dein Vater?«, fragte sie.

»Er war zu dem Zeitpunkt im äußeren System, bei den Eisauge-Monden. Er kam erst zwei Monate später nach New Belfast zurück. Schneller ging es nicht. Er war krank, als ich ihn wiedersah.« Ailif seufzte. »Er war damals schon schwer verstrahlt. Dreißig Jahre als Triebwerksingenieur auf Raumschiffen, das hinterlässt seine Spuren. Er war durchsiebt von Strahlung. Aber er hat seinen Beruf über alles geliebt. Natürlich hat er sofort abgemustert, um sich um mich zu kümmern.« Er zuckte mit den Achseln. »Der Schmerz saß tief in uns beiden, ich spüre ihn noch heute. Und den unbändigen Zorn auf den Täter. Aber der hatte sich buchstäblich in Luft aufgelöst. Man fand ein Bekennervideo. Ein blasses nichtssagendes Gesicht, das unter einer lilafarbenen Kapuze hervorgrinste. Ein Dutzendgesicht, austauschbar wie eine leere Patronenhülse. Eine drohend erhobene Faust und albernes frommes Gewäsch.« Ailif stand auf und ging zum Fenster; Jonathan wich nicht von seiner Seite. »›Jeder Gotteskrieger trägt sein Ziel in sich wie ein abgefeuertes Geschoss.‹ Und so weiter. Mein Zwillingsbruder und meine Mutter …« Er schüttelte den Kopf. »Es war schauerlich. Man hatte die Reste der Opfer zusammengetragen und in einer Sporthalle in der Nähe auf provisorischen Tischen aufgebahrt. Einhundertzweiundachtzig Tote. Ich fand Batta …« Ailif unterdrückte ein Schluchzen. Jonathan rieb den Kopf an seinem Knie. »Aber vom Becken abwärts war nichts mehr da. Das Laken ruhte flach auf der Unterlage. Wo seine Beine hätten sein müssen, war … Leere. Nichts hat mich im Leben je so erschüttert wie dieser Anblick des Lakens, das flach auf der Tischplatte lag. Nichts. Es haute mich buchstäblich um. Ich stürzte hin und war einige Minuten lang weggetreten.« Jonathan blickte mit einem leisen Winseln zu Ailif auf. »Mutter wollten sie mir erst gar nicht zeigen. Aber ich bestand darauf. Der Pathologe, ein großer dürrer Schwarzer mit türkisfarbener OP-Maske und Latexhandschuhen, zog das Laken behutsam herab und entblößte Stirn und Augen. Ich griff danach, um das Gesicht freizulegen, doch er hielt den Saum des Lakens fest und schüttelte den Kopf. So sah ich nur ihre Augen, die leer durch mich hindurchstarrten. Ich strich mit den Fingern über ihr Haar. Es fühlte sich an wie immer: drahtig und doch weich. Dann machte ich kehrt und rannte durch endlose Reihen von Tischen, die mit Laken bedeckt waren. Bei der Beerdigung erfuhr ich, weshalb der Pathologe mir den Blick auf ihr Gesicht verwehrt hatte. Ein Metallstück hatte ihr bei der Explosion den Unterkiefer weggerissen.«

Die Bombe hatte nicht nur auf dem St.-Patrick-Weihnachtsmarkt schreckliche Verheerungen angerichtet, sondern auch den Raumzeitpunkt, an dem der Anschlag stattgefunden hatte, unwiederbringlich zerstört – zumindest in Ailifs Erinnerung, in seinem Innern. Eine kalte Leere hatte sich in ihm aufgetan. Es fiel ihm schwer, sich in der Wirklichkeit jener Wintertage zurechtzufinden; sie schienen wie von grauen Spinnweben verhangen, die er nicht durchdringen konnte. War es Verdrängung oder heilsames Vergessen? Scheu schlich er am Rande der Massenbeerdigung herum, als gehörte er nicht zu den Trauernden, starrte in das einsetzende Schneetreiben, das der graue Himmel über die Trauergemeinde ausstreute, und hielt sich die Ohren zu, als die Namen der Opfer verlesen wurden.

Nachts, im Halbschlaf, kroch seine Hand in die andere Hälfte des Doppelbetts hinüber in der vagen Hoffnung, dass das alles nur ein schrecklicher Traum gewesen war, aber er fand keinen warmen lebenden Körper in der Dunkelheit, keinen Batta. Das Laken war glatt und kühl, und die Atemzüge, die er vernommen zu haben glaubte, waren wohl seine eigenen gewesen. Es war das grausamste und einsamste Weihnachten seines Lebens.

Aber die Demütigungen sollten erst noch kommen. Da er kein Vollwaise war, wurde er nicht zur Adoption freigegeben. Da aber die Ankunft seines Vaters erst in zwei Monaten zu erwarten war, bestimmten die Behörden seine Tante Selma zum vorläufigen Vormund, ausgerechnet Selma, die ältere Schwester seiner Mutter: herrschsüchtig, besserwisserisch und sparsam bis zum Geiz. Seine Mutter hatte sie nicht leiden können und keinen Kontakt mit ihr gepflegt, der über Geburtstags- oder Feiertagsgrüße hinausging. Sein Vater hatte sie verabscheut, es hatte ihn Stunden der Überwindung gekostet, bis er seinen Namen unter eine Grußkarte setzte, und Nachrichten mit ihrem Absender öffnete er grundsätzlich nicht, sondern löschte sie unbesehen. »Die will bloß wieder schnorren«, knurrte er.

Nun war ihre Stunde gekommen. Ailif musste zu ihr ziehen, weil sie sein Elternhaus vermieten wollte. Die Behörden untersagten das, aber sie setzte durch, dass sie zumindest das Zimmer, in dem er und Batta geschlafen hatten, zeitweilig untervermieten durfte, angeblich, um die Beerdigungskosten und seinen Unterhalt zu zahlen. Ihren Wutausbrüchen entnahm er, dass ihr das nicht gelang, und es stundenweise zu vermieten wagte sie doch nicht, aus Angst vor seinem Vater. Trotzdem: Er musste sein Zimmer räumen.

Er fügte sich zähneknirschend, aber nicht ohne vorher den Schmuck seiner Mutter in einen Plastikbeutel zu stecken und im Garten unter den Rosen an der Mauer zu vergraben. Selma durchsuchte das ganze Haus, wühlte mit ihren Wurstfingern im Wäscheschrank seiner Mutter. »Sie hat doch Ohrringe gehabt, Broschen … Hat sie die etwa verscherbelt, um euch Fratzen auf dem St.-Patrick-Markt etwas zu kaufen? Das sähe ihr ähnlich, dieser einfältigen Ziege. Für ihre Zwillinge war ihr ja nichts zu teuer. Das hat sie nun davon!«

Er biss die Zähne zusammen und zuckte mit den Achseln.

Ihm wurde ein winziger unbeheizter Raum unter dem Dach zugewiesen, nicht größer als eine Besenkammer. Er fror, dass ihm die Zähne klapperten und er nicht einschlafen konnte. Seine beiden Cousins, Daniel, so alt wie er, und Rupert, ein Jahr älter, beide gefräßig und feist wie ihre Mutter, nahmen auf ihre arrogante Art wenig Notiz von ihm, fläzten schnaufend auf dem Sofa vor dem Bildschirm, der die ganze Wand des Wohnzimmers einnahm, und knabberten geröstete Echsenschenkel oder stopften sich mit Süßigkeiten voll, die ihnen ihr Vater von seinen Fahrten mitbrachte.

Wenn sie mit ihrer Mahlzeit fertig waren, bekam er seinen Teller vor die Tür gestellt. Er hatte Selma dabei beobachtet, wie sie Essensreste von den Tellern ihrer Söhne scharrte und für ihn warm machte. Nach Fleisch stocherte er vergebens, Daniel und Rupert gönnten ihm nichts. Und von der Nachspeise sah er auch nie etwas.

Onkel Ernest, ein großer knochiger Mann Anfang fünfzig von auffallend dunkler Hautfarbe, arbeitete als Speisewagenkellner auf dem *Sibirian*. Er kam jede Woche für zwei Tage nach Hause, nachdem er den Kontinent von West nach Ost und wieder zurück durchquert hatte. Und immer brachte er einen Rucksack voller Lebensmittel mit, die er auf dem Tisch ausbreitete und die Selma schleunigst verschwinden ließ: Gemüsekonserven, Büchsenfleisch, Würstchen, Kekse, Chips.

Übriggebliebene Verpflegung, versicherte er grinsend. Sein knochiges Gesicht hatte etwas Scheues, Duckmäuserhaftes, das gar nicht zu seiner hoch aufgeschossenen Figur passen wollte. Die verstohlenen Gesten, mit denen er seine Schätze hervorkramte, unterstrichen diesen Eindruck, ließen auf Beutemachen schließen, auf Raubzug. Wahrscheinlich klaute er die Sachen aus den Vorräten des Speisewagens.

Selmas Augen leuchteten triumphierend, und ihre Lippen schmatzten, wenn sie die Beute in ihrem Küchenschrank verschwinden ließ. Manchmal fiel auch für Ailif etwas ab: ein paar Kekse oder Chips aus aufgeplatzten oder nass gewordenen Verpackungen.

Als schließlich sein Vater kam und ihn erlöste, in seinem silbernen Overall unter dem dunkelblauen Uniformmantel mit den drei silbernen Sternen am Ärmel und auf den Schulterstücken, kam er ihm vor wie ein Ritter von König Artus' Tafelrunde, der erschienen war, um ihn zu befreien.

»Du sagst, du hast Unterhaltszahlungen für deinen missratenen Sprössling überwiesen?«, kreischte Selma und schürzte ihre lila geschminkten Schmatzlippen. »Die paar Kröten haben gerade für die Nägel in den Särgen gereicht.«

»Meines Wissens hat die Kommune die Beerdigung bezahlt«, erwiderte sein Vater.

»Die Beerdigung, ja, aber nicht die Särge. Und für deine Lieben haben wir« – Selma hob zwei ihrer verschwenderisch beringten Wurstfinger – »zwei Särge gebraucht, obwohl« – sie drehte den Daumen nach oben –

»einer genug gewesen wäre bei dem, was von ihnen übrig war.«

»Dein Mitgefühl ist überwältigend, Selma«, sagte sein Vater und fasste ihn an der Schulter. Ailif spürte, wie die Hand seines Vaters zitterte. »Komm, Junge, wir gehen.«

Sein Vater hatte am Flughafen einen Elektroroller geliehen. Zusammen fuhren sie nun zum Friedhof. Das große Gemeinschaftsgrab war mit einer dicken Schicht aus stinkenden Blumen bedeckt, die gefroren und dann beim letzten Tauwetter verfault waren. Sie gingen daran entlang und betrachteten die Holztafeln, die wie aufgestellte Ruder aus der Erde ragten. Als sie die Namen gefunden hatten, verharrten sie schweigend. Ailif betrachtete seinen Vater von der Seite. Er hatte ihn größer und kräftiger in Erinnerung. War er geschrumpft? Er ging gebeugt, das abgehärmte Gesicht war wie versteinert, und auch Ailif fühlte einen schweren Stein, der quer in seiner Brust lag und ihn beklemmte, sodass er nur flach und zittrig Luft holen konnte. Er starrte schweigend in den fahlen Winterhimmel. Der Frühling würde noch eine Weile auf sich warten lassen, aber nun, da sein Vater zurück war, würde alles besser werden. Er hoffte das so sehr.

Danach fuhren sie zu St. Patrick. Die einstige Kathedrale war schon vor Jahren in ein Museum umgewandelt worden, aber den Weihnachtsmarkt hatte man weiterhin auf dem Vorplatz abgehalten. Dort, wo sich der Selbstmordattentäter in die Luft gesprengt und es die meisten Toten gegeben hatte, waren auf den Pflastersteinen dicke farbige Wachspfützen zu sehen – von den zahllosen Kerzen, die die Menschen für die Toten entzündet hatten. Entlang der Ziegelmauer, in der die Einschläge der Bombensplitter noch deutlich sichtbar waren, war zusammengerechtes Laub aufgehäuft. Es roch herbstlich, nach Feuchtigkeit und Tod.

»Hier sind sie …« Der Schmerz schnürte Ailif die Kehle zu.

Sein Vater nickte stumm und legte den Arm um ihn.

An der Wand des Seitenschiffs stand ein Gerüst, und von oben waren Stimmen zu hören. Handwerker waren gerade dabei, ein Buntglasfenster einzusetzen; vermutlich war es bei der Explosion zu Bruch gegangen.

Auf dem Platz vor dem Portal spielten einige Jungen Fußball, trotz der Kälte in kurzen Hosen und kurzärmeligen Trikots. Ihre Rufe waren frisch und kämpferisch, voller Spielfreude und Lebenslust. Auch Ailif und Batta hatten hier häufig gespielt.

Die kahlen Zweige der Bäume ragten schwarz in den Winterhimmel. Die Luft stand still, es war kein Hauch zu spüren. Und auch die Zeit schien innezuhalten, als gleite sie ins Nichts, und plötzlich begann es aus diesem Nichts heraus zu schneien. Träge sanken dunkle Flocken aus dem Grau des Himmels, die sich über ihren Köpfen auf wunderbare Weise in weiße Kristalle verwandelten und leise knisternd auf der Stirn und den Augenlidern zerschellten oder in den schwarzen Pfützen auf dem rissigen Asphalt ertranken. So kostbar geformte Gebilde – in Sekundenschnelle ausgelöscht. Einige Flocken blieben in den buschigen Augenbrauen seines Vaters hängen, und mit dem Handrücken wischte er sich die Feuchtigkeit aus dem Gesicht.

»Es ist der Schnee«, sagte er, als müsse er sich dafür entschuldigen.

Ja, der Schnee, Vater.

Ailif ergriff die Hand seines Vaters. Sie war kalt. »Sie fehlen mir so«, schluchzte er.

»Mir auch, mein Junge. Jetzt habe ich nur noch dich.«

Sein Vater drückte ihn noch fester an sich, und das war der Moment, den Ailif seit Monaten herbeigesehnt hatte. Endlich konnte er weinen. Die Last des Steins in seiner Brust ließ nach, er konnte wieder atmen.

»Hast du Hunger?«, fragte sein Vater.

»Ja«, sagte er. Und dann noch einmal: »Ja.«

»Dann lass uns was essen gehen.«

Die Monate nach dem Tod seiner Mutter und seines Bruders waren entsetzliche Monate für Ailif gewesen, und als sein Vater endlich aus dem Orbit kam und ihn in die Arme schloss, war dem Jungen bewusst, dass er auch ihn nicht lange bei sich haben würde, krank, wie er war, todgeweiht, das Gewebe seines Körpers durchsiebt von harter Strahlung.

Maurya hingegen hatte eine glückliche Jugend gehabt. Sie erinnerte sich noch lebhaft an die wunderbaren Ferien, die sie mit ihren Eltern und ihrer älteren Schwester Carol jedes Jahr auf dem Südkontinent verbracht hatte. Als Kassierer bei der Ulster Credit verdiente ihr Vater genug, dass die ganze Familie einen vollen Monat in den Süden fahren konnte, während im Norden Schneestürme tobten und manchmal sogar die großen Expresszüge mit ihren nuklear befeuerten Lokomotiven nicht mehr durchkamen und ihren Betrieb einstellen mussten, weil meterhohe Schneewehen die Schienen begruben.

Sie stiegen in einem schönen alten Hotel in Bantry ab, das Majestic hieß und ein hochherrschaftliches Flair von orientalischem Luxus und viktorianischer Gediegenheit zu imitieren verstand. Im Garten des Hotels blühten die Mangobäume und die Rosen und der weiße Mohn. Und eine Fontäne schoss dort in die Höhe, zu der am Morgen die Flugechsen kamen, um ihr Bad zu nehmen. Sie flogen von den Palmen auf, in denen sie die Nacht verbrachten, sausten in pfeilschnellem Flug heran und balancierten sekundenlang auf dem Gipfel, um sich die Brust zu benetzen – bis der nächste Badegast angestürmt kam und sie vertrieb, um seinerseits das Nass zu genießen.

In der Früh war Maurya immer die Erste auf den Beinen. Sie liebte den Sonnenaufgang und die morgendliche Frische der Luft. Im Frühstücksraum, wo das Buffet angerichtet war, schöpfte sie sich eine Schüssel mit dampfendem Porridge voll, ließ eine dicke Schnur Honig hineingleiten und ging damit hinaus auf die Terrasse. Die Sonne hatte sich gerade über die Wipfel der Palmen hochgestemmt und hielt Hof. Maurya genoss den Balsam ihrer Wärme, die sie im Norden immer so lange entbehren mussten. Der Tag lag vor ihr wie ein Versprechen, der Himmel war wolkenlos und von lichtem Blau.

Auf einer runden dunkelblauen Matratze jenseits des Teiches saß ein alter Mann mit einem orangefarbenen Turban, in dem eine schillernde Pfauenfeder steckte. Er lächelte Maurya zu und griff nach seinem Instrument. Sein gezwirbelter schlohweißer Schnurrbart stand auf beiden Seiten weit von seinem Gesicht ab. Er war eine imposante Erscheinung. Er spielte das Zimbalin, die bauchige Drehleier mit ihren lustigen schnarrenden Untertönen, dazu sang er mit einer hohen, aber volltönenden Stimme, die so gar nicht zu seiner schmächtigen Brust passen wollte.

Die roten, grünen und blauen Echsen in den Palmen griffen seine Melodie auf und musizierten mit. Immer mehr fielen ein, und bald klang es wie ein Chor mit Orchester, dutzendfach vervielfältigt und immer lauter, bis Maurya sich die Ohren zuhalten musste. Der alte Mann hielt inne und legte sein Zimbalin beiseite, doch das Konzert der Echsen dauerte unvermindert an. Erst nach etwa fünf Minuten begann es langsam zu verebben.

Wutschnaubend erschien der Manager des Hotels auf der Terrasse. »Wie oft habe ich dir schon gesagt, du sollst nicht am frühen Morgen spielen, wenn viele Gäste noch nicht auf sind«, schimpfte er mit unterdrückter Stimme. Sein schwarzer Schnauzbart zuckte vor Empörung. »Jedes Mal dieser Radau, den du anstiftest. Hm!«

Der alte Mann nahm den Turban vom Kopf, kratzte sich das kurz geschorene weiße Haar und wies mit einer um Entschuldigung heischenden Handbewegung auf Maurya. »Sie war schon auf«, sagte er. »Da dachte ich …«

»Nein. Du dachtest nicht. Niemals! Das wäre ein Wunder.« Der Manager griff nach Mauryas leer gegessener Schüssel und ging damit Richtung Hotel zurück.

»Die Fontäne ist noch nicht an«, rief ihm Maurya nach. »Die Echsen wollen baden.«

Tatsächlich: Überall saßen sie in den Palmen und den blühenden Mangobäumen, auf Gesimsen und Dächern, die rosafarbenen Membranen durstig gespreizt.

Der Manager blieb stehen und blickte über die Schulter, als merkte er jetzt erst, dass noch kein Wasser aus der Röhre schoss. »Sie haben recht, junges Fräulein«, sagte er. »Besonders nach Nächten wie dieser, in denen keiner der beiden Monde am Himmel war, haben sie bei Sonnenaufgang das Bedürfnis nach einem Bad. Als müssten sie sich die Dunkelheit vom Leib waschen, damit ihre Farben heller erstrahlen. Ich gebe dem Gärtner Bescheid, die Pumpe einzuschalten. Einen Moment bitte.«

Keine drei Minuten später stieg die Fontäne in die Höhe, und kaum plätscherte das Wasser perlend in den Teich hinab, stoben schon die Echsen heran und balgten sich kreischend um den luftigen Badeplatz. Die Sonne malte einen flirrenden Regenbogen, und die Luft roch augenblicklich kühler und trug den Duft der Tempelblüten wie einen süßen Atem zu Maurya.

Das Wasser zischelte über die Steine in der Mitte des Teichs, während der alte Mann auf seiner Matratze saß: das Gesicht der Sonne zugewandt, die Augen geschlossen, die Hände ausgebreitet.

Ihr Vater verbrachte den Morgen üblicherweise im Gebet. »Wo warst du, Maurya?«, fragte er zerstreut, als er endlich mit Mutter auf die Terrasse kam. »Hast du schon gefrühstückt?«

»Ja«, sagte Maurya. Sie und Carol vermieden es zunehmend, die Mahlzeiten gemeinsam mit ihren Eltern einzunehmen. Ihre Schwester Carol, zwei Jahre älter als sie, geriet jedes Mal aus dem Häuschen, wenn sie Platz nahmen und ihr Vater mit dem Tischgebet begann, das kein Ende nehmen wollte, während ihnen allen der Magen knurrte und das Essen kalt wurde.

»Er bringt es doch fertig und bedankt sich bei seinem Schöpfer für jede Kartoffel einzeln, während die Soße kalt wird und eine Haut kriegt und ich vor Hunger umkomme«, zischte sie, nachdem sie den nervtötenden Sermon wieder einmal hinter sich gebracht hatten und endlich – endlich! – das erlösende »Amen« gesprochen war, Vater die Augen öffnete, die Hände entfaltete und nach der Serviette griff und auch Mutter die Augen zu öffnen wagte. »Was er da treibt, ist ja fast so etwas wie rituelle Onanie.«

»Herrgott, Carol! Wie sprichst du von unserem Vater!«

»Nimm das Wort ›Gott‹ in meiner Gegenwart nie mehr in den Mund, Maurya. Nie mehr! Ich kann es nicht mehr hören.«

Maurya erinnerte sich an eine Szene, die sie mehrmals morgens auf der Terrasse des Hotels beobachtet hatte. Ein junger Mann – er mochte vielleicht Mitte zwanzig gewesen sein, mit glattem schwarzem, sorgfältig auf Glanz gebürstetem Haar, das ihm bis auf die Schultern fiel – schob einen Rollstuhl vor sich her. Darin saß ein furchtbar dünnes, fast magersüchtig wirkendes Mädchen, das offenbar nicht gehen konnte. Sie trug ein weites weißes Kleid. Ihr Alter war schwer zu schätzen, doch aus der Nähe bemerkte man, dass sie gar nicht mehr so jung war, sondern vielleicht schon Mitte dreißig sein mochte; ihr zarter Körperbau und ihre hinfällige Konstitution, ihre dünnen Arme und Beine ließen sie mädchenhaft erscheinen. Der junge Mann schob den Rollstuhl zu einem der kleinen runden Pavillons am Rand der Terrasse, klopfte die fliederfarbenen Kissen darin zurecht, hob die behinderte Frau aus dem Stuhl und bettete sie behutsam auf die Kissen. Dann nahm er neben ihr Platz, rückte seine metallgefasste Spiegelbrille zurecht und zog die Frau auf seinen Schoß. Sie legte den Kopf zurück und schloss die Augen. Der junge Mann küsste ihren Hals, und über ihr schmales blasses Gesicht breitete sich ein beseligter Ausdruck. So wiegten sie sich eng umschlungen vor und zurück, vor und zurück, während die Sonne höher stieg und die Markise des Pavillons ihre Gesichter beschattete.

Carol – sie schlief meistens lange – kam auf die Terrasse, eine Tasse Kakao in der einen, einen Sesamkringel in der anderen Hand. »Vögeln die schon wieder?«, fragte sie, deutete mit dem Kinn zum Pavillon hinüber und biss in den Kringel.

Maurya sah ihre Schwester erstaunt an. »Glaubst du wirklich, dass sie …«

»Sieh dir doch ihren Blick an. Wie sie jedes Mal die Augen verdreht, wenn er ihn ganz tief drin hat. Die reine Glückseligkeit.«

»Aber das ist doch …«

»Ja, es ist unglaublich. Der geschniegelte Affe vögelt sie jeden Morgen in aller Öffentlichkeit. Und kein Mensch nimmt Anstoß daran. Jeder tut so, als würde er nichts bemerken. Nicht einmal der Manager. Vielleicht denken die Leute, der Kerl tut doch ein gutes Werk. Verhilft dieser armen behinderten Frau zu ein bisschen Glück. Ist doch zu bewundern, oder? Dieses perverse Schwein!« Carol stieß den Rest ihres Sesamkringels so heftig in den Kakao, dass sie sich die Bluse bespritzte. »Scheiße!«, rief sie und blickte an sich hinab.

»Was regst du dich so auf?«

»Ach …«

Nun, sie hatte Liebeskummer, gestand sie später.

»Gehen wir zum Strand?«, fragte ihre Mutter.

»Nur wenn du mitkommst«, erwiderte Maurya.

»Klar komme ich mit.«

Maurya war gern am Strand, sah stundenlang den Wellen zu, wie sie heranzogen, sich aufbäumten und sich zischend verausgabten, bevor sie den Rückzug antraten, um sich mit der nächsten zu vereinigen und einen neuerlichen Ansturm zu versuchen. Doch um zum Strand zu gelangen, musste man einen ausgedehnten Palmenhain durchqueren, und dort lagen Dutzende kleine, halb vertrocknete Kokosnüsse im Gras, die ihr, als sie noch jünger war, jedes Mal Angst einjagten, weil sie wie Köpfe von Kindern aussahen. Und auch später war es ihr unangenehm, allein durch den Hain zu gehen. Ihr Vater hatte ihr vom bethlehemitischen Kindermord erzählt, bei dem König Herodes' Soldaten alle Kinder getötet hatten. Es war, als müsste sie eine Schädelstätte durchschreiten.

»Warum räumen sie die nicht weg?«, fragte sie.

Ihre Mutter sah sie verständnislos an. »Die sind abgestorben. Man hat keine Verwendung für sie.«

Als Teenager war es Mauryas ganzer Ehrgeiz, die Signale der großen Expresszüge zu unterscheiden: das Heulen der Sirenen, das Gellen der Pfeifen und das Geläut der nuklear befeuerten Lokomotiven. Jeder Express hatte seine unverwechselbare Signatur: das Heulen des *Danubian* klang hohler als das des *Sibirian*, das Pfeifen des *Aranyavas* schriller als das des *Ginger Arrow*, das Geläut des *Phaeton* melodischer als das Bimmeln des *Moluccan Trail*. Maurya kannte sie alle und war nicht wenig stolz darauf.

»Ich habe heute Nacht den *Danubian* gehört«, sagte sie, als sie sich an den Tisch ihrer Eltern im Frühstücksraum setzte.

»Aber Maurya«, erwiderte ihr Vater. »Das ist unmöglich. Wir sind fünftausend Kilometer vom Nordkontinent entfernt. Das schafft nicht einmal die mächtige Lok des *Danubian*, sich über diese Entfernung Gehör zu verschaffen. Das ist physikalisch unmöglich. Du hast geträumt, mein Mädchen.«

»Ich habe nicht geträumt«, sagte sie trotzig. »Ich lag wach. Es war kurz nach Mitternacht, als er aus der Stadt fuhr und laut heulend die Küste entlang nach Osten stürmte, mit dem Pfeifen an jedem Bahnübergang und den präzisen Glockenschlägen, für die er bekannt ist und die er hinter sich herzieht wie eine Schleppe. Ich kenne jeden einzelnen Ton und den Takt seiner Melodie. Das ist schließlich mein Hobby.«

Ihr Vater sah sie milde lächelnd an.

»Denkst du, ich bin blöd oder habe Halluzinationen oder so etwas?« Sie war wütend.

»Nein, mein Schatz. Aber was du behauptest, ist schlechterdings unmöglich.«

»Entschuldigen Sie bitte, wenn ich mich in Ihr Gespräch einmische«, sagte ein älterer weißhaariger Mann am Nebentisch. Er hatte einen Spitzbart und trug ein groß kariertes buntes Hemd zu einer grünen Hose und weißen Strandschuhen. Nun erhob er sich, nahm seine kleine Haschischpfeife aus dem Mund und deutete eine Verbeugung an. »Patrick O'Leary ist mein Name. Ich lehre Biologie an der James Joyce in Ulster.« Krümel von Frühstücksgebäck hingen auf seiner Hemdbrust. Er bürstete sie mit der Handkante ab, als er den kritischen Blick ihres Vaters bemerkte.

Ihr Vater stellte sich und Mutter vor, dann sagte er: »Und das ist meine jüngste Tochter Maurya.«

O'Leary verbeugte sich erneut und strich sich über den Spitzbart. »Sie haben möglicherweise beide recht«, sagte er. »Es ist natürlich unmöglich, akustische Signale über eine Entfernung von fünftausend Kilometern wahrzunehmen. Trotzdem kann das junge Mädchen das Signal des *Danubian*-Express heute Nacht gehört haben.«

Ihr Vater runzelte die Stirn. »Wie das?«

O'Leary nickte bedeutungsvoll, sog an seiner Tonpfeife und stieß einen duftenden Rauchschwall aus. »Bei den Echsen auf New Belfast haben wir ganz erstaunliche Entdeckungen gemacht. Einige sind wahre Meister darin, Geräusche, Stimmen und Tonfolgen im Gedächtnis zu behalten und zu kopieren. Wir haben das ja heute Morgen auf der Terrasse gehört, wo sie den Musiker imitierten. Ganz erstaunliche Leistungen, die wir da festgestellt haben, das kann ich Ihnen versichern.« Er strich sich wieder über den Spitzbart, was ihm einen Hauch von Selbstgefälligkeit verlieh.

»Aber den *Danubian*? Ich bitte Sie, Professor. Er verkehrt auf dem Nordkontinent. Wie sollten hiesige Echsen ihn je gehört haben?«

O'Leary schwenkte seine Pfeife. »Wussten Sie, dass immer wieder einzelne Exemplare der großen Fischer-Echsen, der Joghir und der Dacoit, die hier auf dem Südkontinent heimisch sind, im Sommer auf dem Nordkontinent auftauchen, um dort zu jagen? Es ist also sehr gut möglich, dass sich eine von ihnen den Ruf des *Danubian* gemerkt und hierhergetragen hat.« Er nickte und deutete mit dem Pfeifenstiel auf Maurya.

»Sie haben sich bestimmt nicht getäuscht, junge Frau. Denn Sie sind eine Spezialistin.«

Ihr Vater nickte, schien aber nicht wirklich überzeugt.

Sollte tatsächlich eines dieser graugrünen Ungeheuer, ein Joghir mit fünfzehn Metern Flügelspannweite, den *Danubian* nachgeäfft und sie getäuscht haben? Eine Spezialistin wie sie? Sie beschloss, der Sache nachzugehen, um mehr über diese Tiere in Erfahrung zu bringen.

Und bevor sie es sich versah, war es zu ihrem Beruf geworden.

Es waren unbeschwerte Ferien gewesen, die sie mit ihrer Familie alljährlich auf dem Südkontinent verbracht hatte, bevor der Sommer zur Neige ging. Ihrer Mutter ging es damals noch ziemlich gut; die Ärzte glaubten, die Krankheit im Griff zu haben. Doch zuweilen hatte sie Momente der Desorientierung, die Maurya Angst machten, Angst vor der Zukunft. Ihre Mutter hatte bereits die Reise in die Dunkelheit angetreten – leise und fast unbemerkt, wie es ihre Art war.

»Weshalb hat man unsere Welt eigentlich New Belfast getauft?«, fragte sie einmal.

Ihr Vater hob die Augenbrauen und furchte die Stirn. Dann lächelte er. »Weißt du, wir Iren waren schon immer die größten Emigranten unter der Sonne. Als man Mitte des einundzwanzigsten Jahrhunderts entdeckte, dass die Dunkle Energie Antriebe ermöglichte, mit denen man relativistische Geschwindigkeiten erreichen konnte, rückten die Sterne buchstäblich näher. Bis dahin hatte man mehr als viertausend Sonnensysteme entdeckt, von denen einige eine habitable Zone aufwiesen und nicht zu weit von der Erde entfernt waren. So wie dieses hier. Und da machten sich eben eine Menge Iren, vor allem Nordiren, Gedanken darüber, ob sie nicht dort draußen einen Neuanfang versuchen sollten, in einer friedlicheren Welt. Darunter dein Urgroßvater, Maurya. Und den Planeten tauften sie in Erinnerung an die Heimat.« Das Lächeln erlosch. »Aber der Keim des Übels reiste mit.«

Maurya hatte ihre Eltern noch besucht, bevor sie nach Hot Edge aufgebrochen war.

Ihr Vater war sein Leben lang ein überzeugter Katholik von tief verwurzelter Frömmigkeit gewesen, und als man ihm diese Wurzeln aus der Schläfe riss, war er ein gebrochener Mann, der nicht mehr zu sich und seiner Welt zurückfand. »Ich habe überhaupt nichts gespürt«, sagte er unsicher, als er aus der Klinik kam, wo sie mit einem winzigen Stromstoß in den linken Schläfenlappen die Frömmigkeit aus dem Hypothalamus verscheucht hatten. Und doch war er von diesem Tag an völlig verändert. Er wirkte verlassen, verwaist. Bei Tisch saß er wie erstarrt da, hatte die Hände gefaltet und schwieg mit zusammengepressten Lippen; dann schob er den Stuhl zurück, erhob sich und ging in sein Zimmer, ohne einen Bissen angerührt zu haben.

Er verrichtete gewissenhaft seine Arbeit, aber er lachte nicht mehr. Er, der immer zu einem scherzhaften Gespräch mit seinen Kunden aufgelegt gewesen war, bediente sie nun wie ein Zombie; ein Geldautomat hätte seine Funktion ebenso erfüllt. Er verlor seinen Posten als Kassierer und erhielt einen Schreibtischjob in einem Hinterzimmer. Er magerte ab, verzehrte sich buchstäblich, bis er auf Anraten der Ärzte in Rente geschickt wurde.

Einmal hörte Maurya, wie er mit zitternder Stimme zu Mutter sagte: »Es ist, als würdest du einen guten Freund verlieren, der dich bisher geführt hat. Plötzlich findest du dich auf einer nebelverhangenen Heide wieder und kennst den Weg nicht. Weißt nicht, in welche Richtung du gehen musst.«

Ob er am Ende seines Weges diesen Freund wiederfinden wird?

Ob er ihn überhaupt wiedererkennt?

Er wohnt noch immer in dem alten Holzhaus in Ballyliffin, wo früher die ganze Familie zu Hause war. Seit Mutter im Heim ist, lebt er allein. Julia Riteman, eine rüstige fünfundsechzigjährige Witwe in der Nachbarschaft, die früher eine bekannte Sopranistin an der Oper in Ballymoney war und nun im Ruhestand ihr Hobby, die Malerei, pflegt, kümmert sich um ihn, leistet ihm Gesellschaft oder lädt ihn zum Tee in ihr Atelier ein. Sie sind seit Jahren miteinander befreundet, und seit er nicht mehr so rüstig ist, macht sie ihm gelegentlich den Haushalt, schickt ihre Putzfrau bei ihm vorbei, damit sie nach seiner Kleidung sieht, abspült und aufräumt. Es ist nicht viel zu tun. Sie kauft für ihn mit ein, wenn sie in den Ort fährt. Es ist nicht viel einzukaufen. Manchmal kommt Carol mit ihrem Mann und ihren zwei Töchtern von Derry herüber, um nach ihm zu sehen. Es gibt nicht viel zu sehen. In Ballyliffin steht die Zeit still, zumindest für Menschen.

Die blauen Fischdrachen ziehen unablässig ihre Kreise, ihre rauen Schreie erfüllen die Morgenluft über der Bucht. Drüben, jenseits des Wassers, liegt auf den Hügeln der Inseln der erste Schnee. Die weiß bestäubten Silhouetten der Schachtelhalme sehen unwirklich aus wie eine Filmkulisse.

Über dem ruhigen Wasser liegt eine dünne Nebelschicht, schmal und wie mit dem Lineal gezogen. Hin und wieder faltet einer der Fischdrachen die Flügel zusammen und lässt sich fallen. Er durchstößt die Nebelbank und die Wasserfläche wie eine Klinge, ist für zehn, fünfzehn Minuten verschwunden, dann taucht er triumphierend wieder auf, den Magen voll Fisch, klatscht mit den ledernen Flügeln und rennt über das Wasser, um Luft unter seine Schwingen zu bekommen und sich hochzuwuchten. Seine Fußspuren verschwinden in konzentrischen Tümpeln auf der Wasseroberfläche, während sich schon der nächste Drache zur Klinge faltet und herabstürzt.

Wolken treiben jenseits der Bucht in die Berge. Es wird noch mehr Schnee geben. Maurya betrachtet den Garten. Die Hecke, früher pedantisch auf Kante gestutzt, ist außer Rand und Band. Einen Meter hoch aufgewuchert. Seit man ihm seinen Gott ausgebrannt und Mutter ins Heim gebracht hat, hat ihren Vater jede Energie verlassen. Sein Leben ist zu einem Rinnsal geworden. Früher, erinnert sie sich, saß er am Küchentisch, hat mit dem Zollstock Schnur abgemessen und dann Knoten hineingeknüpft, um die Abstände festzulegen. Dann hat er an beiden Enden des mit dem Rechen geglätteten Beets Pflöcke in den Boden gedrückt, die Schnur zwischen ihnen gespannt und mit dem Pflanzstock Löcher in die jungfräuliche Erde gegraben. Und so standen die Setzlinge dann da, in Reih und Glied wie angetretene Garderegimenter: Salat, Tomaten, Zucchini, Zwiebeln, Knoblauch, Möhren, Radieschen und natürlich die Kürbisse, die im Herbst groß wurden wie orangefarbene Medizinbälle und köstliche Suppen versprachen. Gleich neben der Tür zur Küche hat er auf einem Rahmen eine große flache Holzkiste aufgebockt – nahe dem Plastikdach über der Tür, sodass man auch bei Regen trockenen Fußes dahin gelangen konnte –, wo Schnittlauch, Petersilie, Kresse, Koriander, Basilikum und andere Kräuter wuchsen. Halb verfault hängt sie nun in ihrer verrosteten Halterung, überwuchert von Gräsern und Disteln. Das wilde, ungezähmte Unkraut vom Ufersaum ist unter der Hecke hereingekrochen und hat den Garten mit groben, harten, stacheligen Gewächsen überschwemmt, denen jede Ordnung und Geradlinigkeit fremd ist. Ein Jahr der Untätigkeit hat ihnen Einlass gewährt.

Im Osten der Bucht steigt eine riesige Wolke von Giigiiis auf, Zehntausende von ihnen. Giigiii, giigiii –

ihr gellendes Geschrei macht ihrem Namen alle Ehre. Manchmal finden ihre Stimmen zu einem geordneten Chor zusammen, meist aber ist es eine betäubende Kakophonie. Die kleinen Echsen, nicht größer als ein Finger, verbringen die meiste Zeit ihres Lebens im Meer, bis sie plötzlich die Reiselust überkommt und sie sich, einem geheimnisvollen Ruf folgend, wie fliegende Fische in ungeheuren Scharen in die Luft aufschwingen und Strecken von zwanzig oder dreißig Kilometern zurücklegen, um neue Weidegründe zu besiedeln. Die Fischer, die im prospektiven Zielgebiet an der Wasseroberfläche große engmaschige Netze aufspannen und sie so am Untertauchen hindern, fangen sie zentnerweise und bieten sie als kläglich zirpende, durcheinanderwuselnde Masse auf dem Markt an. Viele Menschen schätzen sie als Delikatesse, werfen sie lebendig in siedendes Öl, rupfen ihnen die Flügel und den Kopf ab und schieben sie als Ganzes in den Mund. Maurya schaudert es immer bei diesem Gedanken.

Die Schreie der Giigiiis sind hinter dem westlichen Horizont verstummt. Sie schließt das Fenster ihres früheren Zimmers und geht nach unten, um in der Küche Wasser aufzusetzen. Im Kühlschrank findet sie einen halben Marmorkuchen, in Frischhaltefolie verpackt. Mrs. Riteman wird ihn gebacken haben. Früher war das sein Lieblingskuchen, aber den hier hat er nicht angerührt.

Sie setzt sich zu ihrem Vater auf die Holzbank neben der Haustür. Trotz des dicken Pullovers, den sie anhat, friert sie.

»Du warst gestern bei Mutter?«, fragt er.

»Ja.« Mehr gibt es nicht zu sagen. Sie legt den Arm um ihn. Wie abgemagert er ist. Sie blickt ihn von der Seite an – wenigstens ist sein schmales graues Bärtchen sauber ausrasiert. »Komm, wir gehen rein. Ich mach uns Frühstück.«

Sie hatten Mutter – frisch gewaschen und gewickelt, frisch gekleidet und gefüttert – in ihrem Rollstuhl auf die Terrasse gefahren.

»Wenn es Ihnen zu kühl wird, Frau Professor Fitzpatrick, schalte ich gern die Sonnenspiegel ein.«

»Danke, Schwester. Es ist angenehm so.«

Maurya rückte ihren Stuhl so zurecht, dass sie Mutter ins Gesicht blicken konnte. Aus den offenen Fenstern des Küchentrakts waren Stimmen und das Klirren von Besteck auf Porzellan zu hören. Vorbereitungen für das Mittagessen. Der Duft von frischem Kaffee wehte über die Terrasse.

»Hallo, Mutter! Ich bin's, Maurya.«

Die Augen ihrer Mutter fanden sie nicht – nein, suchten sie nicht. Ihre Finger krallten sich in die Armlehnen des Rollstuhls, als wollte sie verzweifelt etwas festhalten, was ihr längst entglitten war.

Es waren Augen, aus denen das Nichts starrte. Das Licht fiel in die Pupille und wurde von einem Ereignishorizont zurückgeworfen, hinter dem sich das Bewusstsein verbarg. Unerreichbar. Eine stumpfe Dunkelheit in unergründlichen Brunnenschächten. Manchmal – und Maurya war geneigt, sehnsüchtig danach zu greifen – leuchtete ein ferner Schimmer in der Tiefe auf, der eine Erinnerung sein mochte, aber bevor sie Gestalt annehmen konnte, zog sie der Strudel wieder hinab. Was blieb, waren ein leerer Blick und ein Röcheln aus einem qualvoll verzerrten Mund.

In ihrer Jugend war Mutter eine Schönheit gewesen, von vielen begehrt und geliebt. Schwarzes gewelltes Haar und lebendige grüne Augen, die meist belustigt geblitzt hatten. Nun war sie schlohweiß, das Gesicht erschlafft, blass und ausdruckslos.

Werde ich auch so enden?, fragte sich Maurya bang.

Ein sanfter Windstoß bewegte die herbstfarbenen Blätter des Weins. Ihre Mutter hob den Kopf und lauschte.

Was bin ich für dich, Mutter? Ein Nebelfetzen, der aus der Vergangenheit heraufreibt, konturlos und ungreifbar?

»Hallo, Mutter! Ich bin's, Maurya«, krächzte eine kleine rote Echse, die halb verborgen im Laub der Pergola saß und sie mit einem schwarzen Knopfauge musterte. Dann neigte sie den Kopf mit dem Zackenkamm, als lauschte sie einer Antwort.

|12|

Wir hatten am Morgen keinen Unterricht, trotzdem wagte ich es erst am späten Nachmittag, mich flussabwärts zu stehlen und zu Anzos Haus zu gehen.

Es lag verlassen da. Weder Anzo noch seine Mutter waren zu Hause. Die Pflanzen auf der Terrasse und im Hof waren seit dem Vortag nicht gewässert worden. Auf dem Herd stand unberührt ein Eintopf aus Kartoffeln, Zucchini, Kürbis und getrocknetem Fisch. Er war kalt. Ich hatte Hunger, aber ich traute mich nicht, mir mit den Fingern ein Stück herauszufischen.

Hühner gackerten und sahen mich erwartungsvoll an, ein Bein unschlüssig gehoben. Die Ziege hatten sie losgeschnitten, der Rest des Seils hing noch am Futtertrog. Wahrscheinlich hatten sie das Tier in den Tempel gebracht – man würde es auf dem Tempelplatz dem Einen und Einzigen opfern und das Fleisch in einem Festmahl im engsten Kreis der Vertrauten des Großarchons verzehren. Die Ziege gehörte ihnen nicht, das Tier hatte Anzo und seiner Mutter Milch geliefert, aber das war diesen Menschen egal.

Stille umgab mich. Einen Moment lang überwältigte mich der beängstigende Gedanke, dass die Entrückung stattgefunden hatte, dass sie alle heimgeführt worden waren und ich als Einziger zurückgeblieben war. Mir blieb das Herz stehen, so bang war mir zumute, und ich atmete keuchend. Ich eilte zum Flussufer hinunter, konnte weit und breit kein Boot entdecken und kehrte ins Haus zurück. Ein angstvolles Winseln entrang sich meiner Brust.

Doch dann hörte ich plötzlich Stimmen, die sich näherten, und versteckte mich im Garten zwischen den Büschen. Es waren Michael und Gabriel, die Gehilfen des Schlachters – die beiden Erzengel, wie sie der Großarchon stolz nannte. Mich überkam ein Gefühl der Erleichterung, dennoch hielt ich es für besser, in meinem Versteck zu bleiben.

Michael und Gabriel nutzten die Gelegenheit, sich nacheinander von hinten zu nehmen. Ich hörte sie mehr bei ihren Verrichtungen, als dass ich etwas sah, und ihr Grunzen und Stöhnen machten mir eine Erektion, was ich eklig fand, aber nicht unterdrücken konnte.

Als sie endlich fertig waren, durchstöberten sie das Haus, öffneten die Schränke, zogen die Schubladen heraus, drehten alle Töpfe und Krüge auf den Regalen um, steckten in die Taschen, was ihnen wertvoll erschien, und sackten die Gläser mit eingemachtem Gemüse und Obst und die Marmelade ein, die Anzos Mutter eingekocht hatte.

Nach etwa einer halben Stunde zogen sie wieder ab. Ich wartete, bis ihre Stimmen und ihr Lachen verklungen waren, dann ging ich ins Haus. Sie hatten den Inhalt der Schubladen achtlos auf den Fußboden geleert und sie übereinandergeworfen, hatten die Wäsche von Anzos Mutter aus dem Schrank gezerrt, sich damit den Schwanz gesäubert und sie im Zimmer verstreut, hatten das Tischchen, an dem Anzo und ich immer gespielt und gelernt hatten, mit einem Fußtritt zerbrochen.

In Anzos Zimmer lagen die farbigen Holzwürfel über den Fußboden verstreut, mit denen wir so oft Befestigungen gebaut hatten, die jeder Riesenraupenattacke standgehalten hätten. Die Schreib- und Malstifte und sein Zeichenblock lagen ebenfalls auf dem Boden. Ich stöberte herum und fand ein Schulheft unter dem Bett, auf das Anzo in seiner sauberen kleinen Schrift DONGOS geschrieben und zweimal unterstrichen hatte. Die Seiten waren mit Zeichnungen gefüllt: Kopfschilde und Rückenpanzer der Flussbewohner, einzeln oder in Gruppen, manchmal dicht zusammengedrängt und in eigenartigen Mustern angeordnet, bis zu sechs Reihen übereinander. Dazwischen Worte in klitzekleiner Schrift – Bemerkungen oder Erklärungen, die ich nur mühsam lesen und noch weniger verstehen konnte. Ich erinnerte mich, dass er mir das Heft einmal gezeigt hatte.

Es war an einem Spätnachmittag, die Hitze hatte schon etwas nachgelassen, und wir saßen im Schatten der Rietpergola hinter dem Haus und spielten ein Würfelspiel. Anzo gewann fast immer – ich weiß nicht, wie er es anstellte –, und das verdarb mir zunehmend den Spaß. Das musste er gemerkt haben, denn plötzlich wischte er die Figuren vom Spielbrett, tippte mir auf den Unterarm, hob die Hände und sagte etwas. Ich verstand nicht, was er meinte – er wiederholte die Bewegungen.

»Wenn ich schlafe?«, fragte ich unsicher zurück. »Was meinst du damit? Was ist, wenn ich schlafe?«

Er sah mich mit seinen dunklen Augen forschend an, dann ging er ins Haus und kam mit dem Schulheft, einem Schreibblock und einem Bleistift zurück.

Was träumst du nachts?, schrieb er auf den Block.

Ich zuckte mit den Achseln. »Mal dies, mal das. Irgendwelches Zeug, manchmal ziemlich wirr.«

Nicht immer wieder dasselbe?

»Nein. Oder ganz selten etwas Ähnliches, von meinen Eltern oder so. Oder vom Tempel.«

Anzos Blick hing aufmerksam an meinen Lippen. Er nickte nachdenklich. Ich träume zurzeit immer wieder dasselbe, schrieb er dann.

»Was träumst du denn?«

Darauf zeigte er mir das Schulheft. Einige Seiten waren dicht mit Strichen bedeckt. Er schlug eine auf und schob sie mir zu.

»Was soll das sein?«

Er hob die Schultern und machte das Zeichen für Dongos.

Tatsächlich: Bei näherem Hinsehen erkannte ich, dass die Seite mit Hunderten von Dongos bedeckt war. Er hatte sie dicht neben- und übereinander angeordnet. Einer drängte sich an den anderen, sodass zwischen ihren Panzern und Schilden gar kein Zwischenraum mehr war.

»Was machen die da?«, fragte ich.

Anzo zuckte mit den Achseln.

»So etwas träumst du? Und das immer wieder?« Ich schüttelte den Kopf. »Sieht irgendwie merkwürdig aus. Richtig obszön. Als würden sie …«

Er riss mir das Heft aus der Hand und klappte es zu.

»Entschuldige, ich wollte dich nicht kränken. Man kann ja nichts für seine Träume. Sie fallen über einen her, wenn man schläft. Man kann nichts dagegen tun.«

Jetzt hielt ich also das Heft mit Anzos Träumen in der Hand. Ich steckte es in meine Umhängetasche aus Kuangaleder, wo es vor Nässe und neugierigen Augen geschützt war. Dann ging ich zum Fluss hinunter und deponierte die Tasche in meinem Rundboot unter einer dichten Binsenmatte. Sollte Anzo nicht mehr zurückkommen, wollte ich das Heft zur Erinnerung an ihn aufheben und in Ehren halten. Daraufhin machte ich mich auf den Weg nach Hause. Es war höchste Zeit, mit Vater auf den Fluss hinauszurudern – die Netze mussten für die Nacht ausgelegt werden.

Während ich über den Pfad zum Dorf lief, weinte ich. Es war ein Tag voller Angst und Bangigkeit gewesen, aber es war nicht nur Trauer, die ich verspürte – es war auch Trotz und Zorn.

Sie waren nach dieser Nacht wie vom Erdboden verschluckt: Anzo ebenso wie seine Mutter. Vielleicht hat der Teufel sie geholt, mutmaßten die einen, und andere sagten spöttisch: Vielleicht sind sie zu den Dongos gegangen, mit denen verstand er sich doch so gut.

Der Großarchon verlor kein Wort über sie, weder bei den Predigten im Tempel noch bei den Versammlungen der Gemeinde. Es war so, als hätte es sie nie gegeben.

Hatte er die beiden umgebracht und ihre Leichen in den Fluss geworfen? Mich schauderte bei dem Gedanken, denn er war ungeheuerlich und sündig, aber er drängte sich mir immer wieder auf, wenn ich wach lag und an die qualvollen Ereignisse jenes Tages zurückdachte.

Nein, sagte ich mir, sie sind geflohen. Am Morgen nach ihrem Verschwinden, kurz vor Sonnenaufgang, war ein Floß den Fluss hinabgezogen, und solange das Dorf in Hast und Unruhe war, um einen schnellen Handel mit den Flößern abzuschließen, hatte Anzos Mutter bestimmt die Gelegenheit ergriffen, um sich davonzumachen und an Bord zu gehen. Und Anzo hatte sie mitgenommen. Er hatte mir bestimmt verziehen – er hatte nur nicht die Zeit gehabt, mir Bescheid zu sagen und sich von mir zu verabschieden. Er hätte es sonst sicher getan, das glaubte ich ganz fest.

Ich dachte oft an ihn. Wenn ich die Augen schloss, sah ich die hell blitzenden Augen der Dongos vor mir und ihre fragend erhobenen Rüssel:

Wo ist Anzo?

13

Der Flug mit dem Hub war gewöhnungsbedürftig. Nachdem die Sonnenschutzkleidung in dem Container in der Mitte der kreisförmigen Plattform verstaut war, zogen alle ein Korsett aus Riemen an, das mit Karabinerhaken an der Reling fixiert wurde. Jespersen prüfte sorgfältig die provisorische Verankerung, die er für Jo entworfen hatte. Er zerrte an den Riemen und brummte zufrieden.

»Wie Galeerensträflinge«, murrte Ailif.

»Ailif!«

»War nur Spaß, Maurya.«

»Es ist leider absolut notwendig«, sagte Jespersen.

Er sollte recht behalten. Tatsächlich schaukelte der Hub wie ein Boot in der Dünung, als sie in der Luft waren, doch sie hatten es ziemlich schnell raus, die Bewegungen breitbeinig auszugleichen.

Du liebe Zeit, dachte Ailif, wie kann man mit so einem wackeligen Ding eisigen Strahlströmen in mehr als dreizehntausend Metern Höhe trotzen und seinen Kurs halten? Wie um seine Befürchtungen zu bestätigen, sackte der Hub einen halben Meter durch, als sie den Fluss erreichten.

»Entschuldigung«, rief Jespersen. »Abwind. Lässt sich leider nicht vermeiden.«

Sie flogen dicht am Westufer flussaufwärts.

»Ich will niemanden unnötig aufmerksam machen«, sagte Jespersen mit einem Blick über die Schulter hinüber zum Dorf. »Obwohl die im Dorf natürlich stets haarklein über alles in der Station unterrichtet sind – einige von ihnen arbeiten ja bei der Flotte.«

Drei oder vier Kilometer weiter steuerte er den Hub schließlich über den Fluss, und Ailif starrte in das chaotische Strömen und Strudeln des Ontos, der sich unter ihnen dahinwälzte, hob aber schleunigst den Blick zum allmählich heller werdenden Horizont, als er merkte, dass ihm schwindelig wurde.

Nebelschwaden zogen an ihnen vorbei, da und dort waren am Ufer Schöpfräder zu sehen, die der Bewässerung dienten. Dann zeichnete sich vor ihnen im Osten ein halbhoher Felsrücken ab, der den Fluss auf ein paar Hundert Metern begleitete: eine dunkle Wand von etwa zehn Metern Höhe, die senkrecht aus dem hellen Ufersand ragte.

Jespersen hielt darauf zu und ließ den Hub das Ufer ersteigen.

Die Felder lagen längst hinter ihnen. Sie überflogen nun eine Trockensteppe, die dicht von kurzem, gelbem Gras bewachsen war. Ailif beugte sich über die Reling. »Was ist das?«, fragte er und deutete auf einige kreisrunde Löcher in dem Grasteppich, die wie herausgestanzt wirkten und in denen kein einziger Halm wuchs.

Jespersen zuckte mit den Achseln. »Keine Ahnung. Teufelskreise nennen sie die Dorfbewohner. Oder auch Geistertritte.«

»Könnten das Fußspuren dieser rätselhaften Ungeheuer sein, die das Dorf manchmal heimsuchen?«, fragte Maurya.

Ailif schüttelte den Kopf. »Eher nicht. Sie sind verschieden groß. Manche sind klein, andere riesig. Zwischen zwei und acht Metern Durchmesser würde ich sagen.«

»Große und kleine Tiere?«

»Hm. Aber da müssten wenigstens einige paarweise zueinanderpassen, es müsste ein Muster erkennbar sein.« Ailif schüttelte erneut den Kopf. »Und das ist nicht der Fall. Schau hin! Völlig willkürlich.«

»Das hat noch nie jemand untersucht«, sagte Jespersen. »Die Menschen halten sich davon fern. Wenn hier tatsächlich der Teufel gegangen sein sollte …«

»Albern«, schnaubte Ailif.

»Ich rieche Ameisen«, meldete sich Jonathan unvermittelt zu Wort.

»Ameisen?«

»Ja. Oder etwas Ähnliches.«

Ailif wandte sich Jespersen zu. »Könnten wir hier einmal kurz landen?«

»Jetzt nicht. Wenn uns auf dem Rückweg etwas Zeit bleibt, erfülle ich Ihnen gerne Ihren Wunsch, aber Sie müssen verstehen – ich muss den Sonnenstand im Auge behalten.«

Ailif blickte zum zunehmend lichterfüllten Osthorizont. »Ich sehe keine Sonne.«

Jespersen lachte sarkastisch. »Seien Sie froh!«

Plötzlich huschte ein dunkler Schatten elegant vorbei, dann ein zweiter und ein dritter.

»Was war das?«, fragte Maurya erstaunt. »Wenn mich nicht alles täuscht, müssen das Schwalben gewesen sein.«

»Ja, Frau Professor«, erwiderte Jespersen. »Sie haben recht. Commander Wolfs Schwalben, um genau zu sein. Einige haben überlebt und sich an die gefährlichen Umweltbedingungen angepasst. Sie nisten in den Uferfelsen und vermehren sich von Jahr zu Jahr. Wir dachten auch erst, sie seien ausgestorben, aber die Natur ist anpassungsfähig. Sie ziehen zweimal im Jahr ins Delta, um sich satt zu fressen, kommen zum Brüten aber hierher zurück. Auch Papageien gibt es hier.«

»Hat die auch Commander Wolf eingeführt.«

»Kein Mensch weiß, wer die eingeführt und ausgewildert hat. Jedenfalls gedeihen sie prächtig. Es gibt inzwischen Hunderte von Brutpaaren.«

Die Felsen rückten näher. Schwalben schossen hoch, schwangen sich in hohen Bögen durch die Luft, um sich dann auf den Felsen niederzulassen und die Besucher neugierig zu beäugen.

Jespersen deutete voraus und setzte zur Landung an. »Das sind die umstrittenen Kunstwerke.« Er bemühte sich sichtlich, »Kunstwerke« nicht wie in Anführungszeichen auszusprechen.

Ailif und Maurya verschlug es den Atem. So schnell wie möglich hakten sie ihre Geschirre los und stiegen mit wackligen Beinen vom Hub. Jespersen befreite

Jonathan von seinen Gurten, der sofort von der Plattform sprang und ihnen folgte.

Der Fluss hatte hier hohe Sandbänke aufgeschichtet, die unter der heißen Sonne zu kompakten schwarzbraun marmorierten Schollen verbacken waren, auf denen man mühelos gehen konnte, und in den Nischen unterhalb der Felsen hatten sich Schwaden von hellem Flugsand angehäuft. Vor ihnen wuchs eine Felsbarriere aus dem Ufersand, an der der Fluss eine leichte Biegung nach Westen machte.

»Das also sind die Kritzeleien der Eingeborenen«, rief Ailif. Er drehte sich zu Jespersen um. »Das ist ja unglaublich! Hat der Commander diese Darstellungen je persönlich in Augenschein genommen?«

Jespersen gab keine Antwort.

»Das sind keine Ritzzeichnungen, keine Petroglyphen – das sind ausgeprägte, hervorragend gearbeitete Basreliefs!«

Tatsächlich: Die Felswände des Hochufers waren bearbeitet. Friese – fünffach, sechsfach übereinander, bis zu zehn Metern hoch und sechzig, achtzig Meter lang. Alle möglichen Tiere dieser Welt, vor allem Dongos, eng zusammengedrängt, die unteren Gliedmaßen aneinandergepresst, aufrecht stehend, die Rüssel triumphierend erhoben.

»Ich fasse es nicht«, sagte Ailif kopfschüttelnd. »Kritzeleien! Das sind Basreliefs höchster Kunstfertigkeit. Sie erinnern an die Darstellungen der Khmer auf der Erde. Die dicht an dicht angeordneten Tempeltänzerinnen.«

»Entschuldige, aber der Vergleich hinkt«, warf Maurya ein. »Die Figuren in Hinterindien sind durchweg en face dargestellt. Und sie tragen in der Regel Simse, stemmen sie nach oben. Die Dongos hier dagegen sind alle im Profil abgebildet. Die Körper dicht aneinandergedrängt, Schild an Schild gepresst, Rüssel an Rüssel. Kein Wunder, dass fromme Gemüter diese Art von Tanz als frivol, wenn nicht als anstößig empfinden könnten.«

»Lachhaft«, schnaubte Ailif.

Maurya legte den Kopf zurück. »Aber wie gelangen die da hinauf? Wie geschickte Kletterer sehen diese kleinen schildbewehrten Gesellen ja nicht gerade aus. Sie haben nur kurze plumpe Gliedmaßen. Dongos sollen das geschaffen haben? Da habe ich meine Zweifel.«

»Es könnten diese Riesenraupen sein«, sagte Jonathan. »Sie hängen von den Klippen herab und arbeiten nachts an den Reliefs.«

»Wer sagt das?«, fragte Ailif.

»Jespersen. Man hat sie von Flößen aus, die in der Morgendämmerung hier vorbeikamen, dabei beobachtet.«

»In der Nacht? Dann müssen sie als Künstler aber sehr gute Augen haben.«

»Die Nächte sind hier meistens sehr hell, weil mehrere Monde gleichzeitig am Himmel stehen«, gab Maurya zu bedenken.

»Hm. Ob sie dafür wohl Maschinen verwenden?«, fragte Ailif. »Irgendwelche Werkzeuge, die sie über den Rand der Klippe herablassen?«

Maurya schüttelte stumm den Kopf.

»Wir müssen näher heran«, sagte Ailif und hielt Ausschau nach einem geeigneten Aufstieg.

Schließlich standen sie unmittelbar vor den Kunstwerken, und Maurya fuhr mit dem Handschuh die Konturen entlang. »Wirklich unglaublich! Die Wesen, die das geschaffen haben, sind in ihren künstlerischen Fähigkeiten genial. Das bedarf gar keiner näheren Untersuchung. Diese Kunstwerke sind schützenswert – Commander Wolf hatte völlig recht.«

»Sieh dir das an!«, rief Ailif. »Mutwillige Zerstörungen.« Er deutete auf ein Areal von mehreren Quadratmetern, in dem man die Reliefs herausgemeißelt hatte. »Sind diese Sektierer verrückt geworden?«

»Sie halten diese Darstellungen für obszön«, sagte Jespersen, der sich inzwischen zu ihnen gesellt hatte.

Ailif schüttelte verständnislos den Kopf. »Weshalb obszön?«

»Die aneinandergeschmiegten Leiber, die aneinandergepressten Schenkel, die ekstatisch triumphierende Haltung.«

»Das ist doch lächerlich!«

Jespersen hob die Schultern. »Außerdem sind es Götzenbilder, die der Verehrung eines fremden heidnischen Gottes dienen. Für den Einzigen Alleinigen Gott der Dschiheads sind sie eine Beleidigung, die getilgt werden muss.«

Maurya, die fast bis zum anderen Ende des Frieses weitergeschlendert war und Aufzeichnungen gemacht hatte, hob die Hand. »Hier sind Brandspuren«, rief sie. »Als hätte jemand mit Lasern auf das Relief gefeuert.«

»Wo haben diese Leute Laser her?«, fragte Ailif.

»Das dürfen Sie mich nicht fragen«, erwiderte Jespersen.

Ailif betrachtete die Vertiefungen der Reliefs mit einer Vergrößerungsbrille. »Die wurden nicht in den Stein gehauen. Ich würde sagen, sie wurden geätzt. Sieh dir das an, Maurya!«

Sie kam zu ihm. »Tatsächlich. Keine Meißelspuren. Glatte Oberflächen und scharfe Kanten. So etwas habe ich noch nie gesehen.«

»Hast du alles aufgezeichnet? Auch die Beschädigungen?«

»Ja. Ich mache noch ein paar Detailaufnahmen. Bei Sonne wäre es allerdings eindrucksvoller. Das wäre ideal für die Plastizität der Konturen.«

»Nun, das ist leider nicht möglich«, sagte Jespersen. »Vielleicht irgendwann. Um nach Sonnenaufgang oder kurz vor Sonnenuntergang fotografieren zu können, müssten wir in voller Montur ausrücken.«

»Ist das machbar?«, fragte Maurya.

»Machbar schon, aber es bedarf umfangreicher Vorbereitungen: Schutzkleidung, angemessene schlauchdurchwirkte Kühlwäsche, Spiegelburkhas, ein Umhang aus hochreflektierender Folie, eine Haube aus demselben Material mit eingebauter Schutzbrille – nur so können Sie sich ins direkte Sonnenlicht wagen.«

Ailif nickte. »Wir brauchen gute, kontrastreiche Aufnahmen, die wir anderen Experten vorlegen können.«

»Nun, ich habe jetzt schon keine Zweifel daran, dass es sich hier um äußerst bemerkenswerte Kunstwerke handelt«, sagte Maurya. »Was meinen Sie, Mr. Jespersen?«

Jespersen zuckte lediglich mit den Achseln.

»Es ist wirklich nicht zu fassen«, rief Ailif zornig. »Das hier sind Schöpfungen einer intelligenten, in höchstem Maße künstlerisch begabten Spezies. Hier spricht ein fremdes Bewusstsein zu uns, eine fremde Intelligenz. Und diese frömmelnden, hirnlosen Banausen reagieren mit Vandalismus! Sie begreifen nichts! Wollen nichts begreifen!«

»Beruhigen Sie sich, Professor«, sagte Jespersen.

Maurya runzelte die Stirn. »Aber meinst du wirklich, dass es Dongos waren, die das geschaffen haben? Oder vielleicht doch andere Lebewesen?«

Jespersen sah sie an. »Die Riesenraupen?«

»Hm«, knurrte Ailif. »Die geben mir Rätsel auf, ehrlich gesagt. Aber wer oder was immer hier am Werk war, verfügt über höchste künstlerische Aussagekraft.« Er deutete auf die herausgemeißelten Areale. »Und das da ist eine Schande. Widerwärtig! Das muss unterbunden werden!«

Jonathan hatte sich auf die Hinterbeine erhoben und schnüffelte in den Vertiefungen eines Reliefs. »Ameisen«, sagte er.

»Was hast du ständig mit deinen Ameisen, Jo?«, erwiderte Ailif genervt.

»Tut mir leid, aber ich nehme den Geruch von Ameisen wahr.«

Ailif warf Maurya einen hilfesuchenden Blick zu, dann steckte er die Nase in eine der Vertiefungen. »Ich rieche nichts.«

Jonathan schnaubte. »Das denke ich mir. Du bist ja auch hoffnungslos geruchsblind. Ameisen legen intensive Geruchsspuren. Eine irdische Blattschneiderameise etwa sondert aus ihrer Drüse ein Sekret ab, mit dem sie eine Duftspur legt, und ein Milligramm von dieser Substanz genügt, um eine Fährte zu markieren, die sechzigmal um den ganzen Planeten herumreicht. Und das, was ich hier wahrnehme, scheint ein noch weit stärkeres Kaliber zu sein.«

Ailif sah ihn zweifelnd an. »Wie weit könntest du eine solche Spur verfolgen?«

»Vielleicht zehn Kilometer, vielleicht hundert. Ich habe es nie ausprobiert, aber es wäre einen Versuch wert.«

»Ich habe hier noch keine Ameise gesehen«, sagte Maurya.

»Ich auch nicht«, erwiderte Jonathan. »Aber ich rieche sie. Sie sind allgegenwärtig.«

Jespersen warf einen skeptischen Blick zum Himmel. »Wir machen uns jetzt besser auf den Rückweg«, sagte er. »Die Meteorologen haben für heute Mittag einen Sturm vorausgesagt. Er scheint aber früher zu kommen.«

Tatsächlich hatte sich der Himmel verfärbt – als hätte man ins dunkle Blau des Morgens Milch gegossen. Ein überwältigendes Schauspiel nahm seinen Lauf: erst ein lachsfarbener Streifen, dann Safran, schließlich Limone, allmählich ins Türkis hinübergleitend. Es war, als wollte die Sonne all ihre vielfarbenen Schleier ausbreiten, bevor sie selbst die Bühne betrat, eine stolze rachsüchtige Göttin.

»Haben wir auf dem Rückflug noch Zeit, um einige von diesen Teufelskreisen zu untersuchen?«, fragte Jonathan.

Jespersen nickte. »Wenn ihr euch beeilt.«

Als sie sich alle wieder unten versammelt hatten, startete Jespersen den Hub und steuerte die Trockensteppe an. Zehn Minuten später landeten sie neben einem Archipel aus kreisrunden Gebilden, die aussahen, als hätte man sie aus der Vegetationsdecke gestanzt. Jespersen blickte nach Osten – der Himmel brannte bereits. »Eine Viertelstunde«, sagte er. »Länger auf keinen Fall.«

Die anderen klinkten ihre Gurte aus und sprangen von der Plattform.

»Ich rieche Leben«, sagte Jonathan.

»Wieder Ameisen?«, fragte Maurya.

»Ja. Und hier überaus intensiv.«

Jonathan lief schnüffelnd in einen der Kreise und scharrte. Es kam nur Sand zum Vorschein.

Maurya kniff die Augen zusammen. »Könnten es unterirdisch lebende Termiten oder ähnliche staatenbildende Insekten sein, die die Wurzeln der Vegetation über ihrem Bau abweiden, um die Belüftung sicherzustellen?«

Ailif hob die Schultern und grub mit dem Absatz in einem der Kreise, förderte aber auch nur Sand zutage. »Durchaus möglich.«

»Ich erinnere mich, dass es auf der Erde ein ähnliches Phänomen gab. In Namibia. Man nannte sie Feenkreise. Trotz intensiver Untersuchungen und Forschungen wurde das Rätsel meines Wissens nie gelöst.«

»Beeilen Sie sich!«, rief Jespersen vom Hub. »Wir müssen los.« Er deutete nach Osten, wo ein gleißender Lichtfunke über den Horizont zuckte. Die Sonne ging auf.

Unvermittelt stieß Jonathan ein erschrockenes Winseln aus und fuhr sich mit hektischen Bewegungen seiner Vorderpfoten über Maul und Kopf.

»Komm her, Jo«, rief Maurya.

Er lief zu ihr, und sie sah, dass auf seinem Kopf und im Nacken zahllose winzige Insekten wuselten, farblos und unglaublich beweglich. Maurya half ihm, sie aus dem Fell zu bürsten.

»Au! Verflucht! Diese Biester beißen«, rief Maurya und wischte sich die Quälgeister von den Fingern.

Jonathan fuhr sich mit der Pfote immer wieder über den Kopf. »Sie sondern eine starke Säure ab.«

»Aufsteigen und anschnallen!«

Sie kamen hastig Jespersens Anweisungen nach, dann startete er den Hub, und eine Minute später waren sie schon über dem Fluss und flogen nach Süden. Keine Minute zu spät, denn in diesem Augenblick stemmte sich die Sonne über den Horizont und schleuderte ihre

Glut über die Landschaft. Der Glast erzitterte unter dem gnadenlosen Licht.

»Legt die Schutzkleidung an!«, rief Jespersen. »Blickt nicht in die Sonne! Setzt eure Brillen auf!« Ohne die Steuerung loszulassen, kramte er eine Rolle Silberfolie aus dem Container unter den Armaturen und zog sie Jonathan über Kopf und Rücken. »Nicht dass dein schönes Fell zu rauchen anfängt«, sagte er und fuhr ihm mit der Hand über die Nase.

Von jemand anders würde er sich das nicht gefallen lassen, dachte Maurya.

Jespersen wandte sich ihr zu. »Ihr Assistent hat heute möglicherweise eine bahnbrechende wissenschaftliche Entdeckung gemacht. Meines Wissens ist noch nie jemand auf die Idee gekommen, in diesen rätselhaften Kreisen herumzuscharren. Ich hatte keine Ahnung, dass das die Nester dieser sogenannten Glasspinnen sind. Diese winzigen, fast unsichtbaren Viecher tauchen regelmäßig wie aus dem Nichts auf. Dongos werden häufig von ihnen befallen, manche wimmeln sogar innerlich davon, hörte ich. An Menschen gehen sie aber normalerweise nicht.«

»Was heißt das: wimmeln innerlich davon?«, fragte Maurya.

»Wenn man ihren Rückenschild ablöst, sieht man, dass darunter Tausende von Glasspinnen krabbeln.«

Maurya betrachtete angewidert ihre Hände. »Eine scheußliche Vorstellung!«

Sie überquerten den Fluss und schwebten das Westufer entlang weiter nach Süden. Schließlich kam die

Station in Sicht, und Jespersen setzte auf der Terrasse zur Landung an. Dann half er seinen Passagieren beim Losschnallen.

Jonathan wollte gerade von der Plattform springen, als er verdutzt stehen blieb. »Seht euch das an!«, sagte er. »Die Walker haben sich eingegraben.«

Das Gelände unterhalb der Terrasse, auf dem sonst die Walker flanierten und ihren rätselhaften Beschäftigungen nachgingen, sah aus wie ein Gräberfeld. Dutzende frisch aufgeworfener runder Sandhügel zogen sich bis hinunter zum Flussufer.

Jespersen nickte. »Das ist das klarste Zeichen, dass ein Sturm bevorsteht. Sie sichern sich dagegen, davongeweht zu werden.«

»Interessant«, sagte Maurya. »Erkennen sie die Gefahr am sinkenden Luftdruck?«

»Fragen Sie mich nicht. Ich habe keine Ahnung.« Jespersen widmete sich den Kontrollen des Hub. »Gehen Sie jetzt bitte rein. Wir haben bereits über vierzig Grad, und der Sturm kommt auf uns zu.«

Tatsächlich tanzten schon die ersten Sandteufel am Rand der Piste.

»Seht euch das an«, sagte Maurya mit gequältem Gesichtsausdruck, als sie in der Cafeteria waren. Sie zeigte Ailif und Jonathan ihre Handflächen; sie waren scharlachrot und von dunkelroten Punkten übersät. »Das tut höllisch weh.«

»Sieht nach Verätzungen aus«, stellte Ailif fest. »Halte die Hände an die Rieselwand, damit die Haut abgekühlt wird. Ich habe Harnstoffschaum dabei –

das wird dir Linderung verschaffen. Wie steht's mit dir, Jo?«

»Schmerzen an der Schnauze und am Maul. Aber es geht schon. Füll mir bitte den Napf, ich habe schrecklichen Durst.«

Ailif füllte den Trinknapf und stellte ihn Jonathan hin, der ihn gierig leerschlappte.

»Noch mal, bitte.«

Ailif kam der Bitte nach.

Inzwischen hatte Maurya beide Hände gegen die Rieselwand gepresst und ließ sie von Wasser überströmen. »Das tut gut«, sagte sie.

»Was waren das für Biester?«, fragte Ailif.

»Winzig und fast durchsichtig. Kleiner als Ameisen oder Termiten. Aber beängstigend schnell.«

»Ein dichtes Gewimmel«, fügte Jonathan hinzu. »Ich habe einmal darübergekratzt – und schon waren ein paar Hundert auf meiner Pfote und meiner Schnauze unterwegs.«

Maurya sah zu Ailif. »Als wir bei den Reliefs waren, sagtest du, die sähen nicht wie gemeißelt, sondern wie geätzt aus.«

»Ja. Ich konnte keine Meißelspuren entdecken. Die Kanten und Flächen waren auffallend glatt. Wie herausgeätzt. Siehst du da einen Zusammenhang?«

Maurya schüttelte den Kopf. »Ich weiß nicht. Schwer vorstellbar – kleine bissige Insekten als Künstler?«

»Könnten sie die dominierende Spezies auf Hot Edge sein? Eine Art Schwarmintelligenz?«

»Jedenfalls wittert Jo diese Insekten überall.«

»Irgendeine Rolle spielen sie in der Ökologie dieser Welt«, sagte Jonathan. »Vielleicht gibt uns die Obduktion eines Dongos Aufschlüsse.«

»Also sind doch nicht die Dongos die Schöpfer der Reliefs?«, warf Maurya ein.

»Aber die Figuren auf den Reliefs sind doch Darstellungen von Dongos«, sagte Ailif.

»Vielleicht verwenden sie die Ameisensäure zum Ätzen.«

»Hm.« Ailif zwirbelte nachdenklich die Enden seines Schnauzers. »Ich weiß nicht. Wie soll das gehen? Wie stellt ihr euch das vor?«

Jespersen hatte unterdessen den Hub in den Hangar manövriert und war mit dem Aufzug in die Cafeteria hinaufgefahren. Er trat an den Getränkeautomaten und überredete ihn mit einem Klaps links und rechts zur Herausgabe einer Kaffeekugel. Der Automat rumpelte, und eine dunkelbraune Kugel rollte in Jespersens Hand. Er nahm eines der schräg angespitzten Röhrchen aus dem Fach im Regal und stach die Kugel an. Ein kleines Dampfwölkchen puffte heraus, und der Duft von frischem Kaffee breitete sich aus.

»Will noch jemand einen Kaffee?«, fragte er.

»Lieber einen Eistee«, sagte Maurya.

»Ich ebenfalls«, schloss Ailif sich an.

Jespersen drückte einen anderen Knopf und ermunterte den Apparat wieder durch einen Klaps mit der Handfläche. »Er will es nicht anders«, entschuldigte er sich achselzuckend.

Zwei hellbraune Trinknüsse rollten in die Auffangschale. Jespersen reichte sie Ailif und Maurya mit je einem Trinkhalm. Dann hob er den Zeigefinger und sagte: »Gerade noch rechtzeitig zurück. Hören Sie?«

Hoch über ihnen war ein anschwellendes Brausen zu hören, und durch die Scheiben sahen sie, wie auf den Rücken der Dünen Mähnen emporwuchsen. Dann begann die Wüste zu fließen. Erst war es, als würde schaufelweise Sand gegen die Terrassenfront geworfen, doch bald schon steigerte es sich zu einem wütenden Prasseln. Fahle zweidimensionale Gestalten zeichneten sich ab, denen Gliedmaßen und Köpfe wuchsen, die sofort wieder zerstoben und sich neu bildeten. Unruhig tasteten sie sich an der Außenfläche entlang, rüttelten wütend an den Aufhängungen, begehrten Einlass. Blitze zuckten und hüllten die riesigen Gestalten immer wieder sekundenlang in glitzernde Gewänder. Dann wurde es stockdunkle Nacht, und der Sturm erhob sich zu einem infernalischen Kreischen. Das Gebäude erbebte in seinen Grundfesten.

Obwohl die Kompressoren mit voller Kraft arbeiteten, um in der Station Überdruck herzustellen, schlich sich der Staub durch jede Ritze und überzog alles mit einem feinen grauen Schleier: die Tischplatten in der Cafeteria, das Geschirr in der Küche, die Bettlaken in ihren Zimmern. Die Schleimhäute.

Aus den breiten Schlitzen der Klimaanlage strömte ein Endlosband kühler befeuchteter Luft, das sich wie Seide anfühlte, doch schon nach wenigen Metern zu einem feuchten Niederschlag zerfaserte, der die Oberflächen mit einem Schweißfilm bedeckte. Nicht nur die Menschen, auch die Dinge schienen zu schwitzen.

Ailif stand an seinem Lieblingsplatz an der Rieselwand, die Augen geschlossen und beide Hände an den gerippten Kalkstein gestemmt, auf dem leise plätschernd das Wasser herabrann. Es perlte seine Arme entlang und benetzte sein Shirt. Mit den Fingern fuhr er über die Unebenheiten der Steinplatten, ertastete eingeschlossene kleine Kiesel und die Abdrücke winziger Muschelschalen, dann strich er sich mit den nassen Händen über Gesicht und Ohren.

Die Hitze stieg weiter. Das Außenthermometer zeigte nun sechsundsechzig Grad an. Die Luft war sengend heiß, als würde der Wind über die Glut einer Esse streichen, und es roch nach Asche. Wie konnten die Menschen hier nur solche Temperaturen aushalten?, ging es Maurya durch den Kopf. Die Dorfbewohner, die nicht über all diese technischen Hilfsmittel verfügten, die sich nur unter wassergetränkten Schilfmatten im Schatten von Pergolas verkriechen konnten?

Der Wind rüttelte ungeduldig an der Plasglasfassade.

Jonathan hob den Kopf aus seinem Napf, aus dem er Wasser geschlappt hatte, ließ den Schwanz hängen und sah sich um, als wollte er sich vergewissern, dass sie alle da waren. Dann schüttelte er sich energisch und hüllte sich in eine Staubwolke.

Erst am Nachmittag flaute der Sturm ab. Die Sonne brannte sich durch die Staubschleier eines kupferfarbenen Abendhimmels und gewann an Kraft. Die Plasglasfront der Cafeteria schaltete in den Shade-Modus, und die Terrasse versank in brauner Düsternis. Der Sonnenball wechselte in ein kränkliches Grün, verlor aber nur wenig von seiner unerbittlichen Strahlkraft. Dort, wo der gebündelte Strom des Lichts seine Photonen durch das Plasglas trieb, schien das durchsichtige Material wie ein explodierender Kristall zu winzigen scharfen Splittern zu zerfallen, die in den Raum geschleudert wurden und schmerzhaft das ungeschützte Auge trafen.

»Wie ein Schweißbrenner«, murmelte Ailif. »Irgendwann wird sie sich durch das Hindernis brennen. Was meinst du, Jo?«

Jonathan blickte auf und sah Ailif fragend an, schlug drei- oder viermal lustlos mit seinem buschigen Schwanz auf den staubigen Boden und ließ den Kopf wieder auf die Pfoten sinken.

Der Fluss zog vorbei wie mit Zimt bestreut.

Ein kleiner Roboter fuhr an der Wand entlang und saugte wimmernd die Sandkörner, die sich in den Raum verirrt hatten, aus den Ritzen. Jonathan erhob sich, schnupperte an dem Gerät und legte eine Pfote darauf. Das Wimmern erstarb.

»Das Ding geht mir auf die Nerven«, sagte Jonathan und hustete. »Und überall dieser verdammte Dreck!« Missmutig schüttelte er sich, dass es staubte.

Der Roboter nahm seine Arbeit wieder auf; offenbar hatte er sich von seinem Schreck erholt.

Auch draußen kamen nun etliche Maschinen zum Einsatz. Die Piste war verschwunden, die Wüste hatte sie verschluckt, aber die Roboter ertasteten sie; ihre Stahlbesen kreisten, und mit einem klagenden Aufheulen jagten ihre Gebläse den Sand in die Dünen zurück. Sie arbeiteten emsig, Stunde um Stunde, die ganze Nacht hindurch.

»Waren Sie nie persönlich dort, Commander?«, fragte Maurya den Kommandanten, als dieser in der Cafeteria auftauchte.

»Nein«, erwiderte Cayley knapp. »Das gehört nicht zu meinen Pflichten. Ich habe genug zu tun.«

»Aber die Flotte hat doch auch die Aufgabe, bei Schwierigkeiten mit Eingeborenen vermittelnd einzugreifen und diese gegebenenfalls zu schützen.«

»Das ist richtig, Madam, aber sie hat vor allem die Pflicht, die *menschlichen* Siedler zu schützen, wenn sie angegriffen werden. Und genau dafür wurde dieser Stützpunkt hier eingerichtet. Die einheimische Fauna ist nicht ungefährlich.«

»Fauna? Meinen Sie die Dongos?«

»Nicht nur die Dongos. Es gibt ekelhafte Kreaturen im Fluss, Giftschlangen und vieles mehr.«

»Sie halten die Dongos für Tiere, habe ich recht, Sir?«

Der Kommandant hob die Schultern. »Ich werde mir ein Urteil bilden, wenn Ihre Ergebnisse vorliegen. Vorher nicht, Madam.«

»Die Artefakte, die Reliefs dort am Hochufer, deuten auf intelligente und künstlerisch begabte Wesen hin.«

Cayley hob erneut die Schultern. »Die Dongos?«

»Wir sind uns noch nicht sicher.«

Der Kommandant nickte.

»Ich möchte einen Dongo sezieren, um mir über einige Dinge Gewissheit zu verschaffen«, sagte Ailif. »Ich habe Sie schon einmal darum gebeten, mir einen zu beschaffen.«

»Ja, ich erinnere mich. Sobald den Fischern einer ins Netz geht, werde ich veranlassen, dass er Ihnen gebracht wird. Tot oder lebendig.«

»Was soll das heißen?«

»So, wie ich es sage. Dann können Sie ihn befragen oder ihn aufschneiden oder was auch immer. Ich nehme an, Sie wissen, was zu tun ist.«

»Allerdings.«

Cayley und Ailif musterten sich einen Moment lang schweigend, wobei der Kommandant ungeduldig mit den Fingern schnippte.

Schließlich räusperte sich Ailif. »Sagen Sie, Commander, haben die Fanatiker da drüben eigentlich Laserwaffen?«

»Keine Ahnung. Mir ist nichts bekannt. Weshalb?«

»Ich habe an den Reliefs nicht nur grobe Hack- und Meißelspuren, sondern auch Beschädigungen durch Laserschüsse entdeckt.«

»Wie gesagt, mir ist nichts bekannt. Aber ausschließen kann ich das natürlich nicht.«

»Wie könnten diese Leute an Laserwaffen gekommen sein?«

»Keine Ahnung.«

»Der Handel mit derartigem Gerät wird doch streng von der Flotte kontrolliert.«

»Das kann sie gar nicht. Dazu hat sie viel zu wenig Kapazitäten auf diesem Planeten. Zu wenig Personal.«

»Woher könnten dann …«

»Sagen Sie, was soll das werden, Professor? Ein Verhör?«

»Ich frage nur.«

»Ich kann Ihre Frage nicht beantworten. Manchmal kommen Schiffe in den Orbit, die ihre Shuttles herunterschicken. Aber die landen nicht hier, sondern in der Wüste oder draußen auf dem Ozean.«

»Waffenhändler?«

»Das glaube ich nicht. Aber viele Bergbaufirmen auf den Monden verwenden natürlich Laser. Wenn sie Geräte ausmustern, kann es durchaus sein, dass …«

»Und die Flotte ist außerstande, das zu kontrollieren?«

»So ist es«, sagte Cayley. »Wir zeichnen die Aktivitäten in der Atmosphäre und im Raum zwar auf, aber kontrollieren können wir sie nicht. Das ist unmöglich.«

|14|

Die Flößer, so berichteten die Männer und Frauen, die mit Obst und Gemüse, mit getrocknetem Fisch und frischem Wasser hinausgerudert waren, hatten flussaufwärts am östlichen Steilufer in der frühen Morgendämmerung Riesenraupen gesehen – vier oder fünf, die von den Felswänden herabhingen.

»Da werden sie wie immer ihre Schweinereien hingekritzelt haben«, seufzte Vater verdrossen. »Und wir müssen sie unter Aufsicht des Großarchons wieder entfernen.«

»Hoffentlich kommen sie nicht weiter flussabwärts«, sagte Mutter und rieb sich nervös die Nase. »Ich möchte nicht noch einmal einen Überfall auf das Dorf erleben.«

Vater lächelte zuversichtlich. »Keine Angst. Wir sind inzwischen gut gerüstet und können diesen Biestern einen heißen Empfang bereiten.«

»Wie denn?« Mutter starrte ihn mit zusammengekniffenen Augen an.

»Mit Laserkanonen. Der Großarchon hat zwei dieser Waffen angeschafft und bewahrt sie im Tempel auf. Er hat sie an den Götzenbildern ausprobieren lassen.

Sie sind sehr effektiv. Die Steine spritzen nur so davon, wenn sie der Lichtstrahl trifft. Es ist unglaublich.« Vater lachte und nickte mir zu. »Ja, mein Junge, Gott ist auf unserer Seite. Es ist das Licht Gottes, sagt Seine Heiligkeit. Er hat es uns an die Hand gegeben, um Seinen Willen zu erfüllen. Wir werden siegen und alle gottlosen Ungeheuer dieser Welt – einer Welt, die der Allmächtige für uns ausersehen hat – auslöschen.«

Ich zog den Kopf ein. Vater hörte sich an wie der Großarchon.

Am Abend krochen die Aspen die Wände hoch, um sich an sicheren Stellen zu verpuppen und sich so vor dem für ihre weichen wurmartigen Körper tödlichen Geschosshagel von Sandkörnern zu schützen. Ein sicheres Zeichen, dass ein Sturm kommen würde. Und am Morgen zogen sich die Gefährtinnen des Flusses ins Erdreich zurück – nur ihre halbrunden Kuppen ragten noch heraus wie die Kappen von Pilzen, die Trinkrüssel eingerollt und sorgsam um sich geschlungen.

Wir trugen das Boot auf die Uferböschung, drehten es um und sicherten es mit Pflöcken und Stricken. Dann rollten wir die Jalousien aus Binsen entlang der Spaliere herunter und pflockten sie am Boden fest – sie würden wenigstens das Schlimmste vom Garten fernhalten. Wir wechselten uns an der Pumpe ab, bis die Zisterne auf dem Dach bis zum Rand mit Wasser gefüllt war. Sie wurde mit einer Steinplatte abgedeckt und mit Lehm, den Vater aus dem Ufer grub, abgedichtet. Wir holten die schweren Holzläden aus dem Keller und hängten sie an den Fenstern und der Tür ein. Schließlich stellten wir gefüllte Wassereimer in die Zimmer und weichten Tücher ein, damit wir die Gesichter abdecken konnten.

Bald darauf verschwand die Sonne, der Himmel wurde dunkel, und von den Dünen jenseits des Flusses wehten lange fahle Mähnen – es war, als machten sie sich bereit zum Sprung über das Wasser, um ihre Krallen ins diesseitige Ufer zu schlagen. Das Grün der Ufersäume verschwand unter einem düsteren Schwall von Staub. Vater und ich dichteten die Fenster und die Tür ab, dann zogen wir uns in die Küche zurück, wo Mutter die Lebensmittel mit Töpfen und Schüsseln und zusätzlich mit Tüchern zugedeckt hatte. Ein Kreischen erhob sich, als wären Tausende von Teufeln losgelassen worden. Und es wurde immer lauter. Die Luft roch wie ein scharfes Gewürz, das Atmen wurde zur Qual. Ich legte mich hin, breitete ein nasses Tuch über mein Gesicht und krümmte mich zusammen. Nun galt es auszuharren, Stunde um Stunde. Mutter betete laut und lamentierte unentwegt, aber durch den feuchten Lappen auf ihrem Gesicht war nur ein dumpfes Wimmern zu hören.

Von Zeit zu Zeit öffnete Vater die Leitung in der Wand und ließ frisches Wasser aus der Zisterne in die Eimer plätschern, damit wir unsere Tücher eintauchen konnten. Die Luft wurde rasch schlechter. Das Haus erbebte unter den Faustschlägen des Sturms. Der Sand prasselte gegen die Holzfassade, schien kübelweise dagegengewuchtet zu werden. Einige Male drohte es gar von den Fundamenten gerissen und umgestürzt zu werden. Der Boden unter meiner Wange richtete sich auf, und ich begann wie von einer Felswand abzurutschen. Erschrocken schrie ich auf, riss den Lappen vom Gesicht und suchte mit den Augen Halt. Doch das Haus stand noch, nichts hatte sich verändert. Die beiden Kerzenflammen wurden von der Zugluft hin und her gerissen, eine erlosch. Vater reichte mir einen Krug Wasser. Sein Gesicht, seine buschigen Augenbrauen und sein Bart waren vom Staub weiß gepudert. Wo der Schweiß herabgeströmt war, trat seine dunkle Haut hervor. Er sah aus wie ein schmelzendes Gespenst.

Ich trank wie ein Verdurstender. Sand knirschte zwischen meinen Zähnen. Vater zündete die erloschene Kerze wieder an, erst beim dritten Versuch gelang es ihm. Mutter starrte seine Hände an und bewegte die Lippen, sagte aber nichts. Der Raum stank nach Schweiß und dumpfen Ausdünstungen. Ich würgte.

»Trink, so viel du kannst«, krächzte Vater und reichte mir erneut den Krug. Ich schüttelte den Kopf – mir war übel von dem vielen Wasser im Magen –, aber ich drückte ein nasses Tuch gegen Stirn und Nacken. Plötzlich hatte ich Platzangst und musste meinen ganzen Willen aufbieten, um nicht zur Tür zu stürzen und ins Freie zu laufen. Es hätte meinen sicheren Tod bedeutet, der Sturm hätte mich in die Wüste hinausgeschleudert und in wenigen Minuten unter Sandmassen begraben.

Irgendwann musste ich das Bewusstsein verloren haben oder vor Erschöpfung in der verbrauchten Luft eingeschlafen sein, denn als Vater mich an der Schulter rüttelte, war das Tosen verstummt.

Überall war Sand ins Haus eingedrungen, und wir mussten uns mit aller Kraft gegen die Tür stemmen, um sie einen Spaltbreit zu öffnen. Es war noch Tag, aber die Welt hatte sich verändert. Es würde lange dauern, den Sand wegzuschaufeln und in den Fluss zu kippen, und viel Wasser nötig sein, um alles wieder sauber zu kriegen.

»Womit haben wir das verdient?«, klagte Mutter. »Schon der dritte Sturm in diesem Jahr. Weshalb straft uns Gott so?«

Vater musterte sie schweigend. Ihr Haar war ebenfalls weiß vom Staub. Sie reichte uns kalten gekochten Fisch. Ich zupfte die Filets vom Rückgrat und stopfte sie mir in den Mund. Es knirschte zwischen den Zähnen, aber die Happen waren köstlich.

Wie drei Geister standen wir vor der Haustür. Auch aus den anderen Häusern tauchten Geister auf, waren krächzende Stimmen zu vernehmen. Vom Tempel herab bimmelte die Glocke und rief zur Abendandacht.

Mutter weinte. Die Tränen zogen dunkle Furchen über ihre gepuderten Wangen – es war, als liefen ihr die schwarzen Augen aus. »Danke, dass Du uns errettet und beigestanden hast in unserer Not, Du Einziger Alleiniger Gott«, schluchzte sie laut, damit es die Nachbarn auch gewiss hörten.

Scheiße, dachte ich. Wer denn, wenn nicht Er, hat uns diesen Sturm geschickt?

Die Gefährtinnen des Flusses spitzten durch die Verwehungen am Ufer und richteten sich allmählich wieder zu ihrer vollen Größe auf, beugten sich über das Wasser, entrollten ihre Trinkrüssel. Der Ontos wälzte sich dahin – er sah aus, als hätte man ihm eine Rüstung aus Metall übergestreift. Zwei zunehmende Monde, ängstlich zusammengedrängt wie Dongos in Not, waren am Abendhimmel zu sehen, der sich wieder mit Blau füllte. Doch noch Stunden nach Sonnenuntergang glühte er kupferfarben, als wäre eine zweite, viel größere Sonne aufgezogen, die sich diffus über den Horizont wölbte und vergeblich versuchte, Gestalt anzunehmen.

|15|

Zwei Tage nach dem Ausflug zu den Reliefs landeten Fischer einen Dongokadaver am Ufer an. Jespersen holte ihn mit dem Hub von der Uferböschung. Dann bugsierte er ihn in einen großen Raum unter der Station und legte ihn auf einer Werkbank ab.

»Er wiegt vierundvierzig Kilo«, sagte er mit einem Blick auf die Anzeigen. »Ein durchschnittliches Exemplar.«

»Der ist aber schon länger tot«, sagte Jonathan, nachdem er den Dongo beschnüffelt hatte.

Auch Ailif inspizierte den Kadaver. »Ein Auge ist zerstört, das andere wurde entfernt. Passiert so etwas hier öfters?«

Jespersen zuckte mit den Achseln. »Häufig, ja.«

»Wissen Sie den Grund?«

»Ich weiß nicht viel darüber. Manche sind ganz scharf darauf, Dongoaugen zu ergattern.«

»Wozu?«

»Keine Ahnung.«

Ailif glaubte Jespersen kein Wort. »Sie zerfallen zu Ruß, oder?«

»Ja, aber das kann man angeblich verhindern.«

»Wie?«

»Soviel ich weiß, muss man sie entnehmen, solange das Tier, also der Dongo, noch lebt. Und man muss sie in ein Öl einlegen, in dem bestimmte Flussalgen gekocht wurden. Dann bleiben sie erhalten.«

»Wozu soll das gut sein?«

»Fragen Sie mich etwas Leichteres, Professor.« Jespersen wandte sich ab und verließ die Werkstatt.

Jonathan schnüffelte an dem zerstörten Auge. »Ruß. Eindeutig Ruß.«

»Die Augen wurden herausgeschnitten«, stellte Maurya fest, nachdem sie die leeren Höhlen mit einer Lupe inspiziert hatte. »Jo hat recht, die Reste des linken sind zu Ruß zerfallen.«

Ailif fuhr mit dem Zeigefinger in die Höhle und roch dann an der dunklen Schmiere. »Riecht nicht verbrannt. Keine Schussverletzung durch einen Laser. Hoffentlich haben sie beim Herausschneiden keine inneren Organe verletzt.«

Maurya schüttelte den Kopf. »Warum tun die so etwas? Die Augen herausschneiden?«

»Du hast ja gehört, was Jespersen gesagt hat.«

»Na, gesprächig war er nicht gerade. Die Frage der Verwendung schien ihm irgendwie unangenehm zu sein.«

»Das Gefühl hatte ich auch. Aber wir wollen uns nicht mit Nebensächlichkeiten aufhalten. Wer weiß, vielleicht schätzen sie manche Leute ja als Delikatesse. So wie Schafsaugen. Machen wir uns an die Arbeit.« Ailif schlug sein abgewetztes burgunderfarbenes Ledermäppchen auf, das er stets bei sich trug, entnahm ihm einen Skalpellhalter und setzte eine robuste Klinge ein. Dann streifte er sich OP-Handschuhe über. »Übernimmst du das empathische Protokoll, Jo? Alles, was du siehst und dabei empfindest. Auch meine Reaktionen bei der Arbeit.«

»Klar. Mach ich.«

»Und du, Maurya, hältst alles optisch fest, okay?«

»Selbstverständlich.«

Ailif vermaß den Kadaver mit einem Maßband. »Einen Meter zwanzig lang, fünfundachtzig Zentimeter breit. Rundum einschließlich Brust und Rückenpanzer, Moment, etwa zwei Meter dreißig. Hast du's, Jo?«

»Ja.«

»Gut.« Jetzt setzte Ailif das Skalpell an. Er durchschnitt das Gewebe, das den Brustpanzer mit dem Körper verband, und hob den Panzer ab. Er war in Musterung und Farbe längst nicht so ansehnlich wie die Schaustücke im Büro des Kommandanten. »Die Färbung dieses Exemplars ist schlammig graubraun mit schwarzem Streifenmuster.« Er untersuchte Rüssel und Hals. »Hier am Hals ist die tödliche Verletzung. Man hat ihm eine Harpune oder eine speerähnliche Waffe seitlich des Rüssels durch den Hals in den Brustraum gerammt.« Er setzte von Neuem das Skalpell an. »Ich öffne nun die Mantelhöhle.« Er schlug die Bauchdecke zurück und musterte Thorax und Abdomen. »Drei Herzen. Das wussten wir schon, aber …«

»Was ist?«, fragte Maurya.

»Das ist eine Überraschung. Die Dongos haben kein Zentralnervensystem, geschweige denn ein Gehirn.« Ailif schüttelte ungläubig den Kopf.

»Eine intelligente, künstlerisch begabte Spezies ohne Gehirn? Wer soll uns das glauben?«

»Hm.« Ailif deutete auf eine bestimmte Stelle. »Allerdings verlaufen hier kräftige Nervenstränge nach oben zum Kopf, zum Rüssel beziehungsweise zu den Augenhöhlen und vereinigen sich zu einem ansehnlichen ... Ich würde es Cerebralganglion nennen, aber beim besten Willen ist das kein Gehirn. An der Peripherie, dort, wo die vier Gliedmaßen ansetzen, sehe ich vier kleinere Nervenzentren. Möglicherweise steuern sie die Bewegungen.«

»Sinnesorgane?«

»Ich kann keine seitlichen Sinnesorgane in Kopfnähe entdecken, die man als Ohren interpretieren könnte.«

»Vielleicht verfügen sie über Geruchs- und Tastsinnesorgane in den Extremitäten.«

»Ja, vielleicht. Das bleibt Detailuntersuchungen vorbehalten. Auf den ersten Blick ist nichts Derartiges erkennbar.«

»Es muss aber doch Kommunikationsorgane geben.«

»Möglicherweise Sensoren für Elektrizität, wie man sie bei einigen Meeresbewohnern auf der Erde findet. Aber ist das ein hinreichend komplexes Nervensystem, um diese Wesen bewusstseinsfähig zu machen, wie man es bei einer intelligenten Spezies voraussetzen sollte? Rätselhaft das Ganze. Was meinst du, Jo?«

»Ich blicke ebenso wenig durch.«

»Auf gewisse Weise erinnern mich diese Dongos an Krustentiere«, sagte Maurya.

»Hm. Ich würde sie taxonomisch irgendwo zwischen Schnecken und Stachelhäutern ansiedeln. Aber das sind natürlich irdische Maßstäbe, die gelten hier nicht.«

Maurya schüttelte den Kopf. »Nein. Die Dongos sind Produkte einer völlig anders verlaufenen Evolution.«

»Aber es existieren Gesetzmäßigkeiten, die für alle Lebewesen gelten«, sagte Jonathan. »Wo immer sie sich entwickelt haben.«

»Du meinst Homologien.«

»Ja.«

»Nun, auf den ersten Blick sind es bipolare Wesen – zwei Arme, zwei Beine –, aber bei näherer Betrachtung würde es mich nicht wundern, wenn sie sich aus radialsymmetrischen Vorfahren entwickelt hätten. Seesternähnliche Wasserbewohner.«

»Die Sektion gibt mehr Rätsel auf, als sie löst«, seufzte Ailif. Er setzte erneut das Skalpell an und öffnete die Bauchhöhle. »Der Magen liegt im Zentrum, der Darmtrakt darunter. Von oben die Speiseröhre. Nichts Problematisches in dieser Hinsicht und vergleichsweise primitiv. Drüsen für die Verdauung. Das hier könnte ein leberartiges Organ sein. Stark durchblutet. Der Mageninhalt: vorwiegend Grünzeug. Algen würde ich sagen. Aber auch Reste von Fischen und anderem Getier.«

»Also ein Allesfresser.«

»Sieht so aus.«

Mit seiner Vergrößerungsbrille beäugte Ailif die durchtrennte Oberhaut. »Noch eine Überraschung, Leute. In der Unterhaut sind Reflektorproteine eingelagert. Sie erlauben einen Lichtwechsel über die gesamte Breite des Spektrums. Jespersen hat mir erzählt, dass die Dongos jede Farbe beziehungsweise jedes Farbmuster annehmen können. Das ist ein Phänomen, das auf Strukturen im Nanobereich zurückgeht.«

»Das können wir hier nicht untersuchen.«

»Nein, aber ich werde ein paar Gewebeproben heraustrennen. Die nehmen wir mit und untersuchen wir eingehend auf New Belfast.«

»Ich frage mich, was dieser Luxus der Farbänderung soll, wenn die Haut von einem Panzer bedeckt ist.«

Ailif wägte den Kopf. »Vielleicht dient es der Tarnung, wenn sie den Panzer abwerfen und eine Zeit lang schutzlos sind. Dann ist der Fluss für sie gefährlich, nehme ich an. Außerdem könnten die Farbmuster der Panzer von den Mustern in der Haut gebildet werden.«

»In dieser Hinsicht hat sich unser Exemplar aber wenig einfallen lassen«, sagte Jonathan.

»Kann man wohl sagen. Sie haben uns ein fantasieloses graues Mäuschen geliefert.« Ailif hatte sich inzwischen daran gemacht, die Sehnen zu durchtrennen, die den Kopfschild hielten. Jetzt hob er ihn ab. »Keine Schädelkalotte, sondern eine Art nach vorn gewölbter Schulp zwischen den Augen, an dem unmittelbar vor dem Cerebralganglion der Rüssel ansetzt.« Er schnitt den Rüssel auf. Dabei stieß er am oberen Ende auf eine Drüse, aus der einige Tropfen Flüssigkeit austraten.

»Stopp!«, rief Jonathan laut. »Ich will dir ja nicht ins Handwerk pfuschen, aber ich rieche Ameisen.«

»Du mit deinen Ameisen!« Ailif betrachtete den feuchten Fleck an seinem Handschuh und schnupperte daran. »Ich rieche nichts.«

»Das denke ich mir. Aber ich. Das ist hochkonzentrierte Ameisensäure.«

Ailif warf Maurya einen fragenden Blick zu.

»Die Reliefs sehen aus … wie geätzt«, sagte sie und stützte nachdenklich das Kinn in die Hand. »Eine Symbiose mit den Ameisen?«

»Auf jeden Fall! Seht euch das an!« Jonathan hatte sich auf die Hinterbeine gestellt und kratzte mit der Pfote am freigelegten Schulp des Kopfes.

Ailif nahm das Skalpell und schabte etwas von der bröckeligen Masse ab, die am Knochen festsaß. Was wie ein schorfiger Auswuchs aussah, entpuppte sich als winziger Termitenhügel, der auf dem Knochen hinter dem Rüsselansatz errichtet worden war. »Das wird ja immer rätselhafter.« Ailif legte das Skalpell beiseite. »Sind womöglich die Ameisen die dominierende Spezies auf Hot Edge? Benutzen sie die Dongos als Transportmittel, als Roboter oder Zombies oder was weiß ich?«

Maurya schüttelte entschieden den Kopf. »Die Reliefs stellen Dongos dar, festlich vereinte Dongos. Was hätten diese Ameisen davon, Darstellungen ihrer Roboter zu erschaffen?«

»Denkt an Dawkins«, warf Jonathan ein. »Wir Lebewesen sind die Fahrzeuge unserer Gene. Wir transportieren sie in die Zukunft.«

»Und trotzdem stellen Menschen Abbilder von Menschen her, willst du das damit sagen?«

»So ungefähr. Ja.«

»Hm.«

Ailif durchschnitt nun die Haut, die den Bauchraum vom Unterleib trennte. Ein Eiersack kam zum Vorschein, gefüllt mit flachen fünfeckigen Eiern, halb durchsichtig und gelbgrau gefärbt. Ailif zupfte eins heraus und hielt es gegen das Licht – im Innern war ein tropfenförmiger Keim zu erkennen. Er schüttelte den Kopf. »Scheint ein Weibchen zu sein. Ein dünner Kanal führt nach unten und endet neben dem Anus. Ein Geschlechtsorgan ist nicht zu erkennen.« Er schnitt eines der hinteren Gliedmaße auf. »Und das hier scheinen eher verkümmerte Rüssel zu sein als Fortbewegungsmittel, knochenlos und vermutlich nur zum Rudern geeignet, aber von einer Vielzahl von Muskeln bewegt.« Er streifte die Handschuhe ab und legte sie beiseite. »Jede Menge Stoff zum Nachdenken.«

»Die Sektion hat wenig gebracht«, fasste Ailif zusammen, als sie kurz darauf in der Cafeteria saßen und Eistee tranken.

»Das würde ich nicht sagen«, erwiderte Maurya. »Wir haben nun eine genaue Vorstellung vom äußeren und inneren Aufbau dieser Lebewesen.«

»Das schon, aber letztlich mehr Rätsel als definitive Ergebnisse. Zum Beispiel: Welche ist nun die dominierende Spezies?«

»Es gibt keine«, sagte Jonathan entschieden.

»Was willst du damit sagen?«

»Wenn ich mit den Achseln zucken könnte, würde ich jetzt mit den Achseln zucken.«

Maurya lachte. »Ich sehe dich mit den Achseln zucken. Es sieht possierlich aus.«

»Possierlich?« Jonathan ließ den Schwanz sinken und sah sie überrascht an.

»Ja.«

»Also gut. Ich zucke mit den Achseln und sage: Weder die Glasflöhe, wie sie hier die Ameisen oder Termiten nennen, noch die Dongos sind die dominierende Spezies. Erst wenn sich beide zusammenschließen, sind sie zu Intelligenzleistungen fähig. Die beiden Spezies müssen zusammenwirken – so sehe ich das.«

»Und fähig zu künstlerischer Kreativität?«, fragte Maurya.

»Ja.«

»Hm.« Ailif rieb sich nachdenklich das Kinn. »Diese Argumentation hat etwas für sich. Die Glasflöhe besetzen die Ganglien der Dongos und beeinflussen sie durch Bisse oder etwas anderes. Aber ist es ein symbiotisches oder ein parasitäres Verhältnis?«

»Ich habe das Gefühl, ein symbiotisches. Beweisen werden wir das erst können, wenn wir feststellen, was die Glasflöhe von der Gemeinsamkeit haben. Jedenfalls kann es kein selbstloses Verhalten sein, so etwas pflegt sich in der Natur nicht zu entwickeln. Es ist immer ein Tauschgeschäft.«

»Völlig richtig, Jo. Ich tippe auf irgendeine Substanz, die von den Dongos produziert wird, wenn die Glasflöhe sie befallen. Vielleicht etwas, das die Königin für ihre Fruchtbarkeit braucht.«

»Und im Gegenzug stellen ihnen die Glasflöhe die Säure zur Verfügung, mit denen sie ihre Reliefs ätzen können«, sagte Maurya.

»Es klingt logisch.« Jonathan streckte sich. »Was aber, wenn es eine parasitäre Verbindung ist?«

»Das wäre übel«, sagte Ailif.

»Ja, es gibt Parasiten, die sich nicht im Darm oder in der Leber, sondern direkt im Gehirn einnisten und ihren Wirt steuern. Wie etwa der Egel *Leucochloridium paradoxum*, der für seinen Wirtswechsel von der Schnecke in den Darmtrakt eines Vogels das Tier zu artfremdem Verhalten zwingt. Er dringt in die Augenfühler ein, sodass sie wie schmackhafte Raupen aussehen, und lässt die Schnecke an den Halmen nach oben kriechen, wo sie leichter von den Vögeln entdeckt und gefressen wird.«

Maurya grinste. »Aber Jo, du glaubst doch nicht allen Ernstes, dass die Glasflöhe die Dongos zwingen, Reliefs von Dongos in den Fels zu ätzen.«

»Immerhin besetzen sie das Gehirn und stimulieren es«, sagte Ailif.

»Was wiederum eher auf ein parasitäres Verhältnis hindeutet«, sagte Jonathan.

»Hm.« Ailif lehnte sich zurück. »Wisst ihr, was ich glaube? Ich glaube, die Glasflöhe stimulieren die Dongos, sich zu diesen Riesenwürmern zusammenzuschließen. Sie verhaken sich ineinander und bilden eine größere Lebensform, um bei einer Bedrohung kampffähig zu sein. Und um sich künstlerisch zu betätigen.«

»Also keine Reptilien«, sagte Maurya.

»Nein. Im Gegensatz zu New Belfast gab es auf dieser Welt nie Echsen.«

»Man kennt eine Menge Organismen«, sagte Jonathan, »die sich zu größeren, wehrhaften Gebilden zusammenschließen.«

»Schwärme?«, fragte Maurya.

»Ja, man kann auch Schwärme unter diesem Gesichtspunkt betrachten, aber ich meine Einzelwesen, die sich zu größeren Organismen zusammenballen. Schleimpilze etwa, *Myxomyceten*, auch Drachendreck oder Hexenbutter genannt, oder Plasmodien wie *Physarum polycephalum*, die pulsieren und dabei Gift verspritzen.«

»Und denkt an die Quallen.« Ailif rieb sich nachdenklich das Kinn. »Sie bilden Staatsquallen, Portugiesische Galeeren, die sich vom Wind bewegen lassen, um neue Weidegründe zu erreichen.«

Maurya schüttelte den Kopf. »Aber größere Lebewesen wie die Dongos? Wie bist du überhaupt auf die Idee gekommen, Ailif?«

»Erinnert ihr euch an die Schilde in Cayleys Büro? Da waren ein paar dabei, die miteinander verbunden waren, seitlich zusammengehakt. Und ich fragte den

Commander, ob es bei den Dongos auch so etwas wie Siamesische Zwillinge gäbe. Er erwiderte, das wäre selten, käme aber gelegentlich vor. Seither ließ mich der Gedanke an sich verbindende Dongos nicht mehr los. Dann hörten wir von den Riesenraupen, die an den Felsen am Hochufer herabhängen und an den Fresken arbeiten. Da musste ich an Bauketten, wie sie Ameisen oder wilde Bienen bilden, denken. Und als ich dann die Reliefs sah, diese zusammengedrängten Körper der Dongos …« Ailif zog die Augenbrauen hoch.

»Interessant«, brummte Jonathan.

Maurya hob die Hände. »Und mich lässt die Frage nicht los, weshalb die Menschen hier lebendigen Dongos die Augen herausschneiden? Das ist barbarisch.«

»Nun«, erwiderte Ailif, »wenn man sie für Tiere hält, hat man da wahrscheinlich weniger Skrupel. Wenn man sie essen oder haltbar machen kann, bevor sie zerfallen.«

Maurya schüttelte sich. »Aber einem lebendigen Lebewesen die Augen herauszuschneiden …«

»Darf ich dich daran erinnern, dass die Blendung eines Menschen bis in die beginnende Neuzeit eine häufig verhängte Strafe war. Sie wurde mit einem sogenannten Augenlöffel vollzogen, mit dem dem Delinquenten die Augäpfel herausgeschält wurden.«

»Hör auf! Das ist ja fürchterlich.«

»Ja, das ist es«, sagte Ailif kopfschüttelnd. »Aber zurück zu den Dongos. Ein intelligentes, künstlerisch begabtes Lebewesen, das kein eigenes Gehirn hat. Du hast recht, Maurya, das glaubt uns niemand.«

Jonathan hob die Nase und schnaubte. »Gibt es nicht Lebewesen, deren Sensorium nicht in einem Zentralnervensystem beziehungsweise einem Gehirn zusammengefasst, sondern über die ganze Körperoberfläche verteilt ist?«

Ailif nickte. »Ja, bei den Quallen etwa. Aber dass Quallen Kunstwerke geschaffen hätten, ist mir nicht bekannt.«

»Aber es gibt Strandwürmer, die kein nennenswertes Zentralnervensystem, geschweige denn ein Gehirn aufweisen und trotzdem an der Brandungsgrenze im feuchten Sand raffinierte Spiralen und Strahlengebilde anlegen. Ich habe Aufnahmen davon gesehen.«

»Kann man solche Instinkthandlungen Kunstwerke nennen?«

»Schwerlich, aber Anfänge von Kunstfertigkeit sind das schon, würde ich meinen.«

»Ich weiß nicht, Jo, ob uns das weiter bringt.«

»Ich, ehrlich gesagt, auch nicht. Aber die Felsätzungen sind unbestreitbar da. Von wem sollten sie sonst stammen?«

»Die Raupen«, seufzte Ailif. »Die Riesenwürmer.«

»Dann müssen wir sie finden.«

»Hm. Eine Frage an Sir Jonathan, unseren Empathen: Wo würdest du die Dongos in der belebten Welt einordnen?«

Jonathan bürstete sich nachdenklich das Ohr mit der Vorderpfote. »Ins Unreine gesprochen: ein weit entfernter Verwandter der irdischen Schildkröte.«

»Ist das dein Ernst?«

Jonathan ließ sich auf den Boden plumpsen und legte den Kopf auf die Pfoten.

Ailif schüttelte entschieden den Kopf. »Da bist du hoffnungslos auf dem Holzweg, mein Lieber.«

»Weshalb?«

»Die Schildkröte hat ein Skelett, und ihr Panzer ist ein fester Bestandteil davon. Er ist eine Wucherung der Wirbelsäule und der zusammengewachsenen Rippen. Der Bauch ist vom *Plastron* geschützt, einer äußerst harten Platte, und der Rücken vom *Carapax*, der bei den meisten ein Muster aufweist.«

»Und von ihrer Haut.«

»Das ist richtig, Jo, aber die bildet nur die äußere sensitive Schicht.«

»Sensitiv?«, fragte Maurya verwundert.

»Sogar sehr. Wenn man mit einer Bürste über ihren Panzer streicht, richtet sie sich auf, geht sie sozusagen auf den Zehenspitzen, um den Reiz der Berührung voll auszukosten.«

»Das wusste ich nicht. Ich habe sie immer für … na ja … hartschalig und empfindungslos gehalten.«

»Das sind sie ganz und gar nicht. Beim Dongo hingegen wird der Panzer aus der Haut exprimiert. Er kann ihn abwerfen, wenn er zu klein geworden ist, und einen neuen ausbilden. Er ist mit Sehnen und Bändern mit der Haut verbunden, hat also kein Knochengerüst, mehr so etwas wie einen elastischen Schulp.«

»Also eher ein entfernter Verwandter von Tintenfischen«, sagte Jonathan.

»Ganz genau. Dieser Schulp dient als Aufhängung für die inneren Organe und die knochenlosen Extremitäten.«

»Und die Nervenstränge …«

»… sind an die Peripherie ausgelagert, aus welchen Gründen auch immer. Womöglich, um beim Zusammenschluss zu einer Riesenraupe Nervensignale mit dem Nachbarn auszutauschen, was weiß ich. Es gibt bislang keine Monografie dieser Wesen.«

»Die wird wohl von uns erwartet.«

»Da liegst du richtig, Jo.«

Jonathan gab ein leises Brummen von sich. Dann sagte er: »Tatsächlich gibt es fast keine Beschreibungen der Tier- und Pflanzenwelt von Hot Edge. Im Wesentlichen nur den Expeditionsbericht von De la Motte/Palme, die mit ihrer nuklear betriebenen Barkasse vom Delta bis zu den Seen unterhalb des Haars hinaufgefahren sind, aus denen der Ontos entspringt.«

»Wie haben sie mit der Barkasse die Katarakte überwunden?«, fragte Ailif.

»Sie haben Breschen hineingesprengt. Und die wurden später erweitert, um eine Durchfahrt für die Flöße zu schaffen.«

»Aha.«

»Aber das waren Geographen und Handelsleute, die sich wenig für Biologie interessierten. Ihnen ging es um die Erschließung eines weitgehend unerforschten Kontinents. Sie haben zwar ein paar Dongos geschossen, als ihre Vorräte knapp wurden, aber sie fanden sie für den Verzehr ungeeignet und hielten sich lieber an Fisch.«

»Die Reliefs scheinen ihnen entgangen zu sein«, sagte Maurya.

»Ja, sie erwähnen sie mit keinem Wort. Entweder gab es die damals noch nicht, oder sie sind nachts daran vorbeigefahren, oder es herrschte Nebel, wie so oft hier.« Jonathan kratzte sich hinter dem Ohr. »Wir – Mr. Swift und ich – sind in diesem Zusammenhang übrigens auf ein merkwürdiges Detail gestoßen. De la Motte/Palme berichten, sie hätten von den allerersten Siedlern auf Hot Edge Dongo-Eier gekauft, für die exorbitante Preise verlangt wurden. Diese Eier seien lange in einem speziellen mit Kräutern versetzten Öl eingelegt gewesen und dadurch äußerst widerstandsfähig und hart geworden wie Diamanten. Sie seien farbig marmoriert und mindestens so groß wie Taubeneier gewesen.«

Ailif zog die Augenbrauen hoch. »Was sagst du da, Jo?«

»So steht es in dem Reisebericht.«

»Aber ihr habt doch die Dongo-Eier gesehen, die ich in dem Gelegesack gefunden habe. Sie waren nicht größer als der Nagel meines kleinen Fingers. Halb durchsichtige fünfeckige Gebilde.«

Plötzlich schlug Maurya mit der flachen Hand auf den Tisch. »Marsulen! Die Augen der Dongos werden als Marsulen gehandelt.«

Ailif blickte sie fragend an.

»Das ist die Lösung«, sagte Maurya.

»Wie meinst du das?«

»Mir gingen die fehlenden Augen nicht aus dem Sinn. Die damaligen Forscher irrten sich oder wurden irregeführt. Das waren keine Eier, das waren Augen. Augen von Dongos.«

»Aber sie zerfallen zu Ruß, wie wir festgestellt haben.«

»Wenn der Dongo stirbt, zerfallen sie zu Ruß. Aber wenn die Augen dem lebenden Dongo entnommen und in kürzester Zeit speziell behandelt werden, bleibt ihre Struktur erhalten beziehungsweise wird der Glaskörper – oder wie immer man dieses Organ nennen kann – in eine harte Substanz transformiert.«

»Und wie soll das gehen?«

»Nun, wie bei fast allen sehenden Tieren bestehen die Augen aus Kristallinen, also aus gelösten Proteinen – kugelförmige Zellen ohne Zellkern, die durchsichtig sind, um das Licht zu leiten.«

»Das weiß ich, meine Liebe. Aber das hier scheint ein Sonderfall zu sein.«

»Weißt du, was ich vermute?«

»Nein. Sag es mir.«

»Ich vermute, dass die Gitterstruktur des Kristallkörpers in kürzester Zeit zerfällt, wenn das Organ nicht in lebendes Gewebe eingebettet ist.«

»Zu Ruß.«

»Genau. Es bedarf der Nervenimpulse, um die kristalline Ordnung aufrechtzuerhalten. Bleiben die aus, setzt eine Art Schmelzprozess ein, weil sich die Positionsfehler akkumulieren. Der Diamant zerfällt zu Graphit, zu Ruß.«

»Und du glaubst, dieser Prozess lässt sich verhindern, indem man das Auge aus dem lebenden Gewebe herauslöst?« Ailif wiegte zweifelnd den Kopf. »Ich weiß nicht.«

»Du hast doch gehört, was Jespersen gesagt hat. Sie legen den Kristallkörper in ein spezielles Öl ein, das den Zerfall verhindert, seine Struktur sozusagen einfriert.«

»Hm.« Ailif verflocht seine Finger im Nacken. »Dann sind diese Marsulen also Dongo-Augen, die einer speziellen Transformation unterworfen wurden.«

»Genau.«

»Maurya könnte recht haben«, sagte Jonathan. »Es würde auch erklären, weshalb sich Jespersen so zugeknöpft gezeigt hat, als wir ihn auf die fehlenden Augen angesprochen haben.«

»Ist dir das auch aufgefallen, Jo?«

»Allerdings. Ich spürte ein Zurückweichen, als würde er rasch alle Fenster schließen.«

Maurya nickte. »Man kann die Klunker der geliebten Gattin um den Hals hängen. Oder man kann sie teuer verkaufen und dafür so wunderbare Dinge anschaffen wie Elektroboote und Lasergeschütze. Man braucht nur einen Flottenkommandanten, der die nötigen Verbindungen hat und beide Augen zudrückt.«

Ailif schnippte unschlüssig mit den Fingern. »Das ist ein sehr schwerwiegender Verdacht, Maurya.«

»Aber er liegt auf der Hand. Und er muss publik gemacht werden. Wir können doch nicht zusehen, wie diese Frömmler mit Einverständnis des örtlichen Flottenkommandanten einen Genozid an den Eingeborenen begehen, ihnen bei lebendigem Leib die Augen herausschneiden, um sich zu bereichern. Das muss an die Öffentlichkeit!«

»Vorsicht, Maurya! Erstens haben wir nicht das Zipfelchen eines Beweises. Und zweitens: Wenn du recht hast und es eine derartige Komplizenschaft gibt, haben wir keine Ahnung, wie weit sie in der Hierarchie der Flotte nach oben reicht. Das könnten lukrative Geschäfte sein, in die womöglich sogar die Admiralität verwickelt ist, wer weiß? Also kein Wort. Wir machen unseren Job hier, fassen die Ergebnisse der Sektion zusammen, um daraus in Grundzügen eine Monografie zu skizzieren, und dokumentieren die Beschädigungen an den Reliefs durch die Dschiheads.«

»Aber wir müssen etwas unternehmen!«

»Das werden wir. Zu gegebener Zeit.«

Maurya schüttelte den Kopf. »Ich möchte zumindest versuchen, mit dem Großarchon zu verhandeln, damit er von diesem Vandalismus ablässt. Das sind wir uns schuldig, Ailif. Das sind wir diesem Planeten schuldig.«

Jonathan klopfte mit dem Schwanz auf den Boden und blickte sorgenvoll vom einen zum anderen.

Ailif dachte kurz nach, dann sagte er: »Na schön. Aber sonst kein Wort – zu niemandem, Maurya. Das gilt auch für dich, Jo. Wenn wir hier fertig sind, nichts wie weg. Keine Andeutung, bevor wir nicht sicher im Orbit und an Bord der *Ballymena* sind. Sonst laufen wir Gefahr, im Fluss zu landen oder irgendwo in der Wüste. Und was die Verhandlungen mit den Dschiheads betrifft – das übernehme ich. Ich lasse mich morgen ins Dorf hinüberbringen.«

Maurya sah ihn empört an. »Ich komme mit.«

»Auf keinen Fall.«

»Aber warum nicht?«

»Es wäre zu gefährlich für dich.«

»Weil ich … unbeschnitten bin?«

»Ach was! Ich will dich keiner wie auch immer gearteten Gefahr aussetzen, Liebes. Du hast ja gehört, wie uns Cayley dringend davon abgeraten hat, über den Fluss zu fahren.«

»Klar. Es könnte ja etwas von seinen lukrativen Geschäften mit den Dschiheads ans Tageslicht kommen. Mit den Marsulen.« Maurya lehnte sich zurück und sah Ailif besorgt an. »Nimm wenigstens Jo mit.«

»Nein. Kommt nicht infrage. In den Augen dieser Frömmler ist er kein Geschöpf Gottes, sondern ein Produkt der Hybris. Sie würden ihn vermutlich ohne zu zögern über den Haufen schießen.«

Maurya seufzte. »Wo sind wir da nur hingeraten, Ailif?«

Ailif zuckte mit den Achseln. »Sie nennen ihre Welt Paradise«, sagte er.

16

Wie jeden Tag war ich mit meinem Vater vor Sonnenaufgang auf den Fluss hinausgefahren. Ich ruderte das Boot, er kontrollierte die Netze und räumte sie aus. Der Fang war wie immer ziemlich kläglich: sechs oder sieben handgroße Fische, sonst nur Kroppzeug, das man gleich wieder ins Wasser hätte schmeißen können, doch Vater tat es nicht, weil er wusste, dass er sich die Schelte seiner Frau zuziehen würde, sollte er es wagen, eine Gottesgabe zu vergeuden. Mutter pflegte das eklige und stachelige Zeug auszukochen und uns vorzusetzen und die Fische zu verkaufen. Ich fand es ungenießbar und begnügte mich mit dem Gemüse und den Kartoffeln, die sie in der Brühe mitkochte.

Nachdem wir das Boot unterhalb unseres Hauses am Ufer festgemacht hatten, ging ich durch das Dorf Richtung Schilf flussabwärts, wo ich mein Rundboot versteckt hatte, in dem ich, unter Schilfmatten verborgen, meine Besitztümer aufbewahrte. Als ich am Tempelplatz vorbeikam, bemerkte ich Unruhe und Betriebsamkeit. Ich sah, wie sich Gabriel eine Handvoll Stricke in die Hosentasche stopfte. Dann, wie Metzger Grote aus dem Tempel kam. Vermutlich hatte Seine Heiligkeit ihn zu sich gerufen. Grote hatte seinen Axtstiel dabei, mit dem er unternehmungslustig in die linke Handfläche schlug: sein grausiges Werkzeug, dunkel von Blut und gesprenkelt mit Fischschuppen, mit dem er mit einem präzisen Hieb ins Genick die Kreaturen des Flusses zu erschlagen pflegte.

Oh, oh!, dachte ich. Da liegt etwas in der Luft.

Neugierig geworden, legte ich mich in meinem Rundboot auf die Lauer. Und tatsächlich, es war noch keine Viertelstunde vergangen, da hörte ich das Schnurren eines Elektroboots, das von der Station über den Fluss kam und auf den Bootssteg zuhielt. Es war Ionas, der Sohn des Bäckers, der drüben bei der Flotte Dienst tat. Er machte nicht fest, sondern fasste nur nach einer der Anlegestangen. Er brachte einen Passagier mit: einen großen schwarzen Mann, breitschultrig, mit kahlem Schädel und einem Schnauzbart über der Oberlippe, dessen Spitzen wie ein stattliches Geweih abstanden. Der Mann kletterte auf den Steg und hob dankend die Hand, und Ionas steuerte das Boot wieder auf den Fluss hinaus.

Sie haben dich erwartet, schoss es mir durch den Kopf. Sie wurden von der Station vorgewarnt. Das ist eine abgekartete Sache, eine Falle.

Der Fremde blickte sich kurz um. Dann ging er gemessenen Schritts über den Steg auf die Treppe zum Tempelplatz zu. Und stieg sie hinauf!

Oh, oh! Das konnte nicht gutgehen. Hatte ihm denn, um Himmels willen, niemand gesagt, dass man den geheiligten Boden des Tempelplatzes nur mit entblößten Füßen betreten durfte!

Der Mann machte keine Anstalten, sich seiner Schaftstiefel zu entledigen, sondern stapfte damit auf das Tempeltor zu. Dann hob er die Hand, ballte sie zur Faust und – ich hätte sie am liebsten festgehalten – schlug mit den Knöcheln gegen das Holz. Ich hatte die Hand auf den Mund gepresst, um einen Angstschrei zu unterdrücken.

Es kam, wie es kommen musste: Das Tor sprang auf, und Seine Heiligkeit erschien in voller Montur. Lilafarbene Soutane, die eng anliegende Kappe aus schwarzgrün gemustertem Kuangaleder, deren Klappen ihm bis auf die Schultern fielen, die Augenhöhlen lila geschminkt. Er sah wahrhaft bedrohlich aus. Ja, der Teufel persönlich konnte nicht eindrucksvoller aussehen!

Ich hörte das Pfeifen seines Blähhalses, der ihm aus der Soutane quoll, und dann einen unartikulierten Schrei. Seine Heiligkeit, der Großarchon, deutete auf die Fußbekleidung des Besuchers. Unwillkürlich duckte ich mich, damit ich nicht entdeckt wurde, und als ich den Kopf wieder zu heben wagte, waren sie schon über ihm. Sie hatten sich in der Nähe versteckt gehabt. Gabriel und Michael packten den Fremden rechts und links an den Armen, und Grote, der sich von hinten anschlich, hob seinen schrecklichen dunklen Axtstiel und drosch mit aller Kraft auf den kahlen Schädel des Schwarzen. Der Mann drehte sich halb um, und Grote schlug ein zweites Mal zu. Der Fremde ging in die

Knie und schüttelte benommen den Kopf. Blut lief ihm über die Stirn. Er hob die Hand, wollte es abwischen, doch Grotes Gesellen rissen seine Arme nach hinten und machten Anstalten, ihn mit Stricken zu fesseln.

»Vorne!«, schrie der Großarchon. »Er soll seine Henkersmahlzeit mit eigenen Händen genießen können.«

Die beiden Gehilfen verstanden nicht, was der Großarchon meinte, und blickten ihn fragend an.

»Die Arme nach vorne fesseln, ihr Idioten!«, bellte der Großarchon zornig. »Und bindet ihm die Unterarme fest zusammen, damit er nicht an den Stricken herumnesteln und sie lockern kann.« Dann wandte er sich mit funkelnden Augen dem Schwarzen zu. »Du bist des Todes, Fremder. Du hast heiligen Boden verunreinigt. Du wirst zur Hölle fahren – dorthin, wo du herkommst, du schwarzer Teufel!«

Der Fremde versuchte verzweifelt, auf die Beine zu kommen, aber die beiden Gehilfen rangen ihn nieder und Grote hob abermals den Axtstiel. Dann schleiften sie den Gefesselten über den Steg zum Bootshaus am Ufer und sperrten ihn dort ein.

Erst als sie verschwunden waren und sich Seine Heiligkeit wieder in den Tempel zurückgezogen hatte, wagte ich es, mein Versteck zu verlassen. Ich zitterte am ganzen Körper vor Empörung und Angst.

Doch was ging mich der Fremde an?

Am Abend holten Grotes Gehilfen die Einzelteile des Galgens aus dem Magazin des Tempels, bauten sie auf dem Tempelplatz zusammen und richteten ihn auf. Sie wollten den Fremden allen Ernstes hinrichten! In dieser Nacht konnte ich nicht schlafen, sah immer wieder das blutüberströmte Gesicht des Schwarzen vor mir.

Doch am nächsten Morgen geschah nichts. Vater und ich fuhren wie immer auf den Fluss hinaus. Den ganzen Tag ragte der Galgen drohend in den Himmel, baumelte die Schlinge im Wind.

Wir hatten keinen Unterricht, und Seine Heiligkeit, der Großarchon, ließ sich nicht blicken, also verbrachte ich den Tag in dem leeren Haus, in dem Anzo mit seiner Mutter gewohnt hatte. Die Pflanzen im Garten waren allesamt verdorrt und durch den Sturm größtenteils unter Sand begraben, weil sie nicht geschützt worden waren. Es sah trostlos aus. Ich entdeckte Fußspuren, also war seither jemand hier gewesen. Wahrscheinlich wieder Grotes Gehilfen. Das Haus war ausgeplündert und dem Verfall preisgegeben. Aber ich hatte Anzos Hefte gerettet und sie in der wasserdichten Tasche in meinem Boot verstaut!

Kurz nach Sonnenuntergang sah ich Hede, die Frau des Bäckers, mit einem Korb und einem Krug zum Bootshaus gehen. Sie brachte dem Gefangenen etwas zu essen und zu trinken. Gabriel begleitete sie und schloss ihr auf. Dann hörte ich zwei, drei klatschende Schläge – Gabriel ließ es sich nicht entgehen, den Wehrlosen zu misshandeln. Doch offenbar ging Hede dazwischen, und es entspann sich ein heftiger Wortwechsel, der von Hedes schriller Stimme dominiert wurde. Kurz darauf kamen sie wieder heraus, und Gabriel schloss mürrisch das Bootshaus ab.

|17|

»Er hatte versprochen, mit uns in Kontakt zu bleiben, aber er reagiert nicht auf meine Anrufe. Und er lässt auch nichts von sich hören. Irgendetwas stimmt da nicht.«

»Beruhige dich, Maurya«, sagte Jonathan. »Ja, du hast recht: Irgendetwas stimmt nicht. Aber er lebt und ist wohlauf – ich empfange seine Telemetriedaten. Nur sein Kopfhaut-Implantat scheint gestört zu sein. Vielleicht …«

»Was?«

»… vielleicht hat er einen Schlag auf den Kopf erhalten, der das Implantat beschädigt hat.«

»Um Himmels willen, Jo! Wir müssen Commander Cayley informieren, dass er etwas unternimmt. Ein Schlag auf den Kopf …«

»Es ist nur eine Vermutung.«

»Ich habe ihn ja gewarnt«, sagte der Kommandant und lehnte sich in seinem Stuhl zurück. Er wirkte nervös und übernächtigt. »Es ist gefährlich, sich mit diesen Leuten einzulassen.«

»Was haben sie mit ihm gemacht?«, fragte Maurya, die den Tränen nahe war.

»Der Großarchon hat ihn festnehmen und einsperren lassen.«

Maurya sah den Kommandanten ungläubig an. »Und nun? Wird ihm ein Prozess gemacht, oder was geschieht?«

»Ich fürchte, Frau Professor, dass der Großarchon *kurzen* Prozess machen will, wie er das schon öfter getan hat.«

»Sie meinen, er könnte Ailif … hinrichten lassen? Das ist doch nicht möglich!«

»Das ist durchaus möglich.«

»Und Sie unternehmen nichts gegen diese Ungeheuerlichkeit?«

Der Kommandant stieß ein sarkastisches Lachen aus. »Was glauben Sie, was ich schon alles unternommen habe? Ich habe in dieser Nacht kein Auge zugemacht«

»Weshalb schicken Sie nicht ein paar von Ihren Männern hinüber und holen ihn raus?«

»Glauben Sie, einer von meinen Männern würde die Hand gegen seine Freunde oder Verwandten oder gar gegen Seine Heiligkeit erheben? Undenkbar! Das gäbe einen Aufstand, und wir hätten wieder die Zustände, die hier unter meinem Vorgänger herrschten.«

»Aber Sie *müssen* doch etwas tun können!«

»Ich kann Seine Heiligkeit nur um Gnade bitten. Und das habe ich getan. Mehr kann ich nicht tun.«

»Das hat er tatsächlich«, sagte Jonathan, als sie wieder allein auf Mauryas Zimmer waren. »Er hat in der Nacht einige lange Gespräche mit dem Großarchon geführt. Mr. Swift hat sie mitgehört. Cayley hat sich auch mit dem Flottenkommando auf New Belfast in Verbindung gesetzt. Aber dieses Gespräch war verschlüsselt – wir konnten nicht verstehen, was gesagt wurde.«

»Wahrscheinlich müssen die erst ihre Juristen konsultieren«, erwiderte Maurya mit belegter Stimme.

»Bestimmt. Ohne deren Rat wird grundsätzlich nichts entschieden.«

»Und das kann dauern.«

»Ich weiß es nicht, Maurya, aber das ist anzunehmen.«

»Um was ging es bei den Verhandlungen mit dem Großarchon?«

»Cayley hat ihn, wie er sagte, gebeten, Ailif zu verschonen. Ja, er hat ihn geradezu angefleht. ›Ich bitte Euch auf Knien, Eure Heiligkeit‹, hat er gesagt. ›Wenn Ihr ihn hängen lasst, bringt uns das in allergrößte Schwierigkeiten. Die Flotte wird das nicht hinnehmen, denn sie hat den Professor mit der Untersuchung dieser sogenannten Kunstwerke beauftragt.‹ Dann sagte er noch – tut mir leid, Maurya: ›Nehmt ihm eine Hand oder ein Auge, aber lasst ihn am Leben.‹ Worauf der Großarchon höhnisch fragte: ›Was ist schon das Auge eines Menschen wert?‹ Das deckt sich mit unserer Vermutung, was die Herkunft der Marsulen betrifft.«

»Die Marsulen können mir gestohlen bleiben.« Maurya begann wieder zu weinen. »Ist das nicht grauenhaft? Ailif mit dem Tod zu bedrohen!«

»Ich spüre deine Angst Maurya. Aber Ailif geht es den Umständen entsprechend gut – das entnehme ich den Daten seiner Telemetrie.« Jonathan verschwieg, was der Großarchon zum Schluss gesagt hatte. ›Ich habe den Alleinigen und Einzigen Gott‹, hatte er zum Kommandanten gesagt, ›der in meinem Herzen wohnt, gefragt, wie ich urteilen soll. Nach langem Schweigen hat er geantwortet: Er sei des Todes.‹

Maurya packte Jonathans dicken Kopf mit beiden Händen und drückte ihn schluchzend an die Brust. »Hat er Schmerzen?«

Jonathan schlug unschlüssig zwei-, dreimal den Schwanz auf den Boden. »Ich glaube nicht. Aber er hat Durst. Und er ist voller Zorn.«

»Jo, ich …« Sie brach ab und weinte hemmungslos.

»Wir dürfen nicht verzagen, Maurya. Noch besteht die Hoffnung, dass sich der Großarchon umstimmen lässt. Sonst könnte es für ihn vorbei sein mit den einträglichen Marsulen-Deals.«

»Damit wird es ohnehin bald vorbei sein. Was könnte ihn so aufgebracht haben, dass er so unnachsichtig reagiert?«

»Nun«, sagte Jonathan, »Ailif ist nicht gerade ein diplomatischer Typ. Vielleicht ist er etwas zu forsch aufgetreten. Einen Kotau hat er sicher nicht gemacht und bestimmt keine Prostratio wie der Commander.«

»Nein, bestimmt nicht. Er macht keinen Hehl aus seiner Verachtung für fromme Menschen.«

»Leider. Das wird es sein, was ihn in Schwierigkeiten gebracht hat.«

»Was können wir nur tun, Jo?«

»Ich fürchte, wir können nichts tun. Wir können nur hoffen, dass der Großarchon es sich überlegt und Gnade walten lässt – angesichts der Unannehmlichkeiten, die er sich einhandelt, wenn er bei seinem Urteil bleibt.«

Maurya schloss die Augen. »O Gott! Wir hätten ihn nie allein gehen lassen dürfen, Jo.«

|18|

Am folgenden Morgen hatten sich schon lange vor Sonnenaufgang etliche Dorfbewohner auf dem Tempelplatz versammelt. Natürlich war auch meine Mutter darunter. Ich duckte mich tiefer in mein Boot, um nicht von ihr gesehen zu werden.

Der Baldachin war aufgerichtet, der Thron aufgestellt.

Die Schlinge des Galgens hing drohend vor dem heller werdenden Himmel.

Nach einer Weile öffnete sich die Tür des Tempels, der Großarchon erschien in vollem Ornat, erkletterte das Podest und nahm auf dem Thronsessel Platz. Er ließ ein paar Minuten verstreichen, dann sprach er das Morgengebet. Die Anwesenden fielen ein. Nach einer weiteren Minute des Schweigens sagte er: »Ich werde ein Exempel statuieren. Dieser Eindringling von einer anderen Welt hat frevelhaft gehandelt. Dieser Ungläubige hat den Alleinigen und Einzigen Gott beleidigt. Er hat geweihten Boden betreten, ohne sich seiner Fußbekleidung zu entledigen. Er hat frech mit der Faust an die Tür des heiligen Tempels geschlagen und Einlass begehrt, ohne sich niederzuwerfen und meine

Entscheidung abzuwarten. Das können und wollen wir nicht dulden.«

»Niemals!«, riefen einige aus der Menge.

»Für sein ruchloses Verhalten hat er den Tod verdient!«

»… hat er den Tod verdient!«, wiederholten die Zuhörer.

Mich schauderte.

Der Großarchon gab Gabriel und Michael einen Wink. »Holt ihn her!«

Die beiden eilten zur Bootshütte am Ende des Landungsstegs, schlossen sie auf und zerrten den gefesselten Schwarzen heraus. Dann packten sie ihn an den Oberarmen, um ihn zum Galgen zu führen.

In diesem Moment – es war wie ein Wunder – fielen die Fesseln des Mannes ab, und ehe sich die beiden Henkersknechte versahen, klatschten sie links und rechts vom Landungssteg ins Wasser. Der Schwarze hatte sie, kräftig wie er war, einfach beiseitegefegt. Dann wirbelte er herum, rannte den Landungssteg entlang, am Bootshaus vorbei – und sprang in den Fluss.

Oh, oh, dachte ich, das schafft er doch nie bis ans andere Ufer! Ich ergriff das Ruder und brach mit meinem Rundboot aus dem Schilf hervor. Aus dem Augenwinkel sah ich, wie Gabriel und Michael durchnässt den Steg erklommen, und ich hörte, wie Seine Heiligkeit wütend etwas schrie – ich verstand seine Worte nicht – und die Zuschauer fassungslos in Geheul ausbrachen und mit schrillen Stimmen Grotes Gehilfen wegen ihrer Ungeschicklichkeit beschimpften. Ich meinte auch, die grelle Stimme meiner Mutter aus der Menge herauszuhören, die sich um das Vergnügen betrogen sah, einen Heiden hängen zu sehen.

Der Fremde trieb rasch ab. Ich ruderte mit aller Kraft, aber es dauerte einige Minuten, bis ich ihn einholte. Sein kahler Schädel trieb auf dem Wasser wie ein schwarzer Ball. Ich hielt auf ihn zu, war vielleicht noch fünf Meter von ihm entfernt.

»He, Mister!«, rief ich ihm zu. »Hierher! Ich helfe dir!«

Er stieß einen dumpfen Schmerzensschrei aus. Vermutlich hatte ihn etwas gebissen – im Fluss wimmelte es nur so von gefährlichem Viehzeug.

Endlich erreichte ich ihn. »Halt dich fest, Mister!«

Er hakte die Oberarme über den Bootsrand, und ich versuchte, ihn hereinzuziehen, doch er war zu schwer, als dass ich viel ausrichten konnte. Gemeinsam schafften wir es schließlich. Keuchend legte er sich auf den Boden des Boots.

»Irgendetwas hat mich im Wasser ins Bein gebissen«, sagte er. »Es tut brutal weh.«

Ich sah sofort, was ihn da attackiert hatte: An seinem rechten Stiefel hing die abgebrochene Legeranke eines Fletsch.

»Ein Fletsch hat dich gestochen«, sagte ich.

»Ein was?«

»Ein Fletsch. Ein Rankentier.«

»Ist das giftig?«

»Nicht giftig, aber schmerzhaft. Nach ungefähr anderthalb Tagen hast du es überstanden.« Was er allerdings bis dahin würde durchmachen müssen, sagte ich ihm lieber nicht.

Wir waren inzwischen fast einen Kilometer abgetrieben. Ich reichte dem Schwarzen mein zweites Ruder. »Hilf mir«, sagte ich. »Wir müssen das andere Ufer erreichen und Schutz suchen, bevor die Sonne aufgeht.«

Er setzte sich auf, griff nach dem Ruder und half mir, über den Fluss zu kommen, wobei er sich erstaunlich geschickt anstellte – es ist nicht leicht, ein Rundboot zu rudern und zu steuern. Währenddessen hielt ich flussabwärts nach einem geeigneten Anlegeplatz Ausschau. Wir waren etwa anderthalb Kilometer vom Dorf entfernt und fuhren dicht am westlichen Ufer entlang. Ich erspähte eine Lücke im Schilf und deutete darauf. »Hier rein! Da sieht man uns nicht. Sie werden bestimmt mit einem Elektroboot nach uns suchen. Der Großarchon wird alles daransetzen, um uns aufzustöbern.«

»Meinst du?«

»Oh, da bin ich mir ganz sicher. Es ist eine große Schmach für ihn, dass du ihm entkommen bist. Er will dich hängen sehen.«

»Tatsächlich?«

»Du wärst nicht der Erste.«

»Ich habe bis zum Schluss nicht geglaubt, dass er mich hinrichten lässt. Ich dachte, er will mich nur einschüchtern, mir einen Denkzettel verpassen. Aber dann bekam ich zunehmend Zweifel, weil sie mir ohne Grund derart hart auf den Kopf geschlagen haben, dass mein Chip zerstört wurde. Seither habe ich keinen Kontakt mehr mit der Station. Also habe ich Vorkehrungen getroffen.«

»Du hast einen Sender im Kopf?«

»Nicht im Kopf. Unter der Kopfhaut.« Er fingerte auf seiner Schädeldecke herum. Die Wunde hatte wieder zu bluten begonnen.

»Der Großarchon ist ein rachsüchtiger Mann«, sagte ich. »Und durch und durch böse.«

»Aber ich habe ihm nichts getan. Ich wollte nur ein paar Fragen stellen. Ihn um etwas bitten.«

»Du hast den Alleinigen und Einzigen Gott beleidigt.«

»Wie das?«

»Du hast deine Stiefel nicht ausgezogen, als du den Tempelplatz betreten hast.«

»Ist das etwa eine *Todsünde*?«

»In seinen Augen schon.« Ich lächelte gequält. »Im Nachhinein kannst du aber froh sein, dass du sie nicht ausgezogen hast. Sonst hätte der Fletsch dein ganzes Bein zerstochen und nicht nur den rechten Oberschenkel.« Ich deutete auf die abgebrochene Ranke, die sich im Leder seines Stiefels verhakt hatte.

Er griff danach.

»Nicht anfassen!«, rief ich, zog mein Fischermesser aus der Scheide und schnitt die Ranke vorsichtig ab.

Der Schwarze gab ein tiefes Schnaufen von sich. »O Mann, ich hab's wirklich vergeigt.«

»Was meinst du damit, Mister?«

»Verbockt. Vermasselt. Meine Mission war ein Schlag ins Wasser – im wahrsten Sinne des Wortes. Aber es hat sich wieder einmal bewahrheitet: Trau nie einem Frommen.«

Ich nickte. Ich hatte das Boot inzwischen festgemacht und zog die dunkle Plane aus dem Korb. »Die Plane aus Silberfolie benutzen wir besser nicht. Die sieht man von weitem.«

»Du bist ja gut ausgerüstet, mein Junge.«

»Ja. Ich hatte geplant abzuhauen. Mich irgendwo am Fluss zu verstecken, bis ein Floß vorbeikommt, mit dem ich ins Delta hinunterfahren kann.«

»Weshalb?«

»Um einen Freund zu suchen. Er ist verschwunden, nachdem der Großarchon ihn misshandelt hat.«

»Aber er lebt noch.«

»Das hoffe ich. Er heißt Anzo. Ich hänge sehr an ihm.«

»Und wie heißt du, mein Junge?«

»Ich heiße Suk.«

»Freut mich, dich kennenzulernen, Suk. Ich bin Ailif.«

»Okay, Mister Ailif.«

»Ailif genügt.«

»Dann zieh bitte deine Hose aus, Ailif.«

»Wieso?«

»Ich muss die Stiche untersuchen.«

Ächzend entledigte sich Ailif seiner Hose, und ich sah, dass er nicht weniger als sieben Stiche im rechten Oberschenkel hatte. Ihm stand also einiges bevor.

»Was ist das?«, fragte ich. Unterhalb des Knies und oberhalb der Stiche war jeweils ein farbiges Band zu sehen, das aus winzigen Tieren zu bestehen schien, die sich fest ineinander verhakt hatten. Ich betrachtete die Gebilde mit einer Mischung aus Schauder und Neugier. »Ist das ein Schmuck?«

Ailif lachte. »Das sind meine persönlichen Schutztruppen.«

»Wie?«

»Sogenannte Moving Tattoos. Es sind Hunderte von mechanischen Intelligenzen, die meinen Körper bewohnen und mich beschützen. Sie leben von meinem Stoffwechsel.«

Ich nickte, hatte aber keinen Schimmer, was er mit alldem meinte.

»Sie waren es, die in stundenlanger, mühseliger Arbeit meine Fesseln durchgeraspelt haben.«

Ich machte große Augen. »Deshalb fielen sie dir auf wunderbare Weise ab, als sie dich aus dem Bootshaus holten.«

»Ja. Also, was ist jetzt mit diesen Stichen?«

Ich wollte ihm nicht die ganze Wahrheit sagen. Ich sagte nur: »Da kommen einige Schmerzen auf dich zu, Ailif. Aber du bist ein kräftiger Mann. Du wirst es überstehen.«

Als er aufstand und ins Schilf ging, um sich zu erleichtern, sah ich, dass er hinkte. Das war der Anfang. Also machte ich mich auf die Suche nach Todelen, den kleinen runden Pilzen, die den Schmerz lindern. Sie wuchsen in Ufernähe.

Nachdem ich eine Handvoll davon gefunden hatte, ging ich zum Boot zurück und reichte Ailif die Wasserflasche. »Trink, so viel du kannst.«

»Ist das Wasser aus dem Fluss?«

»Nein, aus dem Brunnen. Du kannst es unbesorgt trinken. Ich habe einen ausreichenden Vorrat dabei.«

»Du hast wirklich gut vorgesorgt.«

Ich zuckte mit den Achseln. »Manchmal muss man lange warten, bis ein Floß vorbeikommt.«

Inzwischen ging die Sonne auf. Ein Feuerfunke erblühte am Horizont, und Sekunden später fegte das Licht über die Dünen wie ein Sturmwind.

Ich sah Ailif an. »Du hast lange im Glast gelebt, nicht wahr?«

»Ich habe nie im Glast gelebt. Wie kommst du darauf?«

»Du hast eine sehr dunkle Haut.«

»Nun, ich bin das, was man einen Farbigen nennt. Alle meine Vorfahren hatten eine dunkle Haut.«

»Haben die im Glast gelebt?«

»Sie haben auf der Erde gelebt.«

»Erde?«

»Ja, da, wo alle Menschen herkommen. Auch deine Vorfahren.«

Ich verstand nicht, was er meinte. »Es gibt dort auch einen Glast?«

»Nein, aber einen heißen Kontinent. Er heißt Afrika. Von dort stammen alle Menschen. Meine Familie hat dort noch bis vor Kurzem gelebt, bevor sie nach New Belfast ausgewandert ist.«

Es war alles sehr verwirrend, was er mir da erzählte. Ich wusste nicht, was ich davon halten sollte. »Sag«, fragte ich nach einer Weile, »hast du mal fürchterlich etwas auf die Nase gekriegt?«

»Nein, weshalb?« Er fasste sich an die Nase.

»Weil sie so breit ist. Wie zerquetscht.«

»Ach so. Nein, da ist nichts passiert. Viele von uns Farbigen haben solche Nasen.«

»Macht das keine Schwierigkeiten beim Luftholen?«

»Nicht im Geringsten.«

»Darf ich mal deinen Bart anfassen?«

»Klar, warum nicht?«

Sein Bart fühlte sich erstaunlich weich an, obwohl er aussah wie eine harte Bürste und die Spitzen weit abstanden, als seien sie geflochten und mit irgendetwas verstärkt. Aber die Haare waren geschmeidig wie das Fell eines Tiers.

»Bist du ein Farbiger, weil du diese farbigen Tattoos hast?«

Er schüttelte den Kopf. »Nein. Farbige sind alle Menschen, die keine weiße Haut haben.«

Wieder nickte ich, ohne es wirklich verstanden zu haben. Dann beäugte ich seinen Oberschenkel. Er war bereits merklich angeschwollen.

Ailif fuhr mit der Hand darüber. »Tut ziemlich weh«, sagte er stirnrunzelnd.

»Tut mir leid, Ailif, es wird noch schlimmer werden. Iss diese kleinen Pilze. Wir nennen sie Todelen. Sie werden dir helfen.« Ich reichte ihm einige davon.

Er nahm die Pilze, steckte sie sich in den Mund und zerkaute sie. »Sie schmecken bitter.«

»Sie dämpfen den Schmerz.« Ich betrachtete wieder sein Bein. Die Moving Tattoos, wie er die farbigen Tiere auf seiner Haut nannte, hatten zwei Abwehrketten gebildet – oberhalb und unterhalb der Stiche. Ich berührte sie vorsichtig. Sie fühlten sich irgendwie sandig an und ballten sich unter meinen Fingerspitzen zusammen.

»Ist da irgendetwas in meinem Schenkel?«, fragte er. »Mir ist, als wäre da etwas drin. Unter der Haut. Es juckt.«

»Ja«, sagte ich zögernd – ich wollte nicht, dass er es erfuhr, bevor die Wirkung der Todelen einsetzte. »Aber es kommt bald raus.«

»Eiter?«

»So etwas Ähnliches.«

Ich ging zum Ufer, tauchte ein Tuch ins Wasser und legte es dann auf seinen Oberschenkel. Die Eidechsen, oder was sie waren, die die Abwehrketten bildeten, bewegten sich. Ich sah, dass Ailif allmählich glasige Augen bekam.

»Sieh mich an, Ailif«, sagte ich. »Was siehst du?«

»Ich sehe dich doppelt«, erwiderte er mit schleppender Zunge.

Die Wirkung der Todelen hatte eingesetzt.

»Gut so. Trink noch einmal, so viel du kannst. Und dann versuch ein wenig zu schlafen. Der Tag ist noch lang. Und es wird noch heißer werden.«

Ailif schloss folgsam die Augen.

Ich stand auf und suchte eine Gefährtin des Flusses, die gerade frisch ausgetrieben hatte. Ich schnitt ein paar Knospen ab, damit wir etwas zu essen hatten. Dann mischte ich zerkleinerte Todelen unter die Knospen und fütterte Ailif damit, um ihn noch tiefer in die Traumwelt hineinzutreiben, bevor die wirklichen Schmerzen kamen. Die Jungen eines Fletsch hatten Hunger und fraßen sich satt im Gewebe, bevor sie schlüpften.

Sein Oberschenkel war inzwischen dick angeschwollen und gerötet. Ich tauchte das Tuch immer wieder in den Fluss, um ihn zu kühlen. Unter der Haut regte es sich zunehmend.

Ailif war nun in voller Trance. Der Schweiß stand ihm in dicken Tropfen auf der Stirn. Er stöhnte, sein Schnurrbart zuckte, und dann und wann bleckte er die Zähne und stieß ein drohendes Grollen aus, das in einem leisen Aufschrei gipfelte.

»Halt durch!«, sagte ich leise zu ihm. »In ein paar Stunden hast du es geschafft.«

Plötzlich öffnete er die Augen und starrte mich an. »Kannst du mich zu ihm bringen, Batta?« Er hob den Kopf und lauschte. »Die Raben, sagst du? Die Raben …« Dann sank ihm das Kinn wieder auf die Brust. »Die Raben«, flüsterte er und dämmerte weg.

Kurz nach Sonnenuntergang kam ein Elektroboot vorbei. Ich duckte mich ins Schilf. Ich konnte nicht erkennen, wer es fuhr, ob es vom Dorf kam oder von der Station. Ich nahm an, dass sie uns suchten.

19

Wenn es das Wetter erlaubte, ging Ailif fast jeden Tag in den Park. Das Schilf am Teich prunkte mit frischem Grün. In der Nacht hatte es geregnet, vom Laub der Bäume tropfte es herab, und auf dem Weg standen Pfützen, in denen die Vormittagssonne blitzte. Der Himmel war von einem hellen klaren Blau.

Er setzte sich auf die Bank, auf der er am liebsten saß, sah den Spaziergängern zu und ihren Hunden, die im Gras tollten und ihre kurz bemessene Freiheit genossen. Plötzlich erblickte er seinen Bruder, der den Weg entlangkam.

»Hallo, Batta«, sagte Ailif. »Setz dich zu mir und erzähle.«

Batta blieb vor ihm stehen.

»Sie haben dich ja wieder gut hingekriegt.«

»Ja«, erwiderte Batta. »Sie machen wunderbare Prothesen hier. Sie sind berühmt dafür. Versehrte von etlichen Welten kommen hierher, um sich wieder herstellen zu lassen.«

Ailif musterte die Füße seines Bruders. Statt Schuhen hatte er dunkelbraune gespaltene Hufe, die an glitzernden Teleskopkolben befestigt waren. »Sieht aus wie ein Kuhfuß.«

»Ist aber sehr praktisch. Er spreizt sich unter Belastung, gibt dadurch einen besseren Halt und wird mit jeder Unebenheit des Bodens mühelos fertig.« Wie um es zu demonstrieren, scharrte Batta im Kies. »Mutter haben sie auch wiederhergestellt. Es war sehr aufwendig, aber sie haben es geschafft. Sie haben einen Brustkorb und einen Unterkiefer züchten müssen.«

Ailif erinnerte sich an den Moment, als er seine Mutter nach dem Anschlag hatte sehen wollen. Der Arzt hatte es nicht gestattet, dass er das Laken von ihrem Gesicht zog.

»Sie ist übrigens wieder mit Vater zusammen. Sie leben in einer Zeit, in der wir beide noch nicht geboren sind.«

»Geht es ihnen gut?«

»Es geht ihnen ausgezeichnet. Sie sind glücklich, dass sie sich wiedergefunden haben.«

»Ich würde sie gerne besuchen.«

Batta schnaubte. »Ja, wenn das so einfach wäre. Aber das Zeitgefüge ist tückisch. Es führt uns Menschen in die Irre. Es kann passieren, dass man nicht mehr zurückfindet. Oder überhaupt nicht dorthin kommt, wo man hinwill.«

»Hast du sie getroffen?«

»Ja, mehrmals. Aber wie gesagt, es ist schwierig, zu ihnen zu gelangen. Man muss sich in die richtige Galerie der Erinnerungen einfädeln.«

»Galerie der Erinnerungen? Ist das eine Art Totenreich?«

Batta schüttelte entschieden den Kopf. »Nein. Es ist ein Labyrinth virtueller Vergangenheitsräume, die ineinander verschachtelt sind. Um dorthin zu gelangen, muss man ein Portal finden, das in die imaginäre Zeit führt, die rechtwinklig zur realen Zeit verläuft. Stell dir ein Instanton vor. Es besitzt keinen Rand. Dort findest du unendlich viele Geschichten.«

»Ich kann mir kein Instanton vorstellen.«

Batta sah Ailif tadelnd an, dann lächelte er. »Ich auch nicht. Man kann es nur mathematisch beschreiben.«

»Wie soll ich dann so ein Portal finden?«

»Frag die Raben, die kennen sich aus im Gewirr der Realitäten. Zumindest behaupten sie das. Aber wer versteht schon die Raben? Auf Fragen geben sie keine Antwort. Sie öffnen den Schnabel, nicken einmal, zweimal und beäugen dich mit ihren glitzernden schwarzen Knopfaugen, sagen aber nichts, sondern fliegen davon.«

»Und du glaubst, sie wissen …«

»Ja, sie spüren diese Portale auf und fliegen durch sie hindurch, um auf der anderen Seite der Zeit zu sterben. Oder hast du je einen toten Raben gesehen? Es sei denn, er hat einen gewaltsamen Tod gefunden.«

»Wenn ich darüber nachdenke – nein.«

Batta nickte. »Du wirst nie einen Raben finden, der eines natürlichen Todes gestorben ist. Deshalb gelten sie in vielen menschlichen Gesellschaften als unsterblich.«

Ailif musterte die Uniform, die sein Bruder trug. »Du bist bei der Flotte?«, fragte er erstaunt. Auf Battas Schulterstücken waren jeweils drei Sterne angebracht, aber nicht aus Silber, wie ihr Vater sie getragen hatte, sondern kleine Seesterne aus bröckeligem Kalk wie Fossilien aus der fernen Vergangenheit der Erde.

Batta sah ebenfalls auf die Sterne. »Ja, ich bin ein Fossil, Bruder.«

»Aber wir sind doch gleich alt.«

»Zeit spielt für uns Tote keine Rolle. Zeit ist etwas, das hinter uns liegt. Etwas, das uns freigegeben hat.«

Ailif nickte. »Was schlägst du also vor?«

Batta scharrte wieder mit dem Huf im Kies. »Wir können es versuchen. Kennst du den Dingan's Club? Gegenüber der alten Reismühle. Frag nach der Reismühle.«

»Ich werde ihn finden.«

»Er liegt in der Nähe eines Portals, einer Junction, wie sie es hier nennen. Jedenfalls behauptet das der Wirt.«

»Okay. Versuchen wir es.«

»Dann bis heute Abend im Dingan's.«

Batta ging davon. Ailif sah ihm nach. Der Schritt seines Bruders war eigenartig beschwingt, als hätte man ihm Spiralfedern in die Fußgelenke eingesetzt. Er blickte sich nicht um, obwohl Ailif sich nichts sehnlicher gewünscht hätte.

Im Dingan's schien es hoch herzugehen. Bis auf die Straße waren lautes Stimmengewirr und Lachen zu hören. Etliche Lichter brannten, offenbar Kerzen. Die Fenster waren beschlagen, sodass man die Gäste nur schemenhaft sah. Die Nachtluft war vorfrühlingshaft kühl.

Ailif öffnete die Tür zum Schankraum.

Totenstille.

Durch die staubigen und verschmierten Fenster fiel letztes Abendlicht. Das Mobiliar war verschwunden, die Theke zerbrochen, die Wände von Spinnweben überzogen und von zerfledderten Postern bedeckt, die für längst vergangene Ereignisse warben. Hier war seit Jahren kein Mensch mehr gewesen.

Ailif betrat den benachbarten Raum. Die Tür fehlte. Im Innern waren Möbel aufgetürmt, Tische und Stühle übereinandergestellt. Die meisten davon zerbrochen. Die Decke war wasserfleckig, die Wände von schwarzem Schimmel überzogen.

Eine tote Junction.

Als er wieder ins Freie trat, meinte er den Schrei eines Raben zu hören. Einen spöttischen Schrei?

Wer versteht schon die Raben?

Er hob den Blick, konnte aber keinen Vogel sehen.

Wenn es das Wetter zuließ, machte Ailif jeden Tag seinen Spaziergang im Park und setzte sich auf die Bank, auf der er am liebsten saß.

Er sah seinen Bruder nie wieder.

|20|

Es war bereits Nacht, als das Elektroboot erneut langsam an unserem Versteck vorbeischnurrte. Der Lichtstrahl des Suchscheinwerfers fuhr über das Schilf.

In diesem Moment begann Ailif zu schreien. Ich warf mich auf ihn und drückte ihm den feuchten Lappen auf den Mund.

Es ging also los.

Das Boot fuhr weiter. Sie hatten den Schrei nicht gehört, ich hatte ihn rechtzeitig erstickt.

Ailifs Augen waren vor Schreck geweitet und unnatürlich weiß in dem schweißüberströmten schwarzen Gesicht. Er starrte mich an, schien mich aber nicht zu sehen. Dann hob er den Blick zum Himmel, an dem zwei helle Vollmonde zu sehen waren.

»Es sind tiefe Seen auf den Monden«, flüsterte er. Und dann schrie er wieder. Ein langer qualvoller Schrei, der in einem Röcheln endete. Er hatte das Bewusstsein verloren.

Ich sah nach seinem Bein. Im Mondlicht konnte ich erkennen, wie das erste Fletschjunge die Haut durchbrach. Mit seiner schwarzen Rückenflosse, scharf wie eine winzige gezähnte Klinge, schnitt es sich einen Ausgang. Eine Minute später erschien das zweite, dann das dritte, dann das vierte … Bald sah Ailifs Oberschenkel aus, als sei er dicht von schwarzen Federn bedeckt.

Ich konnte mir vorstellen, welche Schmerzen das bedeutete. An sieben Stellen war die Haut aufgeschlitzt, und sieben fingerlange Rankentiere wanden sich ins Freie. Das erste ließ sich auf den Boden fallen und strebte zielsicher aufs Wasser zu. Ich zertrat es. Gleich darauf verendete das zweite knirschend unter der Sohle meiner Sandale. Ich erwischte und erledigte sie alle.

Ich hasste diese Viecher. Wie konnte Gott solche Kreaturen in die Welt setzen, die nur Qual verursachten und sonst absolut unnütz waren?

Trotz des hellen Mondlichts – zwei der großen Apostel standen dicht beieinander – musste ich eine Zeit lang geschlafen haben. Ich erwachte durch ein patschendes und raschelndes Geräusch am Fluss. Ein Fletsch suchte mit seinen Ranken das Ufer ab. Vermutlich das Elterntier, das seine geschlüpfte Brut vermisste.

Die beiden Apostel sanken dem Horizont entgegen. Sie sahen wie die riesigen Augen eines nachtaktiven Tiers aus, das über den Himmel kroch.

Vor der Morgendämmerung kam Nebel auf. Ich hörte eine Schiffsglocke und sah schemenhaft, wie ein Floß vorüberzog. Wie gern wäre ich hinausgerudert und mit ihm flussabwärts ins Delta gereist, aber ich konnte Ailif unmöglich so liegen lassen. Also harrte ich bei ihm aus.

|21|

»Was ist los, Jo?«, fragte Maurya.

Jonathan drehte sich mehrmals im Kreis und schüttelte den Kopf. »Ich habe sein Signal verloren.«

»Glaubst du, sie haben …«

»Keine voreiligen Schlüsse.«

Jonathan drehte sich neuerlich im Kreis, diesmal etwas langsamer. Dann lauschte er reglos. »Ich habe es wiedergefunden. Aber es ist schwächer und kommt aus einer anderen Richtung. Nicht mehr über den Fluss, sondern aus südlicher Richtung. Er muss sich am diesseitigen Ufer befinden. Aber ziemlich weit weg.«

»Haben sie ihn irgendwohin verschleppt, um ihn dort …«

»Nicht unbedingt. Vielleicht ist er ihnen entwischt und abgehauen.«

»Und über den Fluss geschwommen? Nein, Jo, das würde Ailif nie schaffen.«

»Vielleicht hat ihm jemand geholfen.«

»Jemand von dem fanatisierten Pack da drüben? Das kann ich mir nicht vorstellen.«

»Wir müssen uns Gewissheit verschaffen. Ich gehe

ihn suchen. Ich muss nur vorher etwas trinken – es könnte eine längere Expedition werden.«

»Aber die Sonne geht bald auf.«

»Erst in zwei Stunden.«

»Und dann?«

Jonathan hob den Kopf aus seinem Trinknapf. »Keine Sorge. Ich werde schon irgendwo Schatten finden, wenn sie höher steht. Und wenn ich ihn gefunden habe, setze ich mich mit dir in Verbindung. Sollte er entkräftet oder gar verletzt sein, brauchen wir Hilfe. Ich dachte da an meinen Freund Frank.«

»Der Hub?«

»Ja. Und dazu die nötige Schutzkleidung.«

»Pass nur gut auf dich auf, Jo!«

»Darauf kannst du dich verlassen.«

22

»Ich hatte einen Bruder, Batta hieß er. Er starb vor mehr als zwanzig Jahren bei einem Bombenanschlag. Und nun …« Ailif hielt kurz inne. »Nun habe ich ihn getroffen.«

»Wo?«

»Im Park.«

Da wusste ich, dass die Todelen noch ihre Wirkung taten. Und das war gut so, denn Ailifs Oberschenkel sah schlimm aus. Die Schnitte bluteten noch immer, auch wenn seine Moving Tattoos unermüdlich im Einsatz waren, um die Wunden zu schließen. Ich hoffte inständig, dass sie sich nicht entzündeten – aber vielleicht wussten die Völker, die auf seiner Haut siedelten, auch in solchen Fällen Rat. Auf seiner Stirn und seiner breiten Nase standen Schweißperlen. Ich tupfte sie mit dem nassen Tuch ab und gab ihm zu trinken. Er schluckte gierig, sein dicker Schnauzbart hob und senkte sich.

»Wusstest du, dass die Raben Ausgänge aus unserer Wirklichkeit kennen?«, sagte er nach einer Weile mit leiser Stimme.

»Was sind Raben?«

»Du weißt nicht, was Raben sind?«

»Nein.«

»Das sind intelligente schwarze Vögel.«

»Nie gehört. Die gibt es auf Paradise nicht.«

»Aber es gibt sie auf New Belfast. Sie stammen von der Erde …«

In diesem Moment sah ich den Hund. Er war riesig. Unwillkürlich machte ich erschrocken einige Schritte zurück, stolperte und setzte mich ins nasse Schilf.

»Was ist hier los?«, fragte der Hund und beschnüffelte meine Knie – die ich hastig an mich zog.

»Du … du kannst … sprechen?«, stotterte ich.

»Natürlich kann ich sprechen«, erwiderte das Tier. »Das heißt, ich kann natürlich *nicht* natürlich sprechen. Aber das zu vertiefen, würde jetzt zu weit führen. Was ist denn passiert?«

»Der Junge – er heißt Suk – hat mir das Leben gerettet«, sagte Ailif und deutete auf mich.

Der sprechende Hund hatte sich neben Ailif gelegt und ließ sich streicheln. »Sie wollten dich hängen – so viel haben Maurya und ich mitgekriegt.«

»Ja. Es gelang mir, ihnen zu entkommen, aber als ich den Fluss durchschwimmen wollte, hat mich irgend so ein Biest, das im Wasser lebt, in den Oberschenkel gebissen.«

»Ein Fletsch«, sagte ich.

Ailif nickte. »Jedenfalls, der Junge hat mich aus dem Wasser gezogen und mit seinem Rundboot ans andere Ufer gebracht. Er ist bei mir geblieben. Er hat mir das Leben gerettet.«

»Ist etwas mit deinem ID?«, fragte der Hund. »Wir hatten plötzlich keine Verbindung mehr.«

Ailif betastete den Schorf auf seinem kahlen Schädel. »Ein Metzger im Dorf hat mir eins mit seinem Totschlagholz übergezogen.«

»Das war Grote«, erklärte ich. »Er hat das auf Befehl des Großarchons getan.«

Plötzlich hob der Hund lauschend den Kopf. »Maurya ist überglücklich, dass ich dich gefunden habe. Sie lässt dich küssen. Sie – das heißt wir – haben uns große Sorgen gemacht.« Er beschnüffelte Ailifs blutigen Schenkel. »Was sind das für Wunden?«

»Das sind die Stiche von dem Fletsch«, erklärte ich.

»So große Schnitte?«

»Durch diese Schnitte sind die Jungen des Fletsch durch die Haut herausgekommen. Sie sind in seinem Fleisch gereift.«

Ailif sah mich entsetzt an. »Und ich dachte, das hätte ich geträumt.«

»Nein, das hast du nicht geträumt. Du hast von deinem Bruder geträumt und von den klugen schwarzen Vögeln. Aber das hier ist die Wirklichkeit.« Ich deutete auf die zermalmten Kreaturen auf dem Boden.

Der Hund beschnüffelte die zertretenen Fletsch-Jungen. »Eine faszinierende Spezies«, murmelte er.

Kurz vor Sonnenaufgang kam ein kreisförmiges Fluggerät in Ufernähe über das Wasser geglitten, teilte das Schilf und landete neben meinem Boot.

Eine schwarzhaarige Frau – das musste die Frau sein, die Maurya hieß – sprang von der Plattform, beugte sich über Ailif und schloss ihn in die Arme.

»Zweifach dem Tode entronnen«, sagte Ailif grinsend. »Und wo zum Teufel ist meine Hose?«

Ich reichte sie ihm und half ihm beim Anziehen.

»Beeilen Sie sich bitte«, sagte der Mann, der das Fluggerät steuerte. Er verteilte Kapuzenjacken aus Silberfolie.

»Schaffst du das, Ailif?«, fragte die Frau.

»Klar«, antwortete er – und stürzte ins Schilf.

Die Frau stieß einen Schrei aus. Sie und ich halfen Ailif wieder auf die Beine, stützten ihn, hoben ihn auf die Plattform, wo ihn der Mann, der das Fluggerät steuerte, festschnallte.

Dann wandte sich der Mann mir zu. »Was ist mit dir, Junge? Willst du nicht zurück ins Dorf?«

»Nein«, erwiderte ich entschieden. »Ich kann nicht zurück. Der Großarchon würde statt ihn nun mich hängen lassen.«

»Der Junge kommt mit«, sagte Ailif mit gepresster Stimme. »Er hat mir das Leben gerettet. Er steht unter meinem Schutz.«

Der Mann am Steuer des Fluggeräts schob seine Kapuze zurück und kratzte sich am Kopf. »Das kann mich ganz schön in Schwierigkeiten bringen, Professor. Er könnte doch mit seinem Rundboot ans andere Ufer fahren und in sein Dorf zurückkehren.«

»Sie haben doch gehört, was er gesagt hat, Mr. Jespersen.«

»Dann wartet er hier eben in seinem Versteck, bis ein Floß vorbeikommt und ihn mitnimmt.«

»Es ist heute Nacht erst eines vorbeigekommen«, warf ich zögerlich ein. »So schnell wird keines wieder fahren. Und ich habe nicht genug Wasser – ich habe das meiste für den Mister gebraucht.«

»Du wirst doch wissen, wie man einen Brunnen gräbt«, sagte der Mann, der Jespersen hieß.

»Ich habe keinen Spaten dabei.«

»Schluss jetzt«, sagte Ailif unwirsch. »Der Junge kommt mit in die Station. Dann sehen wir weiter.«

Jespersen zuckte mit den Schultern und wandte sich ab, also baute ich schnell die Sonnenschutzplane ab, raffte meine Besitztümer zusammen und deckte mein Rundboot zu. Dann zog ich meine Jacke aus Silberfolie an und kletterte auf die Plattform.

Es wurde eine wacklige Fahrt. Zweimal klatschte der Hub – so nannten sie das Fluggerät – unter unserem Gewicht aufs Wasser, gewann winselnd wieder an Höhe und erklomm das Ufer. Jespersen war wirklich ein hervorragender Pilot.

»Darf ich?«, fragte ich den Hund und hielt mich an seiner Nackenmähne fest.

»Aber ja«, knurrte er freundlich.

Als wir in Sichtweite der Station waren, ging die Sonne auf.

|23|

»Was heißt hier unter Ihrem Schutz, Professor?« Josuah Cayley saß hinter seinem Schreibtisch, als wollte er sich hinter einer schützenden Mauer verbergen. Zornesröte stand ihm im Gesicht. »Diese Station kommandiere ich und niemand anderer. Ich bestimme, wer sich hier aufhält und wer nicht.« Er deutete auf Suk, der neben Ailif und Jonathan stand. »Der Großarchon fordert die Auslieferung des Jungen. Wenn ich mich dagegen sträube, werden wir die gleichen Schwierigkeiten haben wie unter meinem Vorgänger, und das kann ich mir nicht leisten.«

Ailif zwirbelte energisch seinen Schnauzbart. Obwohl seine Völkerschaften einen Tag nach der Rückkehr zur Station immer noch mit der Genesung seines Beins beschäftigt waren, erschien eine rote Echse im Ausschnitt seines blauen Polohemds, um die Situation einzuschätzen. »Aber es geht um sein Leben«, sagte er. »Der Großarchon wird sich ganz sicher rächen wollen, weil ich ihm entkommen bin und Suk mir dabei geholfen hat.«

»Das hätte er sich vorher überlegen sollen.«

»Sie sind ein bemerkenswert hartherziger Mensch, Commander.«

»Das muss ich sein.«

»Dann bitte ich Sie, ihn zumindest die wenigen Tage, die wir noch hier sind, zu beherbergen.«

»Ausgeschlossen. Der Junge muss die Station verlassen. Und zwar sofort!«

»Ich werde darüber einen Bericht schreiben und ihn ans Flottenhauptquartier schicken. Ihr Verhalten ist ungeheuerlich, Commander.«

»Wie Sie mein Verhalten finden, Professor, ist mir völlig gleichgültig.«

»Es ist schon in Ordnung, Ailif«, sagte Suk mit leiser Stimme. »Ich gehe.«

Ailif sah den Jungen mit traurigen Augen an. »Es tut mir leid«, sagte er. Dann wandte er sich wieder Cayley zu. »Geben Sie ihm wenigstens Proviant und Wasser, damit er ein paar Tage übersteht, bis das nächste Floß den Fluss herunterkommt.«

Der Kommandant zuckte mit den Schultern. »Eigentlich ist er groß genug, um zu wissen, wie man sich in der Wildnis Nahrung verschafft. Wie auch immer, er hat morgen früh zu verschwinden.« Er blickte zu Suk. »Hast du das verstanden?«

»Ja, Sir. Ich habe verstanden.«

Jonathan senkte den Schwanz und knurrte drohend.

»Und schaffen Sie das Vieh weg!«, sagte der Kommandant giftig. »Er widert mich an.«

»Das beruht auf Gegenseitigkeit«, erwiderte Jonathan gelassen.

Cayley machte eine abfällige Geste mit der Hand. »Raus jetzt!«

Sie verließen das Büro des Kommandanten. Als sie den Gang hinuntergingen, stützte sich der hinkende Ailif auf Suks Schulter. »Warst du früher schon einmal hier, Suk?«, fragte er.

»Du meinst, hier in der Station?«

»Ja.«

»Nein, noch nie. Weshalb fragst du?«

»Ich habe das Gefühl, du kennst dich hier gut aus.«

»Nun, ich bin nicht überrascht darüber, was für ein strenger Mann Commander Cayley ist. Ein halbes Dutzend Leute aus dem Dorf arbeitet hier. Und die erzählen natürlich, wie es in der Station zugeht.«

»Hm«, brummte Ailif. »Verstehe.«

|24|

Maurya war eine wunderschöne Frau. Schwarzes Haar und grüne Augen. Ich konnte meinen Blick kaum von ihr abwenden. Das Grün ihrer Augen war braun gesprenkelt, und sie trug das glatte Haar an den Schläfen lang, hinten dagegen kurz. So etwas hatte ich noch nie gesehen – bei uns ließen Männer wie Frauen ihre Haare wachsen, wie Gott sie wachsen lässt.

Und der Duft, den Maurya verströmte! Ich schloss die Augen und sog ihn ein, wenn sie in meine Nähe kam.

»Haben sie dir sehr wehgetan?«, fragte sie Ailif und strich mit den Fingerspitzen über seinen Kopf.

»Es geht«, brummte er. »Ich war so überrascht und benommen, dass ich die Verletzung erst bemerkte, als mir Blut in die Augen lief. Und erst als ich mit dir und Jo Kontakt aufnehmen wollte, merkte ich, dass sie mit dem Schlag meinen Chip demoliert hatten.«

»Diese verdammten Dschiheads!«

»Ich bin auch einer von ihnen«, sagte ich und war über meine Forschheit erstaunt.

»Nein, das bist du definitiv nicht«, sagte Ailif mit ernster Stimme.

Ich wusste nicht, was er mit »definitv« meinte, wollte aber auch nicht fragen, sondern nickte nur.

»Ich glaube, du bist nicht einmal ein frommer Mensch, Suk.«

Ich nickte wieder. »Ich glaube, das bin ich wirklich nicht.« Und in diesem Moment zerbrach etwas in mir.

»Was hast du da für Hefte, Suk?«, fragte Maurya, als ich gerade dabei war, meine Sachen zusammenzupacken und sie in der wasserdichten Tasche aus Kuangaleder zu verstauen.

»Oh, Zeichnungen und so.«

»Darf ich mal sehen?«

»Natürlich.« Ich gab ihr die beiden Hefte, die ich aus Anzos Zimmer mitgenommen hatte. Sie schlug das erste auf.

»Das darf doch nicht wahr sein«, sagte sie, während sie es durchblätterte. »Du bist also am Hochufer gewesen und hast die Reliefs abgezeichnet.«

»Was sind ›Reliefs‹?«

»In Fels gehauene Bilder.«

»Nein. So etwas habe ich noch nie gesehen.«

»Aber woher hast du dann …«

»Das sind nicht meine Hefte, Miss Maurya. Die sind von Anzo, meinem verschwundenen Freund. Er hat die Zeichnungen gemacht.«

»Dann war er also am Hochufer und hat sie abgemalt.«

»Niemals. Das ist viel zu weit flussaufwärts. Wie hätte er je dorthin kommen sollen? Das schafft man nur mit einem Elektroboot, und so etwas besitzt ausschließlich der Großarchon. Und er lässt es niemanden benutzen, außer er ist selbst dabei.«

»Nun, man kann es sich ja mal unerlaubt ausborgen.«

»Unmöglich! Es ist im Bootshaus eingeschlossen. Da kommt niemand ran. Außerdem wüsste ich, wenn Anzo je dort gewesen wäre. Er hätte es mir erzählt.«

Maurya blickte mich ungläubig an. »Hast du das gehört, Ailif?«

»Ja. Zeig mal her!«

Ailif lag auf dem Bett, um seinem Bein Ruhe zu gönnen. Es heilte zwar gut, aber der Oberschenkel war schrecklich dünn geworden. Die Fletschjungen hatten ihn geradezu ausgeweidet, hungrig, wie sie gewesen waren.

Maurya reichte ihm die Hefte. Während er darin blätterte, wurden seine Augen immer größer.

»Das ist ja wirklich unglaublich«, murmelte er. »Das sind beinahe fotografisch exakte Darstellungen der Kunstwerke.« Er sah mich an. »Und du sagst, dein Freund sei niemals dort gewesen?«

»Nein. Das wüsste ich. Er hat mir gesagt, er hätte das geträumt.«

»Was steht hier?«, fragte Maurya und deutete auf eine bestimmte Stelle. »Es ist kaum leserlich. ›Wir müssen uns zusammenschließen, wenn wir in Not sind.‹ Und hier: ›Zusammen widerstehen wir der Gefahr.‹ Oder da: ›Zusammen gedenken wir unserer Größe.‹« Sie schüttelte den Kopf. »Wie kommt dieser Anzo zu solchen Aussagen?«

»Wohlfeile Sprüche«, knurrte Ailif.

»Nicht, wenn du das ›zusammen‹ wörtlich nimmst.«

»Du meinst …«

»Ja, ich meine, das ist wörtlich gemeint«, sagte Maurya.

Ich hatte keine Ahnung, worüber die beiden da sprachen. »Anzo konnte verstehen, was die Dongos zueinander sagten, und er hat es aufgeschrieben«, sagte ich. »Das hat er jedenfalls behauptet.«

Ailif murmelte ein Wort, das ich nicht verstand: »Empathie« oder so ähnlich. Ich wusste nicht, was es bedeutete.

»Sagtest du nicht, er sei taubstumm gewesen«, fragte er dann.

»Er konnte nicht sprechen wie wir, aber wir haben uns mit den Händen unterhalten.«

»Taubstummensprache … Wer hat sie euch beigebracht?«

»Anzos Mutter konnte sie. Und dann hat Anzo mir gezeigt, wie es geht.«

»Wie ist dein Freund eigentlich verschwunden?«, fragte Maurya.

»Als der Großarchon gemerkt hat, dass wir uns mit den Händen unterhalten konnten, ist er so wütend geworden, dass er uns mit der Rute geschlagen hat. Anzo musste mehr einstecken als ich. Ich durfte das Schulzimmer verlassen, er musste bleiben. Da habe ich ihn das letzte Mal gesehen. Seine Mutter hat ihn in der Nacht gesucht und war von da an auch verschwunden. Die Leute sagten, der Großarchon habe sie beide für ihre Sünden bestraft und in den Fluss geworfen.« Ailif und Maurya tauschten einen besorgten Blick aus, also fügte ich schnell hinzu: »Aber am Morgen danach kam ein Floß vorbei. Vielleicht haben sie die Gelegenheit genutzt und sind beide an Bord gegangen. Und geflohen.«

»Ohne eine Nachricht zu hinterlassen?«, sagte Maurya.

Ich zuckte mit den Achseln.

»Und was ist mit dir, Suk? Werden dich deine Eltern nicht vermissen, wenn du einfach weggehst?«

Ich zuckte abermals mit den Achseln. »Meinen Vater mag ich ganz gern, aber meine Mutter ist unausstehlich. Sie ist laut und gottesfürchtig. Schrecklich gottesfürchtig. Sie schreibt uns alles vor, und Vater tut, was sie sagt.« Ich schüttelte den Kopf. »Nein, ich komme schon allein zurecht. Ich will auf keinen Fall ins Dorf zurück. Der Großarchon würde mich aufhängen oder totschlagen lassen.« Ich hatte vor Augen, wie er den lebendigen Dongos die Augen herausschnitt. Nein, um keinen Preis wollte ich zurück nach Hause!

Ailif nickte. »Wir werden versuchen, deinen Eltern eine Nachricht zukommen zu lassen. Das wird uns Commander Cayley nicht verbieten können.«

»Gut.«

»Kannst du uns die Hefte deines Freundes überlassen?«

Ich zögerte, dann schüttelte ich erneut den Kopf. »Ich möchte sie ihm geben, wenn ich ihn finde. Ich weiß, wie sehr er daran hängt.«

»Okay. Würdest du erlauben, dass wir sie kopieren?«

»Was meinst du damit?«

»Wir fotografieren sie und speichern sie im Computer.«

»Dann kann ich die Hefte behalten?«

»Ja. Und wir könnten die Kopien nach New Belfast mitnehmen und in Ruhe auswerten.«

»Wenn das so ist, habe ich nichts dagegen.«

»Brauchst du Geld?«, fragte Maurya.

Ich sah sie an. Die Abendsonne, die durch das Plasglasfenster fiel, zeichnete ein zartes Lichtmuster auf ihre helle Haut. Sie sah wirklich wunderschön aus. »Nein«, sagte ich. »Vielen Dank, Miss Maurya, aber ich finde bestimmt eine Arbeit im Delta. Und vielleicht finde ich sogar Anzo. Er lebt noch – das spüre ich irgendwie.«

»Wenn du ihn tatsächlich findest ... Nun, er ist ein sehr wertvoller Mensch.«

»Wie das?«

»Weil er, wie du sagst, mit den Dongos sprechen kann. Das ist von großem wissenschaftlichem Wert, um die hiesige Intelligenz zu verstehen. Er könnte uns helfen, die Rätsel der Bewohner dieser Welt zu lösen.«

»Hm. Wenn ihr meint.«

Der sprechende Hund, Jonathan, schüttelte sich und sah mich an. »Erschrick nicht, wenn dich im Delta eine große, gefährlich aussehende schwarzbraune Hündin besucht«, sagte er. »Das ist Virginia Woolf, meine alte Freundin. Sie ist im Ruhestand und wohnt dort seit Jahren in einem Altersheim der Flotte. Ich habe sie gebeten, ein Auge auf dich zu haben, wenn du im Delta auftauchst.«

»Virginia Woolf?« Ailif lachte laut. »Diese hochnäsige Ziege! Wie ist die Hündin denn zu diesem Namen gekommen?«

»Sie stammt aus einer englischen Züchtung«, erwiderte Jonathan. »Von der Abstammung her eine reinrassige Rottweilerin – da kannst du dich darauf verlassen, dass sie sich überall durchbeißt. Sie hat jahrzehntelang auf Sternenschiffen Dienst getan und ist inzwischen mindestens hundertzwanzig Jahre alt.«

»Aber wie kann man hier leben wollen, in dieser Hitze, wo man auch noch ein Fell tragen muss?«

»Rottweiler haben ein dünnes Fell«, erklärte Jonathan. »Als ich sie fragte, sagte sie: ›Jo, du glaubst ja nicht, wie gut diese Wärme meinen alten Knochen tut.‹ Jedem, wie er's mag. Jedenfalls wird sie aufpassen, dass Suk nichts passiert, falls der Großarchon jemanden schickt, um ihn zu ergreifen und zurückzubringen oder Schlimmeres.«

Maurya nickte. »Das beruhigt mich. Der andere Junge, Anzo, sollte er noch leben, was ich inständig hoffe, ist der Schlüssel zu den Dongos. Er ist der wichtigste Ansatzpunkt zur Erforschung dieser rätselhaften Zivilisation.«

»Ja.« Ailif wandte sich mir zu. »Leb wohl, mein Lebensretter. Du bist wirklich ein prächtiger Junge, Suk. Ich danke dir und wünsche dir alles Gute und viel Glück für die Zukunft. Vielleicht sehen wir uns irgendwann mal wieder.«

»Ja, lass etwas von dir hören«, sagte Maurya und strich mir über den Kopf. Ich hielt den Atem an.

»Wenn Virginia Kontakt zu dir aufnimmt«, erklärte mir der sprechende Hund, »sag ihr, sie soll eine Nachricht an uns schicken. An die James Joyce University auf New Belfast.«

»Mache ich«, versicherte ich. »Lebt wohl, ihr drei. Und gute Nacht. In der Morgendämmerung breche ich zu meinem Versteck auf.«

»Ich begleite dich«, sagte Jonathan.

»Das ist nicht nötig.«

»Na schön. Aber pass auf dich auf!«

Maurya fasste mich an den Schultern und küsste mich zum Abschied auf beide Wangen. Es war wundervoll, von ihren Lippen berührt zu werden. Mir wurde ganz schwindelig.

|25|

In dieser Nacht las Maurya lang, weil sie von den Geschehnissen zu aufgekratzt war und nicht einschlafen konnte. Irgendwann nickte sie aber doch ein – und erwachte von fernem Geschrei. Sie stand auf und trat ans Fenster, das auf den Fluss hinausging. Das Dorf am gegenüberliegendem Ufer war in heller Aufregung: Dunkelrote Lichtblitze flackerten, offenbar Laserfeuer, und riesige schwarze Gestalten erhoben sich über die Häuser und ließen sich auf die Dächer und Zisternen niederfallen. Viel mehr konnte sie nicht erkennen – sie hatte das Licht ihrer Nachttischlampe brennen lassen, sodass es an der Außenseite ihres Zimmerfensters von Insekten nur so wimmelte. Sie schaltete den Zoom ihrer Nachtsichtbrille ein und fuhr den Bildverstärker hoch, aber auch das brachte nichts; die durcheinanderwimmelnden Insekten machten jeden Versuch, Genaueres zu erkennen, zunichte.

»Ailif!«, rief sie. Keine Reaktion. Da fiel ihr ein, dass sein Implantat außer Funktion war. Sie eilte auf den Gang hinaus und schlug mit der Hand an seine Tür.

Er öffnete schlaftrunken. »Was ist los, Maurya?«

»Im Dorf … Es ist, als würden die Riesenraupen das Dorf angreifen.«

Gemeinsam eilten sie in Mauryas Zimmer und starrten durch die Scheibe. Ailif machte eine Geste, als wollte er die Insekten wegwischen; er war noch nicht ganz wach.

»Es scheinen drei … nein, vier dieser Riesenraupen zu sein, die das Dorf attackieren«, sagte Maurya hektisch. »Sie sind wirklich riesig – sieben oder acht Meter hoch. Schau dir das an! Sie richten sich auf und lassen sich auf die Häuser fallen. Unglaublich!«

Eine Sirene ertönte, und kurz darauf sahen sie, wie ein Elektroboot von der Station ablegte und über den Fluss fuhr. Sie konnten nicht erkennen, wer es steuerte. Es waren fünf oder sechs Mann an Bord – vermutlich eilten sie den Dorfbewohnern zu Hilfe.

»Die erleben eine aufregende Nacht«, sagte Ailif spöttisch.

»Was soll der Sarkasmus? Womöglich sind Menschen zu Schaden gekommen.«

Ailif zuckte mit den Achseln. »Meine Freunde sind das nicht.«

Das Flackern der Laserschüsse erlosch allmählich. Eines der Häuser brannte lichterloh, und im Widerschein war keine der Riesenraupen mehr zu erkennen. Hatten sie sich zurückgezogen?

Nein, nicht alle. In diesem Moment wand sich eine der Raupen vom Tempeldach herab, und im Elektroboot der Station, das eben dabei war, am Steg festzumachen, eröffnete ein Mann das Feuer. Die Raupe klatschte in den Fluss und brachte dabei das Boot fast zum Kentern. Der Mann feuerte weiter in das aufgewühlte Wasser.

»Sie scheinen eine der Raupen erwischt zu haben«, murmelte Ailif.

Der Suchscheinwerfer huschte hin und her, aber die Raupe war spurlos verschwunden.

Ailif nickte. »Jetzt ahne ich, weshalb man in hundert Jahren nie eines der Biester gefunden hat. Sie lassen sich einfach in den Fluss fallen und lösen sich wieder zu Einzelwesen auf. Zu Dongos.«

»Ja, das wäre eine plausible Erklärung.« Maurya rieb sich die Stirn. »Was meinst du, Jo?«

Jonathan, der inzwischen ebenfalls zum Fenster gekommen war, reckte den Hals. »Wir haben das ja schon in Erwägung gezogen. Wir hätten es dann mit einer Allianz aus Glasflöhen und Dongos zu tun, die gemeinsam in der Lage sind, ein intelligentes Wesen zu bilden.«

»Und wie wollen wir das beweisen?«

»Indem wir die Nester der Glasflöhe in den Ganglien untersuchen und ihre Wirkungsweise analysieren.«

Ailif nickte. »Proben von den Nestern in den Ganglien habe ich bei der Sektion sichergestellt und eingefroren.«

»Gut. Außerdem müssen wir die Säure untersuchen, mit der die Reliefs geätzt wurden«, sagte Jonathan. »Dafür brauchen wir ein paar Gesteinsproben von dem bearbeiteten Fels.«

Maurya nickte. »Da kümmere ich mich drum.«

Ailif wandte sich ihr zu. »Ich komme mit dir.«

»Auf gar keinen Fall. Du hattest dein Abenteuer schon. Außerdem kannst du mit deinem verletzten Bein kaum gehen.«

»Und wie willst du zu den Felsen kommen?«

»Ich bitte Jespersen ein letztes Mal, mich mit dem Hub hinzubringen. Er wird es mir nicht abschlagen.«

»Nimm wenigstens Jo mit.«

»Klar. Das wäre mir recht, wenn er auf mich aufpassen würde. Kommst du mit, Jo?«

»Selbstverständlich, Maurya«, erwiderte Jonathan mit großen Augen.

Ailif blickte auf den Fluss und das Dorf. Von dem Feuer war kaum mehr etwas zu sehen. »Na schön. Und dann verschwinden wir so schnell wie möglich von diesem seltsamen Planeten.«

26

Einen Brunnen zu graben ist gar nicht so einfach. Mein Vater hatte zwei Brunnen angelegt, in denen immer sauberes Wasser war – Flusswasser, das, durch den Ufersand gefiltert, in den Schacht einsickert, wo sich die letzten Verunreinigungen absetzen, damit es in die Zisterne auf dem Hausdach gepumpt werden kann.

Mister Jespersen hatte mir – von Commander Cayley genehmigt – einen Spaten ausgehändigt. Es war sogar ein ganz nagelneuer, ein Klappspaten der Marke Digging, hergestellt von einer Firma namens Sepuk in Memphis. Memphis im Delta. Er roch noch nach dem Öl, mit dem man ihn in der Fabrik eingesprüht hatte.

Mein Problem war, dass mein Versteck nicht an einem Sandufer lag, sondern an einem schlammigen Uferstreifen, der dicht mit Pflanzen bewachsen war, wodurch es zwar vom Fluss aus nicht entdeckt werden konnte, aber für einen Brunnen absolut ungeeignet war. Ich grub einen Schacht, doch das Wasser, das sich darin sammelte, blieb grau und trübe. Als ich es dennoch probierte, weil ich ziemlich Durst hatte, schmeckte es faulig und bescherte mir in der Nacht einen ekligen Durchfall, der mich drei Tage lang plagte. Mir zitterten die Knie, wenn ich mich hinkauerte, und mir wurde schlecht vom Gestank dessen, was aus mir herausspritzte.

In der zweiten Nacht lag ich wach, jederzeit bereit, aufzuspringen und ins Gebüsch zu eilen. Ich hatte wirre Gedanken. Offenbar hatte ich Fieber, denn ich fror trotz der Wärme. Mir war so elend zumute, dass ich sogar mit dem Gedanken spielte, mit meinem Rundboot über den Fluss ans andere Ufer zu rudern und ins Dorf – nach Hause – zurückzukehren.

Ich sah zu den Monden auf und fragte sie, was sie von der Idee hielten. Diese falschen Apostel rieten mir, mich Seiner Heiligkeit, dem Großarchon, auszuliefern und um Gnade zu winseln – und das bestärkte mich in meinem Entschluss, mein bisheriges Leben hinter mir zu lassen und mein Glück im Delta zu versuchen. Es gab kein Zurück. Seine rachsüchtige Heiligkeit würde mich hängen lassen, weil ich dem Fremden geholfen hatte zu fliehen.

Ich hoffte inständig, dass es die drei in den Orbit und auf ihr Schiff schaffen würden, das sie auf ihre Welt zurückbringen würde, denn ich traute Commander Cayley jede Teufelei zu.

In Ermangelung eines Brunnens hielt ich mich, wenn ich Durst hatte, an die Begleiterinnen des Flusses, schnitt mir da und dort ein zartes, frisch ausgetriebenes Trinkrüsselchen ab und zerkaute es. Sie enthielten einen süß schmeckenden Saft, der sowohl den Durst wie auch den Hunger stillte.

Und so wartete ich weiter, manchmal mitten in der Nacht aufschreckend, weil ich meinte, die Glocke eines Floßes zu hören. Doch es waren immer nur die Vorspiegelungen der tückischen Apostel, die meine Sinne narrten.

Schließlich aber war es so weit. Am frühen Morgen – es war noch dunkel, und es standen keine Apostel am Horizont, neun oder zehn Tage war es her, dass ich die Flottenstation verlassen hatte, in den Himmel sickerte das erste Licht – da hörte ich die Glocke eines Floßes, und unmittelbar danach wurde der große Gong des Tempels in meinem Dorf geschlagen. Bald darauf eilten die Männer und Frauen aus dem Dorf mit ihren vorbereiteten Körben voller Gemüse und Früchten, Brot und getrocknetem Fisch zu den Booten und ruderten hinaus, um das Floß rechtzeitig zu erreichen und ihr Geschäft zu machen.

Auch ich machte mich bereit, rollte den Schlafsack und die Sonnenschutzplane zusammen, zerrte den Anker aus dem Modder zwischen den Binsen und warf ihn ins Boot. Dann stieß ich mich mit dem Ruder vom Ufer ab und paddelte eilig in die Strömung. Minuten später zog der Bug des Floßes an mir vorbei. Während auf der gegenüberliegenden Seite der Handel mit den Dorfbewohnern abgewickelt wurde, konnte ich auf meiner unbemerkt aufs Floß gelangen.

Dachte ich.

Ich erreichte den Rand des Floßes, schleuderte meinen kleinen Anker über den äußeren Stamm und zerrte an der Ankerleine, bis ich spürte, dass er sich festgehakt hatte. Dann zog ich mein Boot dicht an das Floß heran und hielt inne, um zu verschnaufen.

Ich hatte die Augen einen Moment lang geschlossen, da hörte ich eine Stimme über mir.

»Was willst du?«

Ich hob den Kopf und sah im Morgenlicht einen Mann, breitschultrig, vielleicht vierzig Jahre alt, mit lockigem schwarzem Haar, das unter einem breiten Strohhut hervorquoll.

»Mitgenommen werden«, erwiderte ich atemlos.

»Aha.« Der Mann wog meinen Anker in der Hand, den er offenbar mühelos aus dem Holz gezogen hatte, und schien drauf und dran, ihn mir zurück ins Boot zu werfen. »Hast du Geld, um die Passage zu bezahlen?«

»Passage?«

»Die Fahrt auf dem Floß.«

Ich schüttelte den Kopf. »Nein. Ich habe kein Geld.«

Der Mann zuckte mit den Achseln. »Du machst es dir leicht, mein Junge. Aber so leicht ist das Leben nicht.«

Ich nickte kläglich. »Ich weiß.«

Der Mann legte den Anker in die andere Hand und runzelte die Stirn. »Ich nehme an, du bist aus dem Dorf, an dem wir eben vorbeigekommen sind. Von Mama und Papa abgehauen, wie?«

»Nein. Das … das ist eine lange Geschichte.«

»Ach.«

»Ich habe jemandem zur Flucht verholfen, den der Großarchon hängen wollte.«

»Hm. Das spricht für dich. Der Großarchon ist der Häuptling dieser komischen Gemeinde hier?«

»Ja.«

»Und wie nennen sich diese Sektierer?«

»Dschiheads.«

»Ich mag diese Leute nicht.«

»Ich … ich auch nicht.«

Unvermittelt drosch der Mann den Anker ins Holz. »Kannst du arbeiten?«

»Ja.«

»Na schön. Dann komm an Bord.«

Er reichte mir die Hand und zog mich hinauf. Ich spürte seine enorme Kraft. »Ich bin Enoch«, sagte er. »Ich führe dieses Floß.«

»Ich bin Suk.«

»Willkommen an Bord, Suk! Ich brauche jemanden, der das Essen austrägt. Dies ist ein großes Floß, über zweitausend Meter lang. Zweiundzwanzig Menschen arbeiten hier. Sie müssen mit Essen und Getränken versorgt werden – am Morgen und am Abend.«

»Das kann ich.«

»Zieh dein Rundboot an Bord und mach es fest. Warte, ich helfe dir.« Enoch bückte sich, und gemeinsam hievten wir mein Boot aus dem Fluss.

»Danke«, sagte ich mit gepresster Stimme.

»Komm, ich zeige dir die Brücke und die Mannschaftsquartiere«, sagte Enoch, und auf einem Brettersteg, der auf die Stämme genagelt war, gingen wir zur Mitte des Floßes.

|27|

Sie starteten bei Sonnenuntergang. Die Tageshitze lastete noch so über der Landschaft, dass das Atmen schwerfiel, und so empfand Maurya den Fahrtwind als äußerst angenehm, als sie mit dem Hub den Fluss hinaufflogen und ihn schließlich überquerten. Nach etwa einer halben Stunde hatten sie das Hochufer erreicht.

Maurya ließ sich am Fuß der Felswand absetzen, um zu fotografieren, solange das Licht noch gut war, während Jespersen und Jonathan zweihundert Meter weiter flogen, wo sie einen ungewöhnlich großen Teufelskreis ausgemacht hatten, den sie untersuchen wollten.

Maurya hatte eben damit begonnen, am Rand des Reliefs ein paar Steinproben abzuschlagen und in dem Beutel zu verstauen, den sie sich über die Schulter gehängt hatte, als sie plötzlich hinter sich eine Stimme hörte. Vor Schreck hätte sie fast ihren Geologenhammer fallen gelassen. Sie fuhr herum und sah sich einem mittelgroßen untersetzten Mann gegenüber, der einen Kapuzenmantel aus Spiegelfolie und dazu eine große dunkle Sonnenbrille trug.

»Sie können sich wohl nicht sattsehen an diesen Schweinereien«, sagte der Mann schnaufend.

Maurya wich einen Schritt zurück. »Entschuldigen Sie bitte, wer sind Sie?«

»Das tut nichts zur Sache.«

»Für mich schon.«

»Ekelhaft, wie sie obszön ihre Leiber aneinanderpressen. Widerlich! Der Teufel persönlich stiftet diese Tiere an, solch sündige Darstellungen anzufertigen.«

In diesem Moment begriff Maurya, dass sie es mit dem Großarchon persönlich zu tun hatte. Irgendjemand in der Station musste ihn von ihrer Exkursion in Kenntnis gesetzt haben.

Langsam, ganz langsam wich sie zur Seite. »Es gehört schon eine merkwürdige Fantasie dazu, so etwas in diese Bilder hineinzuinterpretieren.«

»Finden Sie?«, schnaufte der Großarchon. Dann machte er einen Schritt auf Maurya zu und griff ihr mit einer raschen Bewegung zwischen die Beine. Der widerliche fettige Bart streifte ihre Wange, und sie roch seinen süßlichen Atem. »So habt ihr es doch am liebsten, ihr Unbeschnittenen, oder?«

»Jo!«, schrie Maurya, und was dann folgte, war eine reine Reflexhandlung: Sie hob den Geologenhammer und ließ ihn auf die Kapuze des Großarchons niedersausen. Seine Heiligkeit gab einen blubbernden Laut von sich und sackte zusammen; die Sonnenbrille klirrte in den Schotter. Und plötzlich war Jonathan da – er flog geradezu auf sie zu. Zu spät sah Maurya die

Gestalt eines zweiten Mannes, der am Ufer stand und eine Schusswaffe hob.

Jonathan schlug einen Haken und hielt auf den Mann zu. Der Laserschuss traf ihn, ein Büschel rauchendes Fell flog davon, Blut spritzte. Doch ehe der Mann ein weiteres Mal feuern konnte, hatte Jonathan ihn erreicht. Seine Vorderpfoten trafen die Brust des Kerls mit voller Wucht, die Waffe flog in hohem Bogen in den Fluss und der Mann mit einem erschrockenen Aufschrei hinterher.

»Oh, Jo!«, rief Maurya. »Er hat dich getroffen!«

Langsam trottete Jonathan zu ihr. »Halb so wild. Der Strahl hat lediglich die Schulter gestreift. Hauptsache, meiner KI ist nichts passiert.«

»Ich bin okay«, ließ sich Mr. Swift vernehmen. Eine zarte, völlig unaufgeregte Stimme, die *aus* Jonathan, aber nicht *von* ihm kam. »Alles andere wird schon wieder. Jonathan wird sich von dem Schreck erholen.«

Maurya streichelte Jonathan über das Fell. »Es tut mir so leid, Jo. Es ist meine Schuld.«

»Schuld bin ich selber«, sagte Jonathan. »Ich habe den Kerl zu spät gesehen.«

»Hast du Schmerzen?«

»Es ist zum Aushalten.« Er roch nach verbranntem Haar.

»Du hast eine böse Furche in der Schulter, mein Lieber. Sie blutet aber kaum.«

»Das ist bei Laserschüssen immer so. Die Wunde wird kauterisiert.«

Inzwischen war Jespersen mit dem Hub herangeflogen und besah sich die Bescherung. »Oh«, sagte er,

»Seine Heiligkeit persönlich. Das hätte er wohl nie für möglich gehalten – niedergeschlagen zu werden. Und auch noch von einer Frau.«

»Ein widerliches Schwein ist das!«, sagte Maurya mit zorniger Stimme.

Jespersen sah sich um. »Besser, wir verschwinden so schnell wie möglich von hier. Er hat meistens zwei seiner Henkersknechte bei sich. Da kann der andere nicht weit sein. Gabriel oder Michael – ich kann diese Typen nicht auseinanderhalten.« Er wandte sich Jonathan zu. »Wie geht es dir, mein Freund?«

»Es geht schon.«

»Na schön, wir überqueren den Fluss. Hier ist es mir zu brenzlig. Drüben werde ich nach deiner Wunde sehen. Ich habe einen Sprühverband in der Notfallbox. Kommt, steigt auf!«

»Du hättest ihm gleich noch eins über den Schädel geben sollen, diesem Stück Dreck!«

»Beruhige dich, Ailif. Wir haben so schon genug Ärger am Hals.«

»Und dem anderen Kerl wünsche ich, dass er von einem ganzen Rudel Fletsche gestochen wird.« Ailif humpelte aufgeregt auf der Terrasse der Station hin und her. »Dieses Gesindel!«

»Ist schon gut, Ailif.«

»Ich hätte mitkommen sollen.«

»Auf gar keinen Fall, mein Lieber. Der Mann hätte womöglich auf dich geschossen, und du hast kein so dickes Fell wie Jo. Nein, es ist besser, dass du dein Bein geschont hast. Es ist immer noch ziemlich geschwollen.«

»Ich frage mich bloß, woher dieser Oberfrömmler gewusst hat, dass du dich dort aufhältst?«

»Wir können davon ausgehen, dass es zwischen der Flottenstation und dem Tempel einen lebhaften Gedankenaustausch gibt.«

Ailif nickte. »Wir machen uns besser fertig für die Abreise. Wir sollten weg sein, bevor seinen Jüngern publik gemacht wird, wie du mit ihrem Kirchenoberhaupt umgegangen bist.«

Am Abend – sie hatten ihre Sachen gepackt und die luftdicht verschlossenen Behälter mit den Gewebe- und Gesteinsproben gut verstaut – lag Ailif auf dem Bett, ein Kissen unter das lädierte Bein gestopft. Maurya saß in einem Sessel, und Jonathan hatte sich auf den Teppich gefläzt und versuchte mit der Zunge an seine Wunde zu gelangen.

»Lass das, Jo!«, sagte Maurya.

»Es juckt aber so.«

»Das ist gut. Das ist ein Zeichen, dass es heilt.«

Plötzlich hob Jonathan lauschend den Kopf und verharrte reglos, dann erhob er sich, ging zu Maurya und legte ihr eine Pfote aufs Knie. »Es tut mir leid, aber ich habe schlechte Nachrichten.«

»Was ist?«

»Deine Schwester hat gerade eine Nachricht übermittelt. Dein Vater ist gestorben.«

Maurya sah Jonathan an, als könnte sie nicht glauben, was er gerade gesagt hatte. »Nein«, murmelte sie. »Nicht das auch noch! Hast du die Botschaft aufgezeichnet?«

»Ja.«

»Lass sie mich hören, bitte.«

Ein Gefühl der Absurdität überkam Maurya, als Carols Stimme aus den Lautsprechern in Jonathans Halsband kam: »Hörst du mich, Maurya? Hier ist deine Schwester Carol. Vater ist vorgestern Nacht gestorben. Er ist friedlich eingeschlafen. Er scheint sehr geschwächt gewesen zu sein in den letzten Wochen, obwohl sich die Nachbarin, Mrs. Riteman, rührend um ihn gekümmert hat. Um dir Rückfragen zu ersparen, damit das Gespräch nicht Stunden dauert: Nein, ich war nicht bei ihm, als er starb. Mrs. Riteman hat ihn auf seinem letzten Weg begleitet. Ich habe schließlich eine Familie mit zwei Kindern zu versorgen. Danke, es geht allen gut. Außerdem haben wir sehr viel Schnee im Norden, stellenweise vier Meter hoch. Selbst die großen Expresszüge kommen nicht mehr durch. Der *Sibirian* steckt vor Tullamore fest, die Passagiere mussten aus der Luft versorgt und schließlich evakuiert werden. Du siehst, ich hatte keine Möglichkeit, Vater zu besuchen, aber ich wusste ihn bei Mrs. Riteman in guten Händen. Außerdem wohnt Doktor Boulder nur ein paar Häuser weiter. Ich hatte keine Ahnung, dass es Vater in letzter Zeit schlechter ging, aber mit dem Winter hat er sich ja schon immer schwergetan. Er hat ihn geradezu gehasst … Wir wünschen dir eine gute

Reise, Maurya. Komm gesund wieder zurück nach New Belfast!«

Maurya wischte sich Tränen aus den Augen. Jonathan stellte sich auf die Hinterpfoten und leckte ihr zärtlich die Wange.

Auch Ailif stand auf und legte ihr die Hand auf die Schulter. »Tut mir leid, Liebes.«

»Du weißt ja am besten, wie es ist, wenn man seine Eltern verliert«, sagte Maurya und drückte Ailifs Hand an ihre Wange.

»Ja. Aber deine Mutter lebt doch noch.«

»Leben?«, erwiderte sie bitter. »Sie hat längst den Weg in die Dunkelheit angetreten. Sie kennt mich nicht mehr.«

Ailif nickte.

»Vier Meter Schnee«, seufzte Jonathan plötzlich sehnsüchtig. »Ich würde mich darin vergraben.«

|28|

Die »Brücke« des Floßes war ein erhöhtes Podest, das von einem Geländer umgeben war. Eine schmale Treppe führte hinauf. Dahinter erstreckte sich eine lange, niedrige Baracke, die man mitten auf das Floß gesetzt, mit Streben gestützt und festgenagelt hatte. »Dort ist die Küche untergebracht«, sagte Enoch, der Floßführer, »der große Gemeinschaftsraum und dahinter die Mannschaftsquartiere.«

Ich betrachtete die Baracke. Sie war gegen die Sonne mit einer großen Silberplane überdacht.

»Da wird dein Arbeitsplatz sein.«

Ich nickte.

»In der Küche herrscht Mildred, unsere Köchin. Ihr Gehilfe heißt Korbinian. Er trägt eigentlich das Essen aus, aber er ist schon ziemlich betagt und kann nicht mehr so richtig. Immerhin sind es mehr als drei Kilometer Fußmarsch jeden Tag mit der Essenskarre – die Stege sind ja nicht gerade, sondern verlaufen im Zickzack über die Stämme. Du wirst ihm zur Hand gehen.«

»In Ordnung.«

In diesem Moment kam ein älterer grauhaariger Mann den Steg entlang. Er war klein und hatte ein faltiges, ausgemergeltes Gesicht. Ein Lederriemen spannte sich über seine Schulter und Brust, mit dem er ein mit Körben beladenes Wägelchen hinter sich herzog. Das musste Korbinian sein.

»Das ist ein Teil der Vorräte, die wir in deinem Dorf eingekauft haben«, erklärte Enoch. »Hauptsächlich Feldfrüchte und Obst. Ein wenig Fleisch, Kaninchen und Hühner. Mit Fisch versorgen wir uns selbst – wir züchten sie unter dem Floß.«

Wir betraten das geräumige Innere der silbern verkleideten Baracke.

»Hier werden die Vorräte gebunkert und gekühlt. Wir haben leistungsfähige Kühlanlagen – schließlich müssen wir die Äquatorzone durchqueren.«

Wie ein junger Hund folgte ich Enoch durch die Räume.

»Und das ist Mildred«, sagte er, als wir in der Küche standen.

Ich hatte noch nie eine so dicke Frau gesehen. Die Beine, die unter ihrem braunen Rock hervorragten, waren gerötet und ungemein kräftig. Ihre Arme sahen aus, als hätte man an den Ellbogen zwei Sandsäcke aneinandergenäht. Die Hände waren fleischige Fortsätze mit dicken Fingern wie Würste daran. Zupackend, wie ich sah.

»Sie ist mehr als nur die Köchin, sie ist unsere eigentliche Floßführerin. Sie hat zwar einen Hintern wie die Westküste Afrikas« – Enoch tätschelte Mildreds enormes Hinterteil – »aber eine spitze Zunge wie Kap Horn. Und …«

Weiter kam er nicht, denn in diesem Moment nahm Mildred eine langstielige Pfanne – oder einen großen Schöpfer – von einem Haken und schlug das Ding Enoch über den Kopf, dass es nur so dröhnte. Irgendetwas spritzte, aber kein Blut, wahrscheinlich war noch etwas in der Pfanne oder dem Schöpflöffel gewesen. Der Strohhut des Floßführers segelte davon.

»... und wie du siehst, ist sie eine herzensgute Frau, die nur das Beste für uns alle will.«

Mildreds breites, rotbackiges Gesicht erstrahlte zu einem Lächeln. »Enoch, du bist unverbesserlich«, sagte sie und begann zu lachen, erst leise, dann immer lauter. Ihr ansehnlicher Bauch hüpfte, und ihre noch ansehnlicheren Brüste wogten unter der gelb karierten Schürze. Dann griff sie nach Enochs Händen, und sie tanzten lachend viermal, fünfmal umeinander, Mildred immer noch den Schöpfer oder die Pfanne in der Hand, bis sie ihn mit einer Verbeugung aus ihrer Umarmung entließ.

Ich musste ebenfalls lachen. In was für eine heitere Welt war ich hier geraten!

Der faltige, grauhaarige Mann blickte zur Tür herein.

»Lass ruhig alles draußen stehen, Korbinian«, sagte Mildred zu ihm. »Ich räume das Zeug schon auf.«

Ich sah zu Enoch. »Soll ich ...«

Der Floßführer nickte. »Ja, du kannst dich hier nützlich machen und ihr zur Hand gehen.« Er wandte sich Mildred zu. »Hast du etwas zu trinken für den Jungen?«

»Tee oder Wein?«, fragte die Köchin.
»Tee«, sagte ich erfreut.
»Wein«, krächzte Korbinian.

»Afrika ist ein Land auf der Erde, aus dem dunkelhäutige Menschen kommen«, sagte ich zu Enoch, als wir in dem großen Gemeinschaftsraum an einem langen Tisch saßen. Der Floßführer hatte sich Rotwein eingeschenkt, während ich dankbar gekühlten Tee schlürfte.

»Oho«, brummte er. »Du hast in der Schule nicht nur beten und Hosiannasingen gelernt, sondern auch was Nützliches.«

»Das habe ich nicht in der Schule gelernt, sondern von dem dunkelhäutigen Mann, den ich aus dem Fluss gerettet habe. Ein Professor von New Belfast, der hier die Dongos untersuchen wollte.«

Enoch sah mich überrascht an. »Und – hat er sie untersucht?«

»Ich glaube, ja. Aber die Dschiheads haben ihm ganz schön Schwierigkeiten gemacht, der Großarchon wollte ihn sogar aufhängen. Doch er ist ihm entwischt und in den Fluss gesprungen. Dort habe ich ihn rausgezogen.«

»Hm. Ich habe von den fremden Wissenschaftlern gehört. War da nicht auch eine Frau?«

»Ja, Professor Maurya. Eine sehr schöne Frau.«

Enoch schmunzelte. »Verstehst du davon auch schon was?«

»O ja. Sie hat mich sogar geküsst. Ich bin fast ohnmächtig geworden.«

»Da sieh mal einer an!«, sagte Korbinian, der neben uns saß und dessen Augen vom Wein allmählich zu funkeln begannen.

Verlegen trank ich einen Schluck Tee, dann fragte ich: »Was ist an der Westküste von Afrika so bemerkenswert?«

Korbinian und Enoch sahen sich an und lachten.

»Nun«, sagte Enoch. »Sie sieht aus wie ein enormes Gesäß. Das musst du dir gelegentlich auf einer Erdkarte ansehen.«

»Und was ist Kap Horn?«

»Der spitze Zipfel von Südamerika gleich daneben.«

»Aha.«

Der Floßführer stand auf. »Komm. Ich zeige dir, wo du schlafen wirst.«

Enoch führte mich durch einen Gang, der sich an den Gemeinschaftsraum anschloss, zu einer kleinen Kammer, die eine Pritsche und einen Schrank enthielt. Dort konnte ich meine wenigen Sachen verstauen, vor allem die Tasche mit Anzos Heften. Wäsche und Kleidung zum Wechseln hatte ich ohnehin keine – ich würde das, was ich am Leib trug, gelegentlich waschen müssen.

Gleich daneben waren eine Dusche und eine Gemeinschaftstoilette. »Macht man da direkt in den Fluss?«, fragte ich.

»Nicht direkt«, erwiderte Enoch, bückte sich und öffnete eine Falltür im Boden.

Ich fuhr erschrocken zusammen, als ein Fisch heraufschnellte. Tatsächlich wimmelte das Wasser unterhalb der Luke nur so von glitzernden zappelnden Leibern.

»Hier züchten wir unsere Fische«, sagte Enoch.

Neugierig blickte ich in die Luke. »Ganz schön viele da unten.«

»Sie haben Platz genug. Der Käfig – ein festes Netz – reicht zweieinhalb Meter tief ins Flussbett.« Enoch griff nach einer Schale, schöpfte aus einem Sack neben der Luke kleine gepresste dunkelbraune Stumpen und schüttete sie in die Öffnung. Sofort schossen ein halbes Dutzend handlanger Fische herauf und fielen klatschend ins Wasser zurück.

»Prächtige Burschen«, sagte ich. »Mein Vater wäre froh, mal so einen im Netz zu haben.«

»Ist dein Vater Fischer?«

»Ja.«

Enoch nickte und ließ den Lukendeckel wieder zufallen.

»Beißen die Kerle einen nicht, wenn man auf dem Klo sitzt?«, fragte ich.

Enoch lachte. »Keine Angst, so weit kommen sie nicht – es ist ein Gitter dazwischen. Aber sie drängeln sich darunter, denn sie sind ganz scharf auf das, was wir ihnen zukommen lassen.«

Das mit dem Gitter beruhigte mich – ein kaltes Fischmaul am Hinterteil zu spüren war nicht eben das, was ich mir wünschte.

»Wir sehen uns später, Suk«, sagte Enoch und verschwand im Gang.

Erschöpft ließ ich mich auf meine Pritsche sinken und schlug die Hände vors Gesicht. Ich war auf dem Weg ins Delta. Und ich war in einer Welt gelandet, die nichts mit der zu tun hatte, aus der ich kam. Weshalb konnte es nicht überall so sein? Warum meinten die Menschen nur immer – sei es im Tempel oder in der Flottenstation –, andere müssten nach ihrer Pfeife tanzen und ihnen ohne Widerspruch gehorchen?

|29|

Der Abschied vom Stationspersonal war herzlich, der von Kommandant Cayley kühl. Von vier seiner Mechaniker und Raumfahrtingenieure begleitet, erschien er kurz in der Cafeteria, gab Ailif und Maurya einen flüchtigen Händedruck und wünschte ihnen eine gute Reise. Jonathan ignorierte er.

Der jedoch sagte ungerührt: »Ich wünsche Ihnen eine gute Zeit, Commander, Sir.«

Cayley hob die Augenbrauen und strich sich mit der Hand über die Glatze.

Warum ist er so angespannt?, fragte sich Maurya.

Jespersen trug Mauryas und Ailifs Reisetaschen heraus, dann holte er Jonathans Reisecontainer, verstaute alles im Passagierabteil des Shuttles und gurtete es fest. Leutnant Geddes erschien in seinem hellblauen Overall und überwachte das Beladen.

»Oh«, sagte Ailif spöttisch. »Uns wird die große Ehre zuteil, von Leutnant Geddes persönlich in den Orbit gebracht zu werden.«

»Fang nicht schon wieder an!«, zischte Maurya. »Halte lieber deine Völkerschaften zurück. Ein ganzes Heer hängt an deinem Kinn. Das sieht ja scheußlich aus!«

Überrascht griff sich Ailif ans Kinn und schob die vorwitzige Eidechse mit energischem Streicheln unter den Kragen seines Overalls.

»Bist du so nervös?«

»Hm. Scheint so.«

»Weshalb?«

Ailif zuckte mit den Achseln. »Das frag ich mich auch.«

Zwei Vollmonde, fast gleich groß und gleich hell, standen am Westhimmel. Sie sahen aus wie die blinden Augen eines Riesen, der über den Horizont schielte.

Jespersen kraulte Jonathans Kopf. »Kommt gut nach Hause«, sagte er.

»Alles Gute, mein Freund«, erwiderte Jonathan.

»Und jetzt mach, dass du in deinen Container kommst!«

Jonathan ließ sich nicht lange bitten; er sprang an Bord, und Jespersen half ihm, sich in seinem Behälter einzurichten. Als er fertig war, gesellte er sich zu Ailif und Maurya und hob den stereoskopischen Blick seiner eigenartig weit auseinanderstehenden Augen prüfend zum Himmel. »Wir werden heute wieder einen Sturm bekommen«, sagte er. »Sehen Sie?«

Ailif blickte ebenfalls hoch. Tatsächlich: Der Morgenhimmel hatte eine weißliche Färbung angenommen, als hätte jemand Milch in die hohe Atmosphäre gegossen. Die beiden Monde standen dicht über dem Horizont; die Sandschlieren in der hohen Atmosphäre verliehen ihnen den sanften Glanz von Marsulen.

»Am Nachmittag, schätze ich.«

»Und Sie sind besorgt?«

»Ja.«

»Wegen des Sturms?«

»Nein. Einen Sturm haben wir fast jede Woche. Außerdem müssten Sie längst im Orbit sein, wenn er losbricht.«

»Müssten wir?«

»Ja.«

»Was macht Sie so besorgt?«

Jespersen zuckte mit den Achseln.

»Die Ruhe vor dem Sturm?«

»Die Ruhe, ja.«

»Wie meinen Sie das?«

»Ich bin besorgt«, sagte Jespersen mit unterdrückter Stimme, »aber ich kann diese Sorge an nichts Konkretem festmachen. Professor Fitzpatrick gibt der höchsten religiösen Autorität auf diesem Planeten eins auf die Mütze, buchstäblich, und es geschieht – nichts! Überhaupt nichts. Das ist es, was mir Sorgen macht.«

»Mir auch.«

»Seien Sie also besser auf der Hut!«

Ailif sah zu Geddes, der im Cockpit Platz genommen hatte und gerade die Instrumente überprüfte.

Jespersen nickte.

Ein leises Surren ertönte, und das Shuttle erhob sich ächzend auf sein AG-Kissen. Der Sand, der auf der Startbahn lag, begann zu wabern und stob davon.

»Bitte kommen Sie an Bord«, rief Leutnant Geddes. »Wir starten in wenigen Minuten.«

»Okay.« Maurya wandte sich Jespersen zu und gab ihm die Hand. »Danke für alles, Frank.«

»Ja, danke für alles!«, sagte auch Ailif und drückte Jespersens Schulter.

Jespersen hob den Daumen. »Gute Heimreise!«

Maurya und Ailif stiegen über die Leiter an Bord, nahmen in den Andrucksesseln Platz und schnallten sich an.

Der Antrieb wurde gezündet, die Triebwerke begannen zu feuern. Das Shuttle beschleunigte und raste die Piste entlang nach Norden.

Jetzt hätte die Nervosität eigentlich schwinden müssen – doch das war nicht der Fall.

Jonathan streckte den Kopf aus dem Container und schnüffelte.

»He!«, rief Ailif. »Dein Container ist offen!«

»Ja. Ich habe Frank gebeten, die Verschlüsse offen zu lassen.«

»Weshalb?«

»Ich spüre etwas.« Jonathan schnüffelte in Richtung des Pilotensessels.

»Und was?«

»Heimtücke«, flüsterte Jonathan.

»Geh bitte in den Container zurück. Wenn wir in Turbulenzen geraten, kannst du dich nicht festhalten und segelst hilflos in der Kabine herum. Von mir aus kannst du deine Nase herausstrecken und schnüffeln, aber bleib drin in deiner Kiste, Jo. Bitte!«

Sie hatten fast den Äquator erreicht. Das Shuttle zog eine Schleife nach Westen, um die Planetendrehung als zusätzliche Beschleunigung zu nutzen.

Plötzlich sah Maurya Ailif erschrocken an. »Meine Güte, wie siehst du denn aus?«

Auf Ailifs Wangen, am Kinn und am Hals hatten sich rote, blaue und grüne Pusteln gebildet.

»Das ist ja zum Fürchten!«

Grinsend strich sich Ailif mit der Hand über die unteren Gesichtspartien. »Meine Truppen sind in Stellung gegangen.«

Sie waren in etwa achttausend Metern Höhe, als eines der beiden Triebwerke zu stottern begann. Das Shuttle neigte sich nach links und kam vom Kurs ab. Ailif schnallte sich los, zog das Mäppchen mit den Skalpellen aus der Brusttasche, klappte es auf und entnahm eine schmale Klinge. Lautlos schlich er nach vorn und bezog hinter dem Piloten Stellung.

»Was?«, flüsterte Maurya entsetzt. »Mach keinen Blödsinn!«

Jonathan stieß ein leises Jaulen aus und scharrte in seinem Plastikbehälter aufgeregt mit den Krallen.

Ailif drückte das Skalpell an den Hals des Piloten.

Erschrocken wandte Geddes den Kopf – wodurch das Skalpell seinen Hals ritzte. Ein Faden Blut rann über die Klinge und tröpfelte auf den Uniformkragen.

»Sind Sie verrückt geworden, Professor?«, zischte der Leutnant mit ängstlicher Stimme.

»Nein, Mr. Geddes.«

»Eines der Triebwerke arbeitet nicht mit vollem Schub. Wir müssen auf einer Wüstenpiste notlanden. Nehmen Sie das Messer weg!«

»Nein. Sie bringen das Triebwerk wieder auf vollen Schub und schalten zurück auf Automatik.«

»Aber …«

»Nichts aber, junger Mann. Wir setzen den Aufstieg in den Orbit fort.«

»Ich habe …«

»Ja, Sie haben Ihre Befehle, Leutnant Geddes, davon bin ich überzeugt.«

»Wenn Sie mich töten, werden Sie auch sterben.«

»Etwas mehr Gottvertrauen, Leutnant, wenn ich bitten darf. Und vollen Schub auf beiden Triebwerken!«

»Sie … Sie gefährden Ihre Mission, Professor.«

»Machen Sie sich keine Sorgen, Leutnant.« Ailif hielt die Klinge weiter an Geddes' Hals. »Ich habe ebenfalls eine Pilotenausbildung. Diesen Lernkranz habe ich schon während meiner Ausbildung in New Belfast getragen. Ich kann dieses Shuttle fliegen, wenn Sie dazu nicht mehr in der Lage sein sollten. Sie sind nicht unentbehrlich, Mr. Geddes, bedenken Sie das, aber ich würde Sie ungern verlieren.«

|30|

Am Abend – die Sonne ging gerade unter – zog ich mit Korbinian los, um den Rudergängern am Heck Essen und Getränke zu bringen. Für den Hinweg brauchten wir eine gute halbe Stunde, denn wie Enoch gesagt hatte, führte der Bretterweg nicht direkt, sondern im Zickzack über die Stämme. Ich hatte mir den Zugriemen über Brust und Schulter gelegt, der Karren klapperte und klirrte hinter mir. Korbinian ging neben mir. Er lachte immer wieder unmotiviert und führte Selbstgespräche, von denen ich nur ab und zu Wortfetzen verstand.

»Was sagst du?«, fragte ich ihn einmal.

Er sah mich mit seinen graublauen Augen prüfend an. Der Mund in seinem ausgemergelten, sonnenverbrannten Gesicht war von tiefen Falten gerahmt. Er öffnete und schloss ihn einige Male stumm, dann strich er sich den grauen Bart aus den Mundwinkeln und sagte: »Hör mir einfach nicht zu, Junge. Ich erzähle mir selber Geschichten.«

»Was für Geschichten?«

Er winkte ab. »Manchmal lustige, manchmal traurige.«

»Warum schreibst du die nicht auf?«

Korbinian blieb stehen und sah mich entgeistert an. »Schreiben?« Er grinste irgendwie schadenfroh und entblößte sein lückenhaftes Gebiss. »Ich kann nicht schreiben. Außerdem geht das niemanden etwas an, was ich mir ausdenke. Schreiben ...« Es begann mit einem beängstigenden Rasseln in seiner Brust – ich blickte ihn erschrocken an –, wurde zu einem heiseren Kichern und schwoll an zu einem meckernden Lachen. Er schüttelte belustigt den Kopf, dass seine grauen Locken flogen. »Schreiben«, murmelte er.

Ich zuckte mit den Achseln. »Ich meinte ja nur.«

Korbinian sah zum Himmel. »Leg dich in den Riemen, mein Junge. Wir müssen einen Zahn zulegen, wenn wir vor der Dunkelheit wieder zurück sein wollen. Ich stolpere nicht gerne bei Nacht auf dem Floß herum – ich sehe nicht mehr so gut wie früher.«

Das Ruderhaus am Heck war ein niedriger Aufbau, von dem die beiden mächtigen Ruder hinunter ins Wasser führten. Wir hatten kaum das Essen angeliefert, da wurde mir klar, dass diese Welt doch nicht so heiter war, wie ich am Morgen angenommen hatte. Auch hier gab es Menschen, die es darauf anlegten, anderen das Leben schwerzumachen. Ein Rudergänger am Heck – er hieß Hendrik – schien ein notorischer Nörgler zu sein. Er beschwerte sich über das Essen, der Tee in den Thermoskannen war ihm nicht heiß genug und das Trinkwasser zu warm. Er ließ seine schlechte Laune an Korbinian aus, der die Beschimpfungen mit stoischer Ruhe ertrug. Der alte Lockenkopf tat mir leid. Ich schwieg und ballte lediglich die Fäuste – bis es mir dann doch zu bunt wurde.

»Warum beschwerst du dich nicht beim Floßführer oder bei der Köchin?«, sagte ich zu Hendrik.

»Was sagt dieser Rotzlöffel da?«, rief der Rudergänger. Er hob die Hand und wollte mir eine verpassen, doch Korbinian ergriff seinen Arm und riss ihn herum. Nie hätte ich gedacht, dass der alte Mann so viel Kraft hatte. Er drehte sich mit einem Ruck um die eigene Achse, und Hendrik plumpste unversehens mit seinem Hintern auf die Planken.

»Du lässt den Jungen in Frieden«, sagte Korbinian dann mit ruhiger Stimme. »Das ist Suk. Er ist von heute an mein Assistent. Wenn du dich beschweren willst, dann wende dich an Enoch, oder, wenn dir das Essen nicht passt, an Mildred. Die wird dir schon die Leviten lesen.«

Ich hatte keine Ahnung, was »Leviten« waren, aber die drei anderen Rudergänger nickten, während sich Hendrik aufrappelte und uns giftige Blicke zuwarf. Er war ein kleiner Mann und trug einen schmierigen dunkelblauen Trainingsanzug, der sich über seinen wabbeligen Bauch spannte und einen Schweißgeruch verströmte, als sei er seit Tausenden von Kilometern nicht mehr gewaschen worden. Er ging zu Korbinian und spuckte ihm vor die Füße. »Altes Arschloch!«, knurrte er.

»Jetzt ist aber Schluss!«, rief einer der Männer. »Lass Korbinian und den Jungen in Ruhe!«

Hendrik nahm das Essen, das wir angeliefert hatten, tauchte unter die Sonnenplane und verschwand im Steuerhaus.

»Dass du uns ja was übrig lässt, du Vielfraß!«, rief ihm ein anderer Mann nach.

Korbinian hob den Arm zum Gruß, dann wendeten wir das Wägelchen und machten uns auf den Rückweg zur Brücke.

»Er ist und bleibt ein Kotzbrocken«, murmelte der alte Mann.

Ich nickte – voller Stolz darüber, dass ich diesem »Kotzbrocken« entgegengetreten war. Wir kamen erst kurz vor Einbruch der Dunkelheit wieder zurück.

Am nächsten Morgen machten wir uns früh zum Bug des Floßes auf, um den Tagesproviant abzuliefern. Von weitem schon sah man die große Schiffsglocke, die an einem galgenähnlichen Gebilde hing und mit der das Floß weit hallend sein Nahen ankündete. Wenn sie energisch geläutet wurde, war sie kilometerweit zu hören.

Einer der Rudergänger am Bug hatte einen Hund, ein schönes blondes Tier mit rundem Kopf und Schlappohren. Er lief zu uns, als wir mit unserem Karren anrückten, und beschnüffelte eingehend meine Füße und Hosenbeine – schließlich war ich neu auf dem Floß, und er kannte mich noch nicht. Oder hing an mir noch der Geruch von Jonathan?

»Kannst du sprechen?«, fragte ich ihn.

Der Hund musterte mich mit seinen dunkelbraunen Augen, dann ließ er den Schwanz hin und her pendeln.

»Weißt du«, sagte ich, »ich habe letzte Woche einen Hund kennengelernt, der konnte reden wie ein Mensch. Und was der alles wusste! Den konnte man alles fragen – er hatte immer eine Antwort.«

Der Hund wandte sich seinem Herrchen zu und blickte fragend zu ihm auf.

»Ja, das soll es geben«, sagte der Rudergänger, der eine hellbraune Uniform und eine weiße Offiziersmütze trug. »Ich habe von solchen Superhunden schon gehört, bin in Memphis sogar mal einem begegnet. Einer uralten Hündin.«

Ich nickte. »Der, den ich kennengelernt habe, hieß Jonathan Swift. Er ist Assistent an der James Joyce University auf New Belfast und war in Begleitung zweier Wissenschaftler, die mit der Untersuchung der Dongos beauftragt waren.«

»Er hier heißt Ben.« Der Rudergänger kraulte seinem Hund liebevoll den Kopf. »Er ist schon sechzehn Jahre alt, aber ich hoffe, er macht noch ein paar Fahrten mit mir.«

»Das verstehe ich nicht«, sagte ich überrascht. »Jonathan war bereits über sechzig.«

»Ja«, erwiderte der Mann, »man hat diesen Tieren angeblich das Erbgut von Schildkröten eingepflanzt, damit sie so alt werden. Die Investition muss sich ja schließlich lohnen. Die Aufzucht, die langwierigen Operationen, ihr Nervensystem mit einer KI zu verbinden …«

»KI?«

»Einer Künstlichen Intelligenz. So eine Art Rechenmaschine im Gehirn.«

Ich nickte. Das also war Jonathans Geheimnis. »Wie viele Floßfahrten macht ihr so?«, fragte ich dann.

»Zwei, höchstens drei im Jahr. Vom Haar bis ins Delta des Ontos sind es immerhin an die fünfzehntausend Kilometer.«

Ich sah auf den schönen Hund, der sich zu den Füßen des Mannes hingelegt hatte. »Darf ich ihn streicheln?«

»Aber ja, nichts ist ihm lieber. Halt ihm aber vorher deinen Handrücken unter die Nase, damit er sich deinen Geruch einprägen kann. Dabei darfst du nichts in der Hand haben – das würde ihn verunsichern.«

Ich tat wie geheißen. Das Fell fühlte sich weich an, als ich Ben streichelte. »Wie heißt diese Hundeart?«, fragte ich.

»Das ist ein Golden Retriever. Sie stammen ursprünglich von der Erde. Wie alle Hunde – und alle Menschen.« Der Mann schmunzelte.

»So einen Hund würde ich auch gern haben. Das ist ein Tier zum Verlieben.«

»Sie sind sehr teuer. Sie wurden einst zum Zweck der Jagd gezüchtet.«

»Jagd?«

»Um andere Tiere zu Tode zu hetzen oder sie umzubringen. Zum Vergnügen oder als Nahrungsmittel – oder beides.«

Ich tätschelte den Kopf des Hundes. »Ich wünsche dir noch viele Fahrten, Ben.«

»Danke«, sagte sein Herrchen.

Korbinian hatte inzwischen die Verpflegung abgeladen und in den Bugraum gebracht. »Komm«, sagte er zu mir. »Wir müssen uns auf den Heimweg machen. Bald geht die Sonne auf.«

Ich schulterte den Riemen. Hinter mir klapperte und klirrte das leere Geschirr vom Vortag.

31

»Ich wusste gar nicht, dass du eine Pilotenausbildung hast«, sagte Maurya, nachdem sie an der Orbitalstation angedockt und sich ausgeschleust hatten.

»Pilotenausbildung?« Ailif lachte. »Habe ich auch nicht. Du wirst es nicht für möglich halten, aber ich habe nicht einmal eine Lizenz für ein Straßenfahrzeug.«

Jonathan stieß ein heiseres Kichern aus und sagte: »Das ist wohl ein Witz.«

»Nein, das ist kein Witz«, erwiderte Ailif. »Ich bin in diesen Dingen ein ausgesprochener Tölpel.«

Maurya sah ihn zweifelnd an. »Bist du mit diesem Bluff dann nicht ein großes Risiko eingegangen?«

Ailif runzelte die Stirn und seufzte. »Sicher, aber ein vertretbares und vor allem notwendiges Risiko. Leutnant Geddes ist nicht der Tapferste. So habe ich ihn eingeschätzt. Er hat vermutlich von dem Großarchon der Dschiheads oder sogar von Commander Cayley die Order erhalten, einen Triebwerkschaden vorzutäuschen, irgendwo auf einer abgelegenen Wüstenpiste notzulanden, uns rauszuschmeißen und wieder zu starten.«

»Das hätte ich nie für möglich gehalten«, sagte Maurya kopfschüttelnd.

»Ich habe so etwas geahnt«, knurrte Jonathan. »Ich habe dem Kerl von Anfang an nicht getraut.«

Ailif nickte. »Ja, trau nie einem religiösen Hitzkopf – das war schon immer meine Devise.«

Sie gingen durch die Schleuse zur *Ballymena*. Der Erste Offizier begrüßte sie und wies ihnen ihre Unterkünfte an. Sie schienen die einzigen Passagiere zu sein.

»Wann werden wir voraussichtlich starten?«, fragte Ailif.

»Wir erwarten noch ein Shuttle aus dem Delta. Sie können es ja kaum erwarten, nach Hause zu kommen«, sagte der Offizier schmunzelnd.

»Das kann man so sagen, Sir«, erwiderte Ailif.

»Nun, wir starten in voraussichtlich zwei Stunden, Professor. Fracht nehmen wir keine an Bord.«

Maurya griff nach ihrem Koffer und wandte sich Ailif zu. »Treffen wir uns zu einem Drink in der Messe, wenn wir unser Gepäck in den Kabinen verstaut haben?«

»Aber klar. Ich muss mir den Glast aus der Kehle spülen, der uns beinahe zum Verhängnis geworden wäre.«

»Dafür brauche ich mehr als nur einen Napf frischen Wassers«, sagte Jonathan und hechelte mit heraushängender Zunge.

»Ich brauche auch etwas Stärkeres«, erklärte Ailif. »Schließlich gibt es etwas zu feiern.«

»Kein Problem«, sagte der Erste Offizier. »Wir sind gerüstet. Sobald wir abgelegt haben, ist die Messe geöffnet.«

»Na, das ist ja ein Gefühl, als sei man schon zu Hause.« Mit sichtlicher Erleichterung zwirbelte Ailif seinen Schnauzer zwischen Daumen und Zeigefingern. Seine Leibregimenter hatten sich auf ganzer Front zurückgezogen und waren mit seiner dunklen Haut verschmolzen.

|32|

»Wofür braucht ein Floß so viele Steuerruder? Zwei vorn, zwei hinten und an den Seiten noch einmal jeweils eines?«, fragte ich Enoch, als wir wieder in der zentralen Baracke hinter der Brücke waren.

»Nun, die Bugsteuerung gibt die Richtung vor«, erwiderte er, »und Signal, wenn voraus auf dem Fluss etwas los ist, uns etwa ein Schiff entgegenkommt, das flussaufwärts unterwegs ist und an uns vorüberwill. Die beiden Heckruder haben normalerweise die Aufgabe, das Floß in der Mitte des Flusses zu halten, damit es sich nicht querlegt oder gar am Ufer entlangschrammt. Die Seitenruder helfen dabei, sodass das Floß gestreckt bleibt und möglichst in der Mitte der Strömung schwimmt. Kapiert?«

Ich nickte. »Wenn man es so erklärt kriegt, kapiert man es.«

Die Tage unter dem Sonnensegel waren lang und langweilig. Die Freiwachen legten sich in ihre Kojen und schliefen, die anderen räkelten sich vor den Bildschirmen im Gemeinschaftsraum, auf denen ständig irgendwelche Sportarten zu sehen waren – ausgestrahlt von

Paradise-Sendern oder den Monden –, aber es fiel mir schwer zu begreifen, um was es dabei eigentlich ging. In unserem Dorf hatte es keinen einzigen dieser Schirme gegeben – der Allweise, Allgütige Einzige hat es seinen Dschiheads nicht erlaubt, Bilder anzusehen, die nur vorgaben, Wirklichkeit zu sein.

Einmal war dort die Erde zu sehen – eine blauweiße Kugel, die sich drehte –, und ich musste lachen, als der Kontinent Afrika erschien und ich seine Westküste sah. Ich erinnerte mich daran, was Enoch über Mildreds Hinterteil gesagt hatte.

Zuweilen holte Korbinian seine Flöte hervor, fletschte das löchrige Gebiss und blies auf den aneinandergeleimten Röhrchen Melodien, mal lustige, mal traurige – wie ihm gerade zumute war. Dabei zuckte er lustig mit den Ohren.

»Korbinian, unter deinen Vorfahren muss ein Esel gewesen sein«, rief Enoch dann und kniff dem Alten schmunzelnd ins linke Ohr. Korbinian grinste – er schien sich von der gönnerhaften Geste des Floßführers geehrt zu fühlen –, entblößte sein Gebiss zu einem schauerlichen Grinsen und zuckte mit den Ohren, dass es eine Freude war.

Irgendwann – ich war schon einige Wochen auf dem Floß – hörte ich die Bugglocke läuten. Es war bereits Abend, aber die Sonne stand immer noch am Himmel. Ich sah, wie Enoch, der auf der Brücke stand, den Kopf hob und lauschte. Dann murmelte er etwas, das ich nicht verstand. Trug er etwa auch so einen Sender unter der Kopfhaut wie Ailif?

Enoch führte seine Trillerpfeife zum Mund und blies ein Signal. Gleich darauf war sowohl vom Steuerbord- wie vom Backbordruder eine Antwort zu hören, und schließlich antwortete auch die Heckrudermannschaft. Ich bemerkte, dass das Floß näher ans rechte Ufer gesteuert wurde.

»Wir haben Gegenverkehr«, verkündete Enoch lachend. »Kommt mit! Das dürfen wir uns nicht entgehen lassen.« Er zog sich eine verspiegelte Kapuzenjacke über. »Aber vergiss deine Schutzjacke nicht!«, rief er mir zu. »Die Sonne steht noch hoch.«

Korbinian kam unter der Brücke hervor und brachte mir meine Kapuze, seine hatte er bereits angezogen. Enoch eilte mit großen Schritten voraus Richtung Backbordruder, wir polterten über den Steg hinter ihm her.

Und dann kam sie angetuckert, die gute alte *Queen of the River*. Sie fuhr flussaufwärts, kämpfte gegen die Strömung an und ließ in kurzen Abständen ihre Schiffssirene ertönen.

Doch was war das? An der Reling aufgereiht, standen etwa drei Dutzend Männer in verspiegelten Kapuzenjacken, den Hosenlatz geöffnet und – ja, wahrhaftig – blank gezogen. Sie alle pissten mit großem Geschrei und Gelächter über die Reling in unsere Richtung. Ein Salut – volle Breitseite.

Korbinian öffnete seinerseits die Hose, kramte sein Pfeiflein hervor und erwiderte – kreischend vor ausgelassener Heiterkeit – die Ehrenbezeigung.

»Na, was sehe ich da?«, rief Enoch zu den aufgereihten silberglänzenden Gestalten hinüber. »Zwerge! Nichts als Zwerge!«

Noch mehr Heiterkeit, Geschrei und Gelächter, und wieder tutete die Sirene. Dann war die *Queen of the River* vorüber, und Korbinian schloss sorgfältig seinen Hosenlatz.

»Wie ist denn das so bei euch?«, fragte ich ihn auf dem Rückweg zum Gemeinschaftsraum. Enoch war bereits vorausgegangen. »Ihr seid doch sehr lange unterwegs auf dem Floß.«

»Etwa hundert Tage, ja.«

»Und?«

»Du meinst ...« Er machte eine unmissverständliche schlenkernde Handbewegung.

»Ja.«

»Da muss sich jeder selbst behelfen. Oder zwei tun sich zusammen.«

Der alte Mann musste meinen angewiderten Gesichtsausdruck bemerkt haben – ich hatte in dem Moment an die unappetitlichen Spielchen von Gabriel und Michael gedacht, deren Zeugen Anzo und ich geworden waren. »Weißt du, Suk«, sagte er, »jeder soll auf seine Weise glücklich werden.« Er zuckte mit den Achseln. »Wenn wir Memphis erreicht und das Floß vertäut haben und ausbezahlt werden, dann ist was los in den Bordellen der Stadt. Das kannst du mir glauben, Junge.«

»Du auch?«, fragte ich.

»Ha!« Er kicherte und streifte seine Kapuze zurück. »Junge, bei mir sind diese Zeiten längst vorüber. Ich bin so trocken wie der Glast.«

Inzwischen hatten wir die Brücke erreicht. Das Floß wurde wieder in die Mitte des Flusses gesteuert.

»Wollt ihr was trinken?«, fragte uns Mildred. »Eistee?«

Ich nickte. »Ja, bitte.«

»Wein«, krächzte Korbinian durstig.

Mildred grinste. »Dachte ich mir doch.«

»Wann werden wir in Memphis sein?«, fragte ich.

»Aha.« Mildred grinste noch mehr und wandte uns ihre Westküste zu.

»Memphis?« Korbinian drehte unbestimmt die Hand. »Acht, zehn, zwölf Tage. Je nachdem, wie die Flut uns aus dem Delta entgegenkommt.«

Und die Flut kam uns entgegen – mächtig.

Der Ontos wurde breiter, seine Ufer wurden grüner, und auch die Luft veränderte sich: Sie wurde kühler und feuchter. Immer häufiger sah man Gehöfte, Villen, sogar kleine Ortschaften – und nachts ihre Lichter.

Tag für Tag machten wir, Korbinian und ich, unsere Tour mit dem Proviantwagen, morgens zum Bug, abends zum Heck, um die Männer, die an den Rudern Dienst taten, mit Essen und Getränken zu versorgen und die leeren Behälter abzuholen, die Mildred in der Maschine wusch.

»Was ist mit den Leuten an den Seitenrudern?«, fragte ich einmal.

»Die kommen abwechselnd herüber und essen im Gemeinschaftsraum. Die haben es ja nicht so weit.«

Von da an gesellte ich mich manchmal zu ihnen. Es waren raue, kräftige Burschen, die nicht viel redeten, aber umso mehr aßen.

Mildred tischte riesige Platten mit Fisch auf – »aus dem Keller«, wie sie sagte. Und sie wusste den Fisch zuzubereiten, dass einem das Wasser im Mund zusammenlief: herrliche weiße Filetstücke, leicht angebräunt, auf Gemüse serviert und mit Kräutern bestreut, die sie in ihrem kleinen Garten neben der Küche zog. Dazu jeden Tag frisch gebackenes Brot. Es war ein Vergnügen, sich von ihr bewirten zu lassen.

Die Tage verbrachte ich meist vor einem der Bildschirme, wobei mir vieles neu war und manches unverständlich blieb, aber ich lernte eine Menge dabei, sah Dinge, von denen ich keine Ahnung gehabt hatte. Wie wenig uns doch während unserer Schulstunden im Tempel beigebracht worden war. Wie arm an Wissen über die von Menschen besiedelten Welten wir aufgewachsen waren.

Nachts war es meist zu schwül, um in der Koje zu schlafen, und ich hielt es wie mein Kompagnon, der seine Matratze ins Freie gezogen und sie seitlich der Brücke unter dem Sonnensegel platziert hatte. Dort lag er dösend auf seinem Lager. Einmal öffnete er unvermittelt ein Auge und sagte: »Hier in der Gegend hauste die Schnecke Nimmersatt.«

»Die Schnecke Nimmersatt?«, fragte ich verdutzt.

»Ja. Sie hat die ganzen Wälder abgefressen.«

»Wie das?«

»Der südliche Glast war ursprünglich so dicht bewaldet wie das Haar. Dann tauchte dieses Ungeheuer auf – fünfzig Meter breit und über zweihundert Meter lang – und hat die Bäume weggeputzt.«

»Du flunkerst doch.«

Korbinian schloss das Auge wieder, drehte sich um und brummte: »Frag den Floßführer.«

Das tat ich bei nächster Gelegenheit.

Enoch blickte lächelnd auf seine Segeltuchschuhe und verschränkte die braungebrannten Arme vor der Brust. »Dazu kann ich beim besten Willen nichts sagen, Suk. Wenn es tatsächlich solche Ungeheuer gegeben haben sollte, wie manche meinen, dann waren sie längst ausgestorben, als die ersten Menschen auf diese Welt kamen. Tatsächlich kann man aus der Luft viele glitzernde Streifen im Sand des südlichen Glast erkennen, die wie Schleimspuren gewaltiger Nacktschnecken aussehen – aber weiß der Teufel, was das wirklich für Spuren sind. Ausdünstungen des Sandes oder was weiß ich. Weiter nördlich sind keine zu entdecken, die Sandstürme, die hier in den niedrigen Breiten toben, müssen sie, wenn es auch dort einmal welche gab, getilgt haben. Jedenfalls erfand irgendein Spaßvogel das Märchen von der Schnecke Nimmersatt, die die Wälder gefressen hat, und seither geistert sie in den Köpfen herum. Deine Freunde von New Belfast sollten diese Spuren untersuchen – es gibt hier auf Hot Edge noch viel zu erforschen.«

Eines Nachts weckte mich ein sonderbares Geräusch: ein leises unregelmäßiges Trommeln, als würde etwas auf die Plane über uns geworfen. Ich rüttelte Korbinian wach, der neben mir schnarchte.

»Was ist das?«, flüsterte ich und deutete nach oben.

Der Alte setzte sich schlaftrunken auf, lauschte und ließ sich dann wieder auf seine Matratze zurücksinken. »Kein Grund zur Beunruhigung«, versicherte er. »Es regnet.«

»Es klingt wie Wasser, das auf die Plane tropft.«

»Junge, das ist Wasser! Regen ist Wasser, das vom Himmel fällt.«

»Vom Himmel fällt? Wo gibt es denn so etwas?«

»Wie du hörst – hier.«

Ich schüttelte ungläubig den Kopf.

»Ja, wo glaubst du denn, kommt das Wasser des Ontos her, mein Junge?«

»Aus dem Haar.«

»Richtig. Dort regnet es häufig und viel.«

»Aber wie soll das Wasser denn in den Himmel kommen?«

Korbinians Geduld war hörbar erschöpft, als er erklärte: »Die Sonne hebt es aus dem Meer hoch. Am Himmel bilden sich Wolken. Der Wind schiebt die Wolken an Land. Und dort fällt es herunter.«

»Du nimmst mich doch auf den Arm.«

»Himmeldonnerwetter! Ich nehme dich nicht auf den Arm. Und jetzt lass mich weiterschlafen, verdammt!«

Ich stand auf und ging ein paar Schritte auf das Floß hinaus. Tatsächlich: Wasser fiel aus dem Himmel!

Ich ließ es mir über das Gesicht und die Arme rinnen. Es schmeckte frisch und war eine Wohltat auf der Haut.

Aber wie der riesige Ontos in den Himmel gelangt sein sollte, wollte mir einfach nicht in den Kopf.

Einige Tage später – wir waren gerade auf dem Weg zurück zur Brücke – hielt Korbinian plötzlich an, schob den Daumen unter den Schultergurt und musterte mich unter seinen buschigen grauweißen Brauen hervor, die wie zwei zerwühlte Schilfdächer großzügig seine Augen beschatteten. Dann öffnete er ein Fach in seinem Wägelchen und holte eine kleine Flasche aus Metall heraus. Er schraubte sie auf und setzte sie an die Lippen. Mit Behagen ließ er sich den Inhalt in die Kehle plätschern.

»Willst du auch einen Schluck?«, fragte er, nachdem er getrunken hatte.

»Was ist das?«

»Wein.«

Ich schüttelte den Kopf. »Danke, nein.«

Er nickte, setzte die Flasche erneut an die Lippen und ließ es plätschern.

Ich betrachtete ihn von der Seite. Sein Haar stand wirr vom Kopf ab und sah aus wie verstaubte Wolle. Es hatte offenbar nie einen Kamm gesehen, genauso wenig wie sein Bart – der hatte irgendwann zu wachsen aufgehört und hing ihm wie angeklebte Fussel am Kinn. Aus seiner halblangen khakifarbenen Leinenhose ragten braungebrannte dünne, aber muskulöse Beine, gekräftigt von den täglichen Fußmärschen über das Floß. Seine Arme dagegen sahen zum Fürchten aus. An den Handgelenken ringelten sich die Adern, als wären blaue Würmer unter die Haut gekrochen und drängten sich nun schutzsuchend aneinander. Ich musste den Blick abwenden, und doch betrachtete ich sie immer wieder mit einer Mischung aus Abscheu und Faszination. Seine mageren Schultern ragten aus dem ausgewaschenen Hemd wie die Arme eines Kleiderbügels.

»Was glotzt du mich so an, Junge?«

»Es ist das erste Mal, dass ich dich draußen ohne deine verspiegelte Jacke sehe.«

»Aha. Und was siehst du?«

Was sollte ich nur darauf sagen? »Dich.«

»Du siehst einen alten Knacker.«

»Knacker?«

»Hörst du nicht, wie es in meinen Gelenken knackt, wenn wir über das Floß gehen?«

»Wie alt bist du?«

Er lachte und rümpfte die schmale Hakennase. »Ich habe keine Ahnung.«

»Und wo bist du geboren?«

Er kraulte seine Kopfwolle. »Auf einem Floß, nehme ich an. Ich wurde gezeugt auf einem Floß, kam auf die Welt auf einem Floß, wuchs auf auf einem Floß. Mein Vater und meine Mutter waren Floßfahrer seit Jahrzehnten. Und seither lebe ich auf Flößen. Ich kenne nichts anderes.«

»Warum hast du die Jacke ausgezogen?«, fragte ich.

»Du kannst deine Jacke auch ausziehen, Suk. Wir sind hier am südlichen Polarkreis, die Sonne steht sehr tief. Mit deinen astronomischen Kenntnissen scheint es nicht weit her zu sein.«

Ich zuckte mit den Achseln. Ich hatte natürlich schon seit Tagen bemerkt, dass die Sonne nur zögernd aufging und – mal darüber, mal darunter – den Horizont entlangbummelte, ohne richtig an Höhe zu gewinnen. Das also war die Erklärung.

»Euch hat man in der Schule wahrscheinlich nur frommen Quatsch beigebracht.«

»Ja, eine ganze Menge.«

Er nickte. »Schmeckst du die Luft?«

»Was?« Wie schmeckt Luft?, fragte ich mich.

Er schmatzte mit den Lippen. »Die Luft. Sie trägt mehr Feuchtigkeit. Sie schmeckt nach Meer.« Er schraubte erneut die Flasche auf und ließ sich großzügig Wein in den Mund rinnen, bevor er sie wieder in dem Geheimfach verschwinden ließ. »Die Nächte werden kühler. Sieh zum Himmel auf. Das Blau wird blasser, milchiger.«

»Ja, stimmt.« Aber ich sah nicht zum Himmel – ich sah ihn an. Und plötzlich überkam mich Mitleid. Ich legte meinen Arm um seine mageren Schultern.

»Was ist?«, fragte er.

»Nichts.«

Er sah mich an. »Du bist ein guter Junge, Suk.«

Vielleicht täuschte ich mich, aber ich glaubte Tränen in seinen hellen blaugrauen Augen zu sehen.

Am folgenden Tag erklärte Korbinian: »Wir sind fast im Delta. Wir müssen jetzt nach Steuerbord manövrieren, um den Memphis-Arm nicht zu verfehlen. Das ist der Mündungsarm, an dem Memphis liegt.«

»Dachte ich mir schon, wenn er so heißt.«

»Klugscheißer«, erwiderte er schmunzelnd.

»Entschuldigung«, sagte ich.

»An der Floßlände von Memphis machen wir fest. Da muss das Holz hin. Wenn wir in den Arm eingefahren sind, haben wir noch etwa achtzig Kilometer vor uns. Morgen müssten wir am Ziel sein.«

Doch es kam anders.

Wir fuhren zwar in den richtigen Mündungsarm ein, aber wir hatten noch nicht die Hälfte der Entfernung zurückgelegt, als uns die Flut entgegenkam. Schon am Abend war klar, dass wir uns kaum noch vom Fleck bewegten.

Gegen Morgen, es war noch dunkel, war von der Brücke Enochs Trillerpfeife zu hören. Vom Bug wie vom Heck, von Backbord wie von Steuerbord wurde geantwortet. Dann läutete die Floßglocke, lang und anhaltend.

Korbinian hatte sich aufgesetzt, den Blick prüfend auf das Ufer gerichtet.

»Gegenverkehr?«, fragte ich ihn.

»Kann man wohl so nennen«, erwiderte er.

Ich sah ebenfalls zum Ufer hinüber. Lichter waren zu erkennen, und in dem dunstigen Leuchten dreier eng beieinanderstehender Apostel meinte ich vertäute Kähne auszumachen. Und weit voraus wuchs eine Wand aus dem dunklen Grün der Landschaft, sechzig, siebzig Meter hoch.

»Dijkengel«, flüsterte Korbinian ehrfurchtsvoll. »Sie stemmen sich der Flut entgegen. Und die ist heute Nacht ganz schön happig.«

Im Licht der Monde, die in diesen Breiten einen ganz anderen Schein verströmten, bot sich ein unwirkliches Bild: Das Floß hatte angehalten und … bewegte sich ganz langsam rückwärts!

Was mussten das für Kräfte sein, die ein so schweres, Tausende von Tonnen wiegendes Floß nicht nur anzuhalten, sondern sogar zurückzuschieben vermochten?

Mit besorgtem Gesicht kam Enoch von der Brücke herab. »Bleibt auf euren Matratzen und rührt euch nicht vom Fleck!«, befahl er. Und an mich gewandt, fügte er erklärend hinzu: »Wir befinden uns nicht mehr auf einem Floß, einer zusammengepackten Einheit, die von der Strömung gezogen wird, sondern auf einer losen Ansammlung einzelner Stämme. Achte darauf, nicht mit dem Fuß dazwischenzugeraten – das kann böse enden.«

Ich musste unwillkürlich an das Bein von Anzos Vater denken und zog mit einem Ruck die Knie an die Brust. Tatsächlich hörte ich unter uns das Poltern, Dröhnen und Quietschen, mit dem die Stämme aneinanderprallten und -rieben, und hier und da platzten krachend die auf die Stämme genagelten Bretter der Stege ab.

Im Laufe des Vormittags überschritt die Flut ihren Höhepunkt, und das Floß setzte sich ganz langsam wieder in Bewegung – Richtung Memphis. An den Ufern bot sich ein schaurig schönes Bild: In den Dijkengeln waren im dichten, sich reusenartig zusammenziehenden Gezweig Hunderte und Aberhunderte von Fischen gefangen, die silbern blitzten und zappelten, umschwärmt von grellbunten Vögeln, die der Vegetation ihren Fang abzujagen versuchten. Ihre Schreie mischten sich in das Pfeifen und Schnarren der Dijkengel, die ihre Luftsäcke entleerten und den Griff um ihre Beute festigten.

»Hörst du sie furzen? Pfui Deibel!«, sagte Korbinian und hielt sich die Nase zu. »Und das ist erst der Anfang. Die haben kein Verdauungssystem. Sie lassen die Fische, die sie sich gekrallt haben, verwesen und saugen dann die Säfte der zersetzten Masse auf. Das stinkt zum Himmel, kann ich dir sagen. Und erst die nächste Flut spült die Überreste zurück ins Meer.«

»Was sind das für Vögel?«, fragte ich und wies auf die kreischenden Scharen, die über den Dijkengeln schwirrten.

Korbinian hob die Schultern. »Weiß ich nicht genau. Mit dem Vogelzeugs kenne ich mich nicht so aus. Enoch sagt, es sind Papageien oder so was von der Erde. Aras, die man hier weitergezüchtet und ausgewildert hat. Memphis ist bekannt für seine Vogelzüchter.«

Ich musste an die Schwalben denken, die der frühere Commander der Flottenstation bei uns ausgesetzt hatte – es hieß, er hätte sie von einem Züchter in Memphis bezogen.

Und dann, in der Abenddämmerung, erreichten wir schließlich die Anlegestelle.

|33|

Sie hatten von der Orbitalstation abgelegt, und Ailif hatte es sich gerade in seiner Kabine bequem gemacht, als Maurya hereinkam. Sie trug nur ihren Bademantel. Ihr Haar war zerrauft.

»Was ist, Maurya?«, fragte er. »Kannst du nicht schlafen?«

»Nein. Mir geht so viel im Kopf herum. Und außerdem …« Ihre grünen Augen funkelten. Sie ging zum Bett und legte Ailif die Hand auf die Brust. Sofort formierten sich seine Moving Tattoos. »Schau dir diese Voyeure an«, sagte sie. »Sie wollen auch ihren Spaß.«

Er lächelte. »Ist unsere Mission damit offiziell beendet?«

Maurya warf einen raschen Blick auf seine Boxershorts und sah, wie seine Erregung wuchs. »Sieht so aus.« Sie hob die Hand und strich mit den Fingern zärtlich über sein Geschlecht.

»Du bist wirklich ein irischer Teufelsbraten, Maurya.«

»Oho, Teufelsbraten! Bist du etwa unter die Dschiheads gegangen?«

Als sie an seinen Shorts zupfte, kam er über den Bund geschnellt wie ein Hürdenläufer. Sie fing ihn mit einem Kuss auf und umschloss ihn mit den Lippen.

Danach lagen sie schwer atmend und zufrieden nebeneinander. Ailifs Arm ruhte auf der schmalen Taille Mauryas. Sie war eingeschlafen; er hörte sie leise schnarchen. Er spürte, wie auch die Truppen auf seiner Haut zur Ruhe kamen, und sah aus dem kleinen Kabinenfenster.

Hot Edge fiel langsam unter ihnen zurück: eine träge schwarz-weiße Kugel, die in das Gleißen der Sonne zu taumeln schien.

Wie erschreckend wenig doch diese Welt erforscht war, dachte er. Ihre Mission war der sprichwörtliche Tropfen auf dem heißen Stein gewesen: etwas über die Dongos herauszufinden. Doch die Biosphäre von Hot Edge war fremdartiger und rätselhafter, als er sich das vorgestellt hatte. Es würde etliche Teams erfordern, um die wichtigsten Arten von Lebewesen zu untersuchen und zu klassifizieren, die Universität müsste hier ein Institut einrichten, um das Problem anzugehen. Und trotzdem würde es wahrscheinlich Jahrzehnte dauern, um das Gröbste zu bewältigen und sich einen Überblick zu verschaffen. Nun, er, Maurya und Jonathan hatten zumindest einen Anfang gemacht.

Ailif faltete die Hände über dem Bauch und schloss die Augen.

|34|

Die Stadt Memphis lag hoch über dem Fluss auf einem Tafelberg, und die Floßlände darunter war eine künstlich angelegte Abzweigung des Mündungsarms, gesäumt von Maschinen, deren Ausleger sich in die äußeren Stämme des Floßes verhakten und es quietschend und ratternd zum Stillstand brachten.

»Wir bleiben heute Nacht noch an Bord«, verkündete Enoch der Mannschaft, die von allen Seiten zusammengeströmt war.

Einige der Männer murrten.

»Ihr kommt morgen noch früh genug zu eurem Vergnügen«, sagte Enoch.

Mildred grinste breit. Sie hatte duftende Pfannkuchen gebacken und bot einen Imbiss und Getränke an.

»Wir machen es wie immer, Leute«, fuhr Enoch fort. »Am Morgen rüsten wir das Floß ab, dann gibt's die Heuer, und dann fahren wir mit der Bahn hinauf in die Stadt. Ihr habt unbeschränkt Freigang, bis ich Nachricht habe, dass im Haar ein Floß für uns bereit ist, das wir übernehmen können. Wenn ihr wollt, könnt ihr das Geld ausgeben oder auf die Bank tragen, die

Kosten für den Flug übernimmt die Kooperative. Ich muss nur wissen, wer auf der nächsten Fahrt wieder dabei ist.«

Alle hoben die Hand.

»Freut mich, Leute. Ich danke euch und wünsche euch eine gute Nacht.«

Bis zum Mittag waren alle Aufbauten abgeräumt, das Netz mit den restlichen Fischen hochgezogen und auf einen Hub verladen, um in einer Fischfabrik verarbeitet zu werden, und die persönlichen Dinge an Land gebracht. Die Arbeiter der Lände hatten damit begonnen, die Stämme aus der Vertäuung zu lösen und auf die am Hang liegende Darre zu schleppen, wo sie trockneten, bis sie von den Sägewerken abgeholt und geschnitten wurden.

An einen der Händler, die alles aufkauften, was die Floßleute nicht mehr brauchten und sich nicht lohnte, für die nächste Fahrt zurück ins Haar zu transportieren, verscherbelte ich mein Rundboot. Als ich Korbinian erzählte, was ich dafür bekommen hatte, tippte er sich an die Stirn und sagte: »Du hättest dafür das Fünffache verlangen können. Die Dinger sind im Delta begehrt. Hier gibt es nämlich keine Walker. Die gedeihen nur am Flussufer in Äquatornähe. Aber mach dir nichts draus – Hauptsache, wir sind gut in Memphis angekommen.«

Als Enoch die Heuer ausbezahlte, erhielt auch ich einen kleinen Betrag. Ich hatte nie im Leben Geld besessen, und plötzlich fühlte ich mich wie ein reicher

Mann. Der Floßführer fragte mich, ob ich Lust hätte, eine weitere Fahrt mit ihm zu machen.

»Ich überlege es mir, Enoch. Aber zuerst versuche ich, meinen Freund Anzo zu finden, der wahrscheinlich mit einem früheren Floß hier angekommen ist.«

Enoch nickte. »Das dürfte kein Problem sein. Memphis ist zwar die größte Stadt auf diesem Planeten, aber im Grunde ein überschaubares Kaff.« Er gab mir die Hand. »Viel Glück!«

»Vielen Dank fürs Mitnehmen«, sagte ich.

»Wir haben noch keinen Zeitplan für die nächste Fahrt. Du hast also Zeit, es dir zu überlegen.«

Der Abschied von den Ruderleuten war sehr kurz – sie alle waren voller Tatendrang und freudiger Erwartung und hatten es eilig, in die Stadt zu kommen – und der von Mildred sehr herzlich. Sie umarmte mich und gab mir rechts und links einen Kuss auf die Wange. Mir fiel auf, was für eine zarte, weiche Haut sie hatte – beinahe wie die von Maurya, der Professorin von New Belfast. Nur ihr Duft war ein völlig anderer. Mildred roch nicht nach Parfüm, sondern ... nach frischen Pfannkuchen.

»Bist ein guter Junge«, sagte sie. »Ich würde mich freuen, wenn du wieder mit uns fährst.«

»Mal sehen.«

»Das Haar ist wunderschön. Die herrlichen Seen, die Wasserfälle und die Wälder.«

Ich nickte und küsste sie meinerseits auf beide Wangen.

Und dann, mit meinen paar Habseligkeiten in der Bergstation der Bahn angekommen, stand ich mit Korbinian im Nu allein da. Alle anderen waren sofort losgestürmt, um die einschlägigen Etablissements aufzusuchen.

»Na, Junge«, sagte er. »Komm, wir gehen wenigstens ein Bier trinken. Ich lade dich ein.«

Ich schüttelte den Kopf. »Nein. Ich lade *dich* ein.«

Er sah mich prüfend an und entblößte sein lückenhaftes Gebiss zu einem Grinsen. »Dir ist wohl dein Reichtum zu Kopf gestiegen?«

»Nein, aber ich habe das Gefühl, das bin ich dir schuldig.«

»Na, dann los!«

Wir nahmen auf der Terrasse des Hotels Terminus unter einem hellblauen Sonnenschirm Platz, dessen Saum in der Brise flappte.

»Vom Floß?«, fragte der Kellner, ein älterer Mann, der eine Schürze im gleichen Blau wie der Sonnenschirm vor den stattlichen Bauch gebunden hatte.

»Allerdings«, erwiderte Korbinian. »Kennst du mich nicht mehr, Stavros? Ich steige seit vielen Jahren in diesem Hotel ab.«

»Aber ja, Korbinian. Natürlich kenne ich dich.« Der Kellner beäugte mich skeptisch. »Und wie heißt du, Junge?«

Korbinian schlug mit der flachen Hand auf den Tisch. »Quatsch nicht lange rum, Stavros. Bring uns zwei große Glas Bier vom Fass. Wir haben Durst.«

»Aus dem Haar quer durch den Glast. Das macht Durst.«

»Du sagst es.«

Der Kellner mit dem lustigen Namen watschelte gemächlich davon, und ich lehnte mich zurück und sah mich um. Dieses Licht! Ich war ja wahrhaft an Helligkeit gewöhnt, aber dieses Licht war anders. Alles hier war bunt, hatte eine eigene Farbe, die Blumen, die Bäume, die Vögel – hier lockte das Licht die Farben aus den Dingen hervor, ob im Sonnenlicht oder im Schatten. Im Glast dagegen schälte das Licht die Farben ab und zermalmte sie zu grauer staubiger Helligkeit.

Memphis mochte ein Kaff sein, wie Enoch behauptete, aber es war wunderschön. Und das Bier war unübertrefflich.

Ich blickte ins Flusstal hinab, ein dunkelgrüner Teppich bis zum Horizont, wo sich die Dijkengel zu ihrem Mahl niedergelassen hatten.

Korbinian rümpfte die Nase. »Bald wird's hier furchtbar zum Himmel stinken.«

Doch noch strich eine frische Brise vom Südmeer herein, und Wolken segelten über uns hinweg, überzogen das Grün mit dahingleitenden Schatten. Und es war ganz still. Nur von der Lände her hörte man das ferne Geräusch der Maschinen, die das Floß auseinandernahmen und die einzelnen Stämme auf die Darre zogen.

In diesem Moment sah ich den Hund.

Er kam über den Platz vor dem Hotel geschlendert, groß, schwarz-braun gefleckt. Seine Bewegungen waren mühsam und steif. Er schien alt zu sein. Es war eine Hündin.

Sie lief zu mir und beschnüffelte meine Hosenbeine und Füße.

»Was willst du denn?«, fragte ich sie.

Die Hündin sah mich mit Augen an, die schon viel gesehen zu haben schienen, und erwiderte mit einer erstaunlich kräftigen Frauenstimme: »Du bist Suk. Aus dem Dorf der Dschiheads.«

Korbinian riss die Augen auf und stellte verwirrt sein Bierglas ab. »Der Köter kann ja sprechen.«

Die Hündin sah ihn mit trotzigem Blick an. »Ich bin kein Köter. Ich bin Virginia Woolf. Der Vorname ist nicht wörtlich zu nehmen.« Sie stieß ein rasselndes Lachen aus. Ihre schmalen Hinterläufe zitterten.

»Woher weißt du, wer ich bin?«, fragte ich sie.

»Jonathan Swift – ich kenne ihn seit vielen Jahren – hat mir dein Geruchsbild übermittelt, daran habe ich dich erkannt. Du suchst deinen Freund Anzo.«

Mein Herz machte einen Sprung. »Ja.«

»Er ist hier in Memphis. Er war nicht schwer aufzuspüren, vor allem wenn man jeden Winkel in der Stadt kennt wie ich. Ich bringe dich zu ihm. Er wohnt in der Bäckerei, für die er arbeitet. Es geht ihm gut.«

»Und seine Mutter?«

Virginia Woolf ließ den Schwanz sinken, sah mich mit ihren alten Augen an und sagte: »Sie lebt nicht mehr.«

Er war kräftiger geworden. Ich sah ihn auf der Straße, als er gerade aufbrechen wollte. Er trug ein rot kariertes Tuch um den Hals, offenbar das Kennzeichen der Bäckerei, bei der er beschäftigt war. Er hatte einen kleinen Hub, der mit zwei Körben beladen war, aus denen lange Brotlaibe ragten.

Als er mich erkannte, ließ er den startbereiten Hub zu Boden sinken und kam auf mich zugerannt. Wir umarmten uns lange und weinten, bis uns die Passanten, die vorüberkamen, merkwürdige Blicke zuwarfen.

›Du hast etwas vergessen bei deiner überstürzten Abreise‹, sagte ich zu ihm in unserer Sprache, öffnete meine Ledertasche, zog die beiden Hefte mit den Dongo-Zeichnungen heraus und überreichte sie ihm.

Er presste sie sich an die Brust und schluchzte. ›Danke, Suk! Danke!‹, gestikulierte er.

›Ich nehme an, du willst deine Dongo-Studien hier weiterführen.‹

Er hob die Schultern und schüttelte den Kopf. ›Hier im Delta gibt es keine Dongos. Sie brauchen die Glasflöhe, um denken zu können, und die gibt es nur in den äquatornahen Gegenden.‹ Er kraulte den Nacken der alten Hündin.

Ich sah ebenfalls zu ihr hinunter und sagte: »Danke, Virginia Woolf.«

»Virgin genügt«, erwiderte sie und fügte mit einem Kichern hinzu: »So nennen mich alle hier im Altersheim.«

»Danke, Virgin.«

»Übrigens werdet ihr mich jetzt öfter sehen. Jonathan hat mich gebeten, ein Auge auf euch beide zu haben. Falls Seine Heiligkeit, der Großarchon, auf dumme Gedanken kommt und jemanden schickt, um sich zu rächen.«

Anzo blickte auf die Hündin hinab. Es machte den Anschein, als hätte er sie gehört. Konnten sich die beiden auch anders als durch Worte verständigen? Mein Freund war wirklich voller Überraschungen.

Er sah mich fragend an. ›Wer ist Jonathan?‹

›Ich erzähle dir das alles später‹, gestikulierte ich.

Er nickte. ›Ja, ich habe dir auch viel zu erzählen. Aber jetzt muss ich los, sonst wird das Brot trocken.‹

›Wir sehen uns später. Ich wohne im Hotel Terminus neben der Bergstation der Bahn. Komm vorbei, wenn du Zeit hast.‹

›Mach ich, Suk.‹

»Auch ich werde dich dort öfter mal besuchen«, erklärte Virginia und stupste mich an.

»Du bist immer willkommen. Sag Jonathan einen herzlichen Gruß von mir, wenn du wieder mal Kontakt mit ihm hast. Und natürlich auch Maurya und Ailif.«

»Mach ich«, sagte die Hündin und trottete davon.

|35|

Es war am zweiundfünfzigsten Tag ihrer Heimreise, als Jonathan schwanzwedelnd im Gemeinschaftsraum erschien. Er schnupperte in Richtung der vier Studenten, die über hundert Tage lang die Bewegungen der Apostel beobachtet und ihre Auswirkungen auf die Tiden im Delta des Ontos protokolliert hatten und nun ebenfalls zurück nach New Belfast reisten. Sie saßen an einem Tisch und spielten irgendein Holospiel, das ihnen viel Freude zu bereiten schien.

Jonathan blieb kurz bei ihnen stehen. »Gut gelaunt heute«, stellte er fest.

Die Studenten sahen ihn etwas überrascht an. »Oh ja«, sagte einer von ihnen. »Wir haben unseren Spaß.«

»Wunderbar«, erwiderte Jonathan und trottete zu dem Tisch, an dem Ailif und Maurya saßen.

»Du scheinst ja auch gut gelaunt zu sein, dem Schwanzwedeln nach zu urteilen«, sagte Maurya.

»Wie man's nimmt.« Jonathan ließ sich zu Boden plumpsen und legte den Kopf auf die Pfoten. »Ich habe Nachrichten von Virginia.«

Ailif hob die Augenbrauen. »Virginia?«

»Ja. Von meiner Freundin Virginia Woolf.«

»Die alte Rottweilerin, von der du uns erzählt hast?«

»Ja.«

»Ich hoffe gute.«

»Nicht nur.«

»Was sagt sie?«

»Sie hat den Jungen aufgestöbert – Suk. Er ist wohlbehalten ins Delta gelangt und arbeitet jetzt an der Floßlände. Er lernt, wie man die riesigen Holzstämme mit einem Hub aus dem Wasser auf die Darren zieht, wo sie getrocknet werden, bevor sie ins Sägewerk kommen.«

»Wie schön für ihn«, sagte Maurya.

»Und er hat auch seinen taubstummen Freund wiedergefunden, diesen Anzo. Er arbeitet in einer Bäckerei.«

»Aber das sind doch nur gute Nachrichten«, sagte Ailif.

Jonathan schüttelte langsam den Kopf. »Anzos Mutter lebt nicht mehr. Sie hat Selbstmord begangen.«

»Weshalb?«

»Sie wollte das Kind nicht zur Welt bringen – das Kind, das ihr der Großarchon gemacht hat, bevor sie mit ihrem Sohn fliehen konnte.«

»Dieses widerliche Schwein!«, rief Maurya empört. »Wie hat er es nur fertiggebracht, sie sich gefügig zu machen?«

»Oh, da gibt es Mittel«, sagte Ailif mit leiser Stimme. »Einen Lappen mit einem Betäubungsmittel auf Mund und Nase, ein Pflaster an den Hals, eine Spritze …«

Unwillkürlich fuhr sich Maurya mit der Hand über das Gesicht.

»Ja, das hätte dir auch passieren können, wenn du ihm nicht rechtzeitig eins übergezogen hättest. Aber es hat nicht jeder einen Hammer zur Hand, wenn man in so eine Situation gerät.«

Jonathan schüttelte sich. »Offenbar hat Anzo ziemlich Mühe gehabt, seine Mutter in ein Boot zu bringen und zu dem Floß hinauszurudern, das damals vorbeikam. Doch in dem Durcheinander des hektischen Handels zwischen Dorf und Floß gelang den beiden die Flucht.«

Maurya sah zu ihm hinunter. »Aber für sie gab es keine Flucht …«

Jonathan neigte mit traurigen Augen den Kopf.

|36|

»Hörst du mir zu, Anzo?«

Er nickte und betrachtete aufmerksam meinen Mund, wie immer, wenn wir uns nicht mit den Händen unterhielten.

»Gestern Abend ist ein Floß angekommen. Die Floßschiffer berichteten, im letzten Sandsturm hätten die Dünen die Reste eines Fahrzeugs freigegeben, das offenbar dem früheren Kommandanten der Flottenstation gehört hatte. Er hieß Commander Wolf.«

Anzo nickte.

»Wenn ich das richtig verstanden habe, ist es von einer Rakete zerstört worden.«

Anzo nickte.

»Es muss aber noch genauer untersucht werden, was das für eine Waffe war und woher sie kam.«

Anzo nickte.

»Commander Wolf war derjenige, der darum gebeten hatte, die Reliefs der Dongos am Fluss zu untersuchen.«

Anzo nickte.

»Wir müssen diese Informationen an die Professoren auf New Belfast weiterleiten, an Maurya und Ailif, die mit der Untersuchung über die Dongos beauftragt waren.«

Anzo nickte.

»Wir müssen Virginia Bescheid geben, damit sie die Nachricht nach New Belfast an Jonathan durchgibt. Es wird Maurya und Ailif sicher interessieren.«

›Das glaube ich auch‹, sagte Anzo mit den Händen. ›Ich versuche, sie morgen früh zu erreichen, sobald ich das Brot ausgefahren habe.‹

»Gut. Und erkundige dich, wie es ihnen geht. Ob die Wunde an Jonathans Schulter verheilt und ob Ailifs Bein wieder in Ordnung ist. Er ist ein tapferer Mann, das muss ich sagen. Auch wenn er mir manchmal etwas unheimlich war mit seinen farbigen Pusteln.«

Anzo nickte.

37

Nicht lange nach ihrer Landung auf New Belfast saß Ailif auf seiner Lieblingsbank auf dem Campus der James Joyce University in der Nähe des Weihers, wo sich die Enten regelmäßig zu Flottenverbänden formierten. Er war immer missgelaunt, wenn er »seine Bank« besetzt vorfand, und ging dann wieder nach Hause, aber die meisten Studenten kannten seine Vorliebe und ließen sich auf einer der anderen Bänke oder auf dem Rasen nieder.

Inzwischen war auf dem Nordkontinent von New Belfast der Frühling eingekehrt. Die Sonne schien warm, die Bäume prangten in ihrem hellen frischen Grün. Auch die Echsen waren aus dem Süden zurück, bauten im Gezweig ihre Nester und meldeten schreiend ihre Revieransprüche an, um Konkurrenten abzuschrecken.

Aber es war ein anderer Schrei, der Ailif auffiel. Der Schrei eines Raben. Er hob den Kopf. Der Vogel flog sehr hoch.

Wer versteht schon die Raben?

Ailif wusste nicht, wie dieser Gedanke in seinen Kopf gelangt war. Irgendjemand hatte erst kürzlich diese

Frage gestellt, in welchem Zusammenhang, wusste er nicht mehr, aber er erinnerte sich, dass es von großer Bedeutung gewesen war. Doch sosehr er sein Gedächtnis auch anstrengte, es wollte ihm nicht einfallen.

Er schloss die Augen.

Als er sie wieder öffnete, sah er, dass der Rabe herbeigeflogen war und ganz in der Nähe aufgebaumt hatte. Er hatte den grausam harten Schnabel leicht geöffnet und nickte Ailif auffordernd zu. Dann hob er die Flügel und schwang sich in die Luft – denn in diesem Moment kam Maurya mit Jonathan den Weg vom Verwaltungstrakt der Universität herunter. Sie nahm neben Ailif auf der Bank Platz, während Jonathan den Rasen vorzog und sich behaglich wälzte.

»Was hat der Alte zu dir gesagt?«, fragte Ailif, der froh war, erst einmal nicht mehr über die Raben nachdenken zu müssen.

Maurya zuckte mit den Achseln. »Er sagte, wir seien in jedes nur denkbare Fettnäpfchen getreten. Und das Schlimmste sei die Attacke auf den obersten Würdenträger einer Religionsgemeinschaft gewesen. ›Entschuldigung, Dean Cathaart‹, erwiderte ich, ›aber es war Notwehr. Dieser oberste Würdenträger wollte mir an die Wäsche.‹ – ›Aber werte Kollegin, doch nicht gleich mit einem Hammer!‹ – ›Es war nichts anderes zur Hand.‹ – ›Aber Sie hatten doch, wie ich dem Protokoll entnehme, Ihren Assistenten an Ihrer Seite.‹ – ›Ja, aber der lag blutend im Schilf. Einer der Ministranten dieses Würdenträgers hatte ihn mit einem Laser angeschossen. Er brauchte mehr Hilfe als ich.‹ – ›Nun, wie auch immer‹, sagte Cathaart, ›die Flotte wird wahrscheinlich Anklage gegen Sie erheben, womöglich wegen versuchten Totschlags, zumindest wegen Körperverletzung.‹ – ›Das werde ich in Kauf nehmen müssen.‹ – ›Und wahrscheinlich werdet ihr drei keine Schiffspassage mehr beantragen können‹, sagte der Alte noch, worauf ich versicherte: ›Diese Reise hat mir genügt. Mein Bedarf ist gedeckt.‹«

Ailif nickte. »Dasselbe habe ich ihm auch gesagt. Bei mir kommt noch hinzu, dass ich einen Flottenoffizier im Dienst mit einem Skalpell bedroht und verletzt habe. Das wird offenbar als schwerwiegender Tatbestand angesehen.«

»Lachhaft«, meldete sich Jonathan. »Und was ist mit meiner Verletzung? Wird die Universität den Ministranten, wie du so schön gesagt hast, verklagen?«

»Das glaube ich nicht«, sagte Maurya. »Aber wegen der Marsulengeschichte haben der Großarchon und Commander Cayley ohnehin genug an der Backe.«

In diesem Moment stürmte ein Expresszug aus der Stadt und zog eine Schleppe aus Pfiffen und Geläut hinter sich her. Maurya hob den Finger. »Der *Aranyavas*«, sagte sie. »Auf dem Weg zur Südküste.«

Ailif lächelte. »Die Spezialistin.«

Jonathan legte Maurya seinen dicken Kopf aufs Knie. »Ich mag dich, Maurya.«

»Ich dich auch.«

|38|

Es war am späten Vormittag. In Memphis wurde auch nach Sonnenaufgang noch gearbeitet – der Südpol war nicht weit, die Sonne stand nicht so hoch, brannte nicht so unerbittlich herab. Die Siesta begann erst mittags und dauerte fast den ganzen Nachmittag.

Ich saß auf meinem kleinen Hub und zerrte einen der schweren Stämme hinauf auf die Darre. Die Maschine ächzte und heulte, und mir perlten Schweißtropfen den Rücken hinab.

»Wozu braucht man diese Berge von Baumstämmen?«, fragte ich den Vorarbeiter der Floßlände, als er vorbeikam, um den Fortgang der Arbeiten zu kontrollieren. Dabei deutete ich mit einem Kopfnicken auf die mindestens sechzig Stämme, die ich in den letzten Tagen säuberlich nebeneinander auf den Balken der Darre abgelegt hatte.

»Wenn sie getrocknet sind«, erwiderte er, »werden sie zu Balken und Brettern geschnitten oder zu Pressspanplatten verarbeitet. Was hier im Delta wächst, taugt nicht zum Bauen. Es ist weich und schwammig, außerdem stinkt es nach Fisch, was nicht wegzukriegen ist. Deshalb müssen wir das Holz aus dem Haar beziehen.«

»Verstehe.«

Er war mit meiner Arbeit sichtlich zufrieden und nickte mir lächelnd zu, bevor er weiterging.

Da hörte ich hinter mir, vom Fluss her, ein vertrautes Tuten. Ich wandte mich um – und tatsächlich: Die *Queen of the River* hielt auf das Ufer zu, tuckerte die Floßlände entlang und machte hinten im Hafen fest.

Ich erkannte die beiden schon von weitem und zog blitzschnell meine Schirmmütze tiefer in die Stirn.

Verdammt!

Gabriel und Michael, die Schlachtergehilfen und Erzengel des Großarchons, standen an der Reling. Aber sie waren nicht schmierig und zottelig, wie ich sie kannte, sondern hatten frisch gewaschenes Haar, säuberlich zu einem Zopf geflochten, der über den Rücken herabhing, und trugen dunkle Anzüge und kleine runde Hüte. Sie sahen aus wie die Kaufleute, die mit den Flussschiffen reisten, um ihre Waren in den Dörfern und Städten entlang des Ontos anzubieten. Jeder trug einen kleinen Koffer, als sie von Bord gingen.

Was wollten sie hier? Hatte der Großarchon sie geschickt, um mich zu jagen, gefangen zu nehmen, zurückzubringen und aufzuhängen?

Der Schweiß brach mir aus. Was sollte ich nur tun? Mich irgendwo in der Stadt verstecken? Irgendwo um Unterkunft bitten, wo sie mich nicht finden konnten? Sollte ich Enoch um Hilfe ersuchen oder unter die Röcke von Mildred kriechen? Vielleicht wusste Korbinian

Rat … Ich spürte, wie ich mehr und mehr in Panik geriet – als mich plötzlich etwas an meinem Bein stupste. Ich fuhr erschrocken herum.

Die alte Hündin! Virginia!

»Keine Angst, junger Freund. Das kriegen wir schon hin.«

Sie war von einem Rudel anderer Hunde umgeben, keine sprechenden, modifizierten Hunde, aber hechelnd und zu allem entschlossen.

»Wie denn?«, fragte ich sie. »Die suchen mich. Und vielleicht auch Anzo.«

»Nur die Ruhe! So schnell kriegen die euch nicht. Ich habe meine Mannschaft mobilisiert, wie du siehst.«

»Kennst du Grotes Gehilfen?«

»Die beiden tauchen von Zeit zu Zeit hier in Memphis auf und besuchen dubiose Händler – Marsulenhändler. Nach allem, was ich weiß, haben sie in ihren Koffern Beutel aus Kuangaleder, die voll mit eingelegten Dongoaugen sind. Sie streichen dabei erkleckliche Summen ein. Die Händler auch – sie geben die Augen an Marsulenschleifer, um sie dann weiter zu verhökern: nach New Belfast, nach Eisauge, ja auch an Händler auf den Fernschiffen. Die Klunker sind offenbar sehr beliebt.«

»Und die Flotte unternimmt nichts dagegen?«

»Nicht, solange der hiesige Kommandant an dem Handel beteiligt ist. Aber ich bin sicher, dass sie diesen Commander Cayley aus dem Verkehr ziehen werden. Schließlich geht es hier um Mord.«

»An Tieren?«

»Das sind keine Tiere, Suk. Das ist eine einheimische Lebensform von beträchtlicher Intelligenz und künstlerischem Ausdrucksvermögen. Und wenn ich Jonathan richtig verstanden habe, sind die beiden Professoren von New Belfast dabei, genau das zu beweisen.« Die Hündin sah zu mir auf. In ihren Augen leuchtete grimmige Entschlossenheit. »Das wird die letzte Schmuggeltour dieser beiden Dschiheads gewesen sein.«

»Was hast du vor, Virgin?«

»Wir bereiten ihnen einen Empfang, den sie nie vergessen werden. Bist du dabei, junger Suk?«

Ich blinzelte. Meine Knie waren ganz weich, und in meinem Kopf wirbelten die Gedanken. Unser Dorf am Fluss. Der Großarchon. Gabriel und Michael. Maurya und Ailif. Das Floß. Anzo und Virginia. Meine Vergangenheit. Meine Zukunft …

Ja, dachte ich, bereiten wir ihnen einen Empfang, den sie nie vergessen werden!

Als hätte sie meine Gedanken gelesen, gab die alte Hündin ein Bellen von sich und sprengte davon. Das Rudel und ich folgten ihr.

39

Einige Tage darauf saßen sie wieder gemeinsam auf der Parkbank, und Ailif blickte in den sich zunehmend verdunkelnden Himmel. »Ich glaube, wir sollten hineingehen«, sagte er zu Maurya. »Es sieht nach Regen aus.«

Tatsächlich: Noch als sie den Rasen des Campus überquerten, fielen die ersten Tropfen.

In der Cafeteria war um diese Zeit nicht viel los. Sie setzten sich an einen Tisch an der Fensterfront.

»Ich hole uns einen Kaffee«, sagte Ailif. »Was magst du, Jo?«

»Danke, nichts. Ich habe keinen Durst.«

Als Ailif mit den Tassen zurückkam, hatte es richtig zu regnen begonnen. Dicke Tropfen klatschten ans Fenster und liefen daran herunter.

»Nach dem, was man von Hot Edge hört, wird die Flotte wohl keine Anklage gegen uns erheben«, sagte Maurya.

»Ja. Sie haben offiziell erklärt, dass sie das nicht tun werden. Es wäre auch grotesk.«

»Offiziell? Woher weißt du das?«

»Rebecca Sattelnase hat es mir brühwarm erzählt.«

»Wer?«

»Die Chefanwältin der Universität. Die Studenten nennen sie so.«

Maurya lachte. »Ja, ich kenne sie. Ziemlich respektlos, findet ihr nicht?«

Jonathan gab ein Schnauben von sich. »Weshalb sollten Studenten Respekt vor der Juristin der Universität haben?«

Maurya zwinkerte ihm zu und sah dann Ailif an. »Was wird jetzt wohl auf Hot Edge geschehen?«

»Es wird eine eingehende Untersuchung geben, wie und durch wen Commander Wolf zu Tode gekommen ist. Und die Flotte wird Commander Cayley absetzen.«

»Ha! Geschieht ihm recht«, brummte Jonathan. »Dieser miese Kerl.«

Ailif nickte. »Wolfs Fahrzeug kann nur durch einen Kopter beschossen worden sein. Und über den einzigen Kopter in der Gegend verfügt die Flottenstation.«

»Ob wohl die Dschiheads in den Mord verwickelt waren?«, fragte Maurya.

»Davon gehe ich aus. Aber denen wird man nichts anhaben können. Sie haben ihren eigenen Rechtsstatus – oder vielmehr gar keinen. Und die Flotte hat ihnen gegenüber keine Exekutivgewalt.«

»Also kann man sie nicht zur Verantwortung ziehen. Das ist unglaublich …«

»… aber wahr.« Ailif trank seinen Kaffee aus, in dem er ewig herumgerührt hatte, und trat dann ans Fenster. Er schnalzte mit dem Mittelfinger gegen die Scheibe, als wollte er die Tropfen auf der anderen Seite wegschnippen.

»Warum bist du so nervös?«, fragte Maurya.

Ailif zuckte mit den Achseln, dann drehte er sich um. »Habt ihr in Anbetracht der jüngsten Ereignisse mal erwogen ...« Er wedelte mit der Hand. »Ich traue mich kaum zu fragen. Nach Hot Edge zurückzukehren und unsere Untersuchungen der Dongos weiterzuführen?«

»Nie und nimmer!«, platzte es aus Maurya heraus. »Ich habe einen ekligen Geschmack im Mund, wenn ich den Namen dieses Planeten bloß höre.«

Ailif sah Jonathan an. »Und du, mein Freund?«

»Was soll diese Frage, Ailif? Ich bin Maurya als Assistent zugeteilt. Also tue ich das, was sie sagt.«

Ailif nickte. »Wir hätten jetzt den idealen Schlüssel, um an das Problem heranzukommen.«

Maurya hob die Augenbrauen. »Wie das?«

»Anzo.«

»Nie und nimmer! Ohne mich. Schlag dir das aus dem Kopf, Ailif.« Maurya schüttelte sich das Haar aus dem Gesicht und wischte sich mit dem Handrücken über die Augen. »Und ich dachte, du liebst mich.«

»Ich liebe dich, Maurya.«

»Dann mute mir so etwas nicht zu. Bitte!«

Ailif hatte sich wieder dem Fenster zugewandt. Er gab keine Antwort, sondern spitzte nur den Mund und schnippte erneut nachdenklich gegen die Scheibe.

Jonathan erhob sich, trottete zu Maurya und stupste sie mit der Nase ans Knie.

|40|

Es war ein langer Tag, wie alle Tage auf Hot Edge. Doch nun neigt er sich.

Fast eine halbe Stunde dauert es von der ersten Berührung des Horizonts bis zum Erlöschen des letzten Funkens. Dann ist die Sonne versunken.

Drei blitzende Sicheln senken sich herab und stürzen ihr nach. Der Abendhimmel füllt sich mit Rot.

Die Herrschaft der Monde mit ihren Träumen beginnt von Neuem.

Die lange Nacht …